大江戸科学捜査
八丁堀のおゆう

山本巧次

宝島社
文庫

宝島社

目次

吾妻橋
小梅村
押上村
外神田
大川
土蔵①
土蔵②
死体発見現場
おゆうの家
佐久間町
和泉橋
両国橋
竪川
白壁町
馬喰町
林町
日本橋本町
新大橋
日本橋
小名木川
常盤町
八丁堀
永代橋
深川
深川蛤町
土蔵③

大江戸科学捜査
八丁堀のおゆう
地図
小石川
荒寺
飯田町
御城
薬種問屋（藤屋など）
赤坂
南町奉行所

大江戸科学捜査　八丁堀のおゆう

第一章　神田佐久間町の殺人

一

　その家は、日本橋《にほんばし》界隈の賑《にぎ》わいから少し離れた、両国橋《りょうごくばし》からそう遠くないあたりの、表通りから二軒ばかり入ったところにあった。仕舞屋《しもたや》風ではあるがどことなく小洒落《こじゃれ》た雰囲気がある。平屋で玄関と六畳二間に台所があり、小さいながらも棟続きではなく独立した一戸建てで、表には格子戸の付いた塀まであった。以前、さる大店《おおだな》の主人が女を囲うため建てたものだという話だが、これは定かではない。

　今、その家には若い女が一人で住んでいる。名は、おゆう。年の頃は二十二、三というところ。なかなかの別嬪《べっぴん》で、よく手入れされた黒髪を結い上げず、後ろに流してまとめていた。それが艶っぽい、と評判だが、何を生業《なりわい》としているのか、近所の者にもよくわからない。出自もはっきりしない。妙な話だが、ある日気が付いたらそこに居た、という感じなのだ。姿を現してからもう一年かそこらになるが、未だに正体は明らかではない。芸者あがりのようにも見えるがそうでもないらしく、もとは武家の娘だと言う者もいて、そう言われればそうも見えてくる。どこかのお大尽《だいじん》か身分ある役人の囲われ者だとか、酷《ひど》いのになると大泥棒の情婦だとかいう噂《うわさ》まであった。

　唯一、確からしい話と言えば、おゆうが現れる少し前にそこに住んでいた年配の女が、おゆうと顔立ちが似ていたという者がおり、その女の娘ではないか、ということぐらいだ。それさえも、その年配の女は姿を消してしまったので、確かめることはできなかった。

結局のところ、このおゆうについて話をまとめれば、謎めいた女、という一言に尽きる。

だが決して愛想が悪いわけではなく、道で会えば挨拶もするし、むしろ腰が低いと言えた。近所の男どもにも時にはにこやかな顔を向けるので、鼻の下を伸ばす連中も数多い。しょせん男は、謎めいた雰囲気の別嬪にはすこぶる弱いのだ。そのため、近所の女房連中からの評判は良し悪しが割れており、胡散《うさん》臭い目を向けられることもしばしばである。もっとも、おゆうはそれを大して気にしている様子はない。どこか大らかで、厳しいはずの浮世の暮らしを気ままに楽しんでいるように見える、そんな女であった。

*

その日、おゆうは奥の六畳間の縁側近くにぼんやりと座って、何を見るでもなく狭い裏庭に目を向けていた。時刻は九ツ半を過ぎようかというところで、裏長屋の方から子供の騒ぐ声が響き、時折り指物師《さしものし》の仕事場から木槌《きづち》の音が合いの手のように聞こえてくる。天気は上々で、うららかな日差しが江戸の町に降り注いでいた。

単に日向《ひなた》ぼっこをして過ごすには勿体《もったい》ないような日であるが、おゆうはこんな風に何も考えず、ぼんやりと座って過ごす時間もまたいいと思っている。まるで年寄りのようだが、誰からも文句は言われないし、たまにこんな日があっても罰は当たるまい。

しばらくそうしていると、瞼《まぶた》が重くなってきた。裏長屋の子供の声は絶えないが、却《かえ》ってそれが眠気を誘う。実に平和な昼下がり。このまま昼寝してしまってもいいかも知れない。そう思いながらうつらうつら、夢とうつつの間をさまよっていると、突然表の格子戸がガラリと開けられる音がして、おゆうははっと身を起こした。続いて、若い男の呼ばわる声が聞こえた。

「御免ください。おゆうさんはいらっしゃいますか」

聞き覚えのない声である。おゆうは慌てて立ち上がると、無意識に髪を直す仕草をしながら小走りに玄関へ出て行った。

「はいはい。今、参ります」

玄関へ出て戸を開けてみると、表の格子戸から一歩入った玄関のすぐ前に二十歳前後の男が立っていて、おゆうを見て丁寧にお辞儀をした。

「おゆうさんでしょうか」

「ええ、そうですが」やはり初めて見る顔だ。

「手前は、本町《ほんちょう》の薬種《やくしゅ》問屋藤屋《ふじや》の手代で佐助《さすけ》と申します。突然にお伺いしまして相すみません。実は、手前どもの主人久兵衛《きゅうべえ》が、おゆうさんに是非ともご相談申し上げたいことがある、と申しておりまして、大変恐縮ですが、店の方までご足労願えませんでしょうか」

「はい？　私に？」

唐突な話に、おゆうは驚いた。藤屋は日本橋本町に店を構える老舗《しにせ》の大店である。だが、商売の羽振りも良かったのだが、つい先日、大きな事件があったと聞いている。そもそも、おゆうは一度も店に行ったことはないし、藤屋の主人とも面識はない。そもそも、薬種問屋などには今まで全く縁がなかった。

「なぜまた私に？　藤屋さんには一度もお目にかかったことはございませんが」

佐助は少し困ったような顔をした。

「手前もどういう事情か詳しくは存じません。ですが、どなたか口利きなすった方がいらっしゃるようには聞いております」

「ああ、そうですか」

おゆうは内心で苦笑した。口利きした、というのが誰の仕業か見当がついたからだ。

「わかりました。それで、ご相談とはどのようなことでございましょう」

「さあ、それは手前にはわかりかねます。申し訳ございません。主人から直にお話申し上げると存じますので」

佐助はそう言って頭を下げた。おゆうは何となく、この男は口にしているより多くの事情を知っているな、と感じたが、そこは商家の手代らしい如才なさでうまく隠されていた。

「左様でございますか。承知いたしました。いつお伺いすればよろしいでしょう」

「はい、恐れ入りますが、おゆうさんさえよろしければ、これからすぐにでも」

「よろしゅうございますよ。では仕度いたしますので、少々お待ちください」

佐助にそう断って奥に引っ込んだが、仕度と言っても化粧と髪を少し直すぐらいで、着物を替えるわけでもないからすぐに済んだ。それより、事情を考える暇が欲しかったのだ。

先日藤屋であった事件というのは、若旦那の久之助《ひさのすけ》が殺された、というものであった。それだけでも大ごとだが、何やらその殺しの理由が商売上の不正に絡んでいる、という噂が出回っていた。そうなると、藤屋にとっての信用上の打撃は計り知れない。下手人はまだ捕まっておらず、真相は明らかでないが、こんなときに相談というからにはこの一件に関わる話だろう。しかし、御上《おかみ》が探索中の一件に藤屋は自分をどう絡ませようというのか。これは想像したところでわからない。やはり、藤屋本人から聞く他はあるまい。おゆうは腹を決めて、再び玄関へ出て行った。

藤屋の店は、薬種問屋が集まる本町界隈《かいわい》でも江戸一番と言われるだけあってひと際大きな店で、町割の一区画の大半を占めていた。その大店が昼間というのに表戸を閉め切り、「忌中」の札を出している。跡取りが殺されて数日経ち、葬儀も済んでいるはずだが、まだ店を開ける様子はなさそうだった。藤屋が面する表通りを行き来する人々は相変わらず多いが、時折り立ち止まって店を指差しながら、何やら噂話をしている姿も目につく。

おゆうは佐助に案内されて脇の戸口から店に入った。閉め切られた店の中は暗かったが、奥の方では商品を片付けたり帳面を整理したりして奉公人たちが働いていた。だが、皆一様に押し黙り、息が詰まるような重苦しさが漂っている。その間を抜けて、佐助はおゆうを座敷へ通した。

座敷に座って待っていると、間もなく主人の久兵衛が出て来て、おゆうに対座すると畳に手をついて頭を下げた。たかが一介の町人女に対するには、ずいぶん丁重な態度である。

「突然のお呼び立てにわざわざお運び頂き、ありがとうございます。藤屋久兵衛でございます」

「おゆうでございます」

顔を上げて久兵衛の顔を見た。五十を少し超えたくらいだろうか、普段ならば皺《しわ》の刻まれた角ばった顔は、長く経験を重ねた貫禄を表すものであろうが、今見る顔はすっかりやつれ、皺は老人の衰えを感じさせるものとなっていた。今回の事件が相当こたえているのが、はっきりとわかる。無理もない話であった。

「ご相談いたしたいこと、と申しますのは、他でもございません。私の不肖の倅《せがれ》、久之助のことでございます」

ああ、やっぱり、とおゆうは頷《うなず》いた。しかし、この殺しの件で自分に何を相談したいのか。長く大店を取り仕切り、酸いも甘いも嚙《か》み分けたであろうこの人物が、若輩の女一人に何ができると思っているのだろう。

「こちらの若旦那様ですね。つい先日、亡くなられたと聞いておりますが」

殺された、という直接の言い方は避けて様子を見た。

「はい。六日前、神田佐久間《かんださくま》町の空き家で、殺されているのが見つかりました。何者かに匕首《あいくち》で喉を掻き切られておりました」

久兵衛は率直に言った。声が震えている。

「まあ……それは何とも、お気の毒なことでございました」

悔みを述べるおゆうに、久兵衛は悲しみを振り払うかのように声に力を込めて続けた。

「奉行所の御調べでは、さほど争った跡はなく、後ろから頭を押さえこんで動けないようにして事に及んだのだろう、とのことでした。下手人はまだ見つかっておりません」

久兵衛は、そこでまた声を詰まらせた。

「なぜそんなことになったのか、お役人はどうお考えなのでしょう」

おゆうの問いに、久兵衛はさらに暗い顔になって答えた。

「さあ、そこなのです。お役人は、久之助がこの店で扱う薬種の一部を闇の連中に流していた、と疑っておるのです」

「何ですって？」

商売上の不正云々、の噂はこれだったか。おゆうは合点がいった。事実なら、この大店が潰れかねない話である。

「お役人は、久之助が遊ぶ金欲しさに薬を横流しして、その相手と支払いか何かのことで諍《いさか》いになり、口論の末に逆上した相手に殺されたのだとお考えです」

「お尋ねしにくいことですが……本当に若旦那様は、横流しなどされていたのですか」

久兵衛は、とんでもない、というように首を横に振った。

「そのようなことは断じてない、と思うております。いずれあなた様のお耳にも入るでしょうから申し上げますが、久之助は確かに真面目な男とは言えません。商いにはさっぱり精を出さず、しょっちゅう吉原に出入りして、怪しげな取り巻きと一緒に浮かれ騒いでは金を遣い続けておりました。お恥ずかしい話ですが、店の金をくすねることもたびたびありました。叱りつけても馬の耳に念仏で、正直、お役人から横流しの疑いをかけられても仕方のないように見える、そんな奴《やつ》でございました。ですが……」

ここで顔を上げた久兵衛は、おゆうを正面から見据えるようにして言った。

「信じて頂きたいのですが、久之助はだらしのない遊び人ではあっても、勝手に店の薬に手を付けるようなことはいたしません。この店で扱う薬には、素人がいい加減に使うと危ない物がいくつもございます。何しろ人の命に関わるものですから、そのことは久之助もよくわきまえておりました。あの子も、自分なりに越えてはいけない線引きをしていたのでございます」

「そうなのですか。わかりました」

不肖の倅とは言いながら、久兵衛は久之助を心底見限っていたわけではないようだ。

「では、失礼とは存じますが、久之助さん以外のお店の誰かが横流しに関わった、ということはありませんか」

「それは私もすぐに調べました。ですが、在庫と帳面が食い違ったようなことは今までなかったし、今回も一斉に調べてみましたが、おかしな点はありませんでした。その事は、御調べに来たお役人にも申し上げたのですが、お役人は、それならば帳面に手が加えられているのではないのか、などと言いだされる始末で」

「そのようなことはないのですね？」

「はい、ありません。私はこの商いに四十年近くも携わっております。帳面に手が加えられているかどうかくらい、わからないはずがありません」

自信を持って言い切る久兵衛に、おゆうも頷いた。

「ごもっともです。それでもお役人が横流しをお疑い、ということは、藤屋さんのものなのかどうかはともかく、実際にどこかで薬が闇に流れている、ということがあるのでございましょうか」

「はい。実は同業の仲間内でも噂を耳にしておりました。問屋も仲買も通さずに、ごく安い値で薬を売り回っている連中がいるようでございます。それは薬と呼ぶのもはばかられるような代物で、薬効などほとんどないような粗悪なものです。どうやら、横流しされた薬に混ぜ物をして量を大きく水増ししているようでございますな。昔の話になりますが、享保の頃は和薬種改会所《わやくしゅあらためかいしょ》というものがございまして、江戸に入る薬種はその改会所でまっとうな薬かどうかの改めを受けることになっておりました。手前どもを含めた老舗の大店二十軒余りが、御上のお指図でその改めを行っていたのでございます。その時分はまだ、薬の見極めもできないまま、いい加減なものを売買する商人も大勢おりましてな。改会所のおかげでそんな紛《まが》いもの同然の薬が売られることもなくなり、今は改会所もございませんが、どうやらまた怪しげな薬を扱う者が現れたようで。その中には、津軽物《つがるもの》も含まれているようなのでございます」

「津軽物というと……阿片《あへん》ですか」

「左様でございます。それで奉行所の方でも捨て置けず、探索を続けておられたようなのですが、そこへこの久之助の一件です。お役人方は、怪しげな薬の一件と久之助を結びつけてしまわれたようで」

「そういうことだったのですか。それで、藤屋さんでも阿片は取り扱っておられるのですね？」

「はい。量は少ないですが、扱っております。お医者が使われる痛み止めとして、欠かせませんので。もちろん、手前どもの店の阿片が闇に流れたということはありませんが」

だいぶ事情が飲み込めてきた。元値が二束三文の粗悪な薬を闇で売って儲《もう》けているなら、放ってはおけないだろう。阿片が含まれているとなれば、なおさらである。国内では津軽で少量栽培されているため、そのまま津軽などと呼ばれることもある阿片だが、大半は清国《しんこく》などから入って来る。輸入品であるから当然量も少ない貴重品で、どこの店にもあるというものではない。

「確か、阿片の売り買いはお医者様が使うもの以外はできないのでは？」

「はい。阿片そのものがご禁制というわけではございませんが、おっしゃるように好き勝手に売り買いはできません。何しろ、下手に使うとやめることができなくなる、という難しい薬ですので」

「そのようなものが闇に出回っては、確かに御上も黙っていられませんね……。でも、そのような薬の売り買いはどこまで御定法《ごじょうほう》に触れるのでしょう。阿片はともかくとしまして、単に粗悪なもの、というのであれば、薬効がどれだけなら許されるのでしょうか」

「さて、その辺は少し難しゅうございますな。ここまでなら良し、という細かな線引きはございません。粗悪であっても薬は薬だ、と強弁できないこともないのです。もし毒物でも混じっておれば間違いなく死罪ですが、今のところそこまでは」

なるほど。薬の闇売買を潰すのは、言うほど簡単ではなさそうだ。

（だけどそこへ、降ってわいたようにここの若旦那殺しが起きた、と……）

殺しとなれば、それに関わった罪で闇薬に手を染めている連中もまとめて一網打尽にできる。奉行所の役人達が逸《はや》るのも無理はない。

「これは、なかなか難しいことになりましたねえ」

おゆうは、心底同情して溜息《ためいき》をついた。跡取りが殺されただけでも大変な痛手なのに、奉行所に疑いの眼まで向けられては、藤屋は立つ瀬がない。

「手前どもの苦衷《くちゅう》、おわかり頂けましたでしょうか」

気が付くと、久兵衛はすがるような眼でこちらを見つめていた。

「はい、よくわかりました。何と申し上げてよいものやら……。ですが、藤屋さん、こんな大変なお話を私なんぞになさって、いったいどのような……」

ここで久兵衛はぐっと身を乗り出したかと思うと、畳に両手をつき、平伏した。

「おゆうさん、どうかお願いでございます。倅の汚名をすすぎ、この藤屋をお救いください。藤屋久兵衛、伏してお頼み申し上げます」

「えっ……」おゆうは、さすがに引いた。

「では、その、まさか藤屋さん、この私にこの一件のからくりを解いて下手人を探せ、とおっしゃるのですか」

「左様でございます」

「ご無体《むたい》な……非力な女一人で何ができましょう。どうかよくお考えください。藤屋さんほどの大店なら、頼めば動いてくれる男衆も大勢おられるでしょうに」

「いいえ、正直に申し上げますが、力仕事を頼める連中なら確かに少なからずおります。しかし、このような難しい話を安心して任せられるような気の利いた者は一人もおりません」

　要するに、腕の立つ連中は用意できるが頭の回る奴はいない、ということか。店の奉公人なら頭のいいのもいるだろうが、荷が重すぎる。金にものを言わせて目明しを使う、という手もないではないが、奉行所の見立てに逆らうことになる以上、藤屋の思う通りには動いてくれないだろう。とは言っても……。

「頼れそうな方がおられない、というのはわかりましたが、なぜ私なのですか。どうして私を選ばれたのでございましょう」

「はい、実は、懇意にして頂いているお役人にこの窮状を訴えましたところ、そのお役人は、上に逆らって手前どものために動くことはできないが、手助けはできる、こういうことに長じた人を知っている、と申されまして、あなた様を強く推されたのでございます」

「それで、そのお役人様の言葉をお信じに？」

「はい。こう申しては失礼ですが、あなた様が若い女の方、と聞いて、やはり戸惑いました。ですが、手前はそのお役人とは長いお付き合いで、人となりもよく存じ上げております。決して困っている者にいい加減なことを言うお方ではございません。それで、おっしゃる通りにあなた様にお願いしてみよう、と思った次第でございます。それに……」

ここで初めて、久兵衛は口元に笑みを浮かべた。

「こうしてお会いしてみましたところ、やはりそのお役人のおっしゃることに間違いはない、という気になりました。これも失礼かもしれませんが、あなた様はただ者ではない。なかなかに肝の据わったお方とお見受けいたします。だてに四十年商いをやってきたわけではございません。人を見る目は持っているつもりでございます」

「あ、はあ、どうも恐れ入ります」

どう返したものかわからず、おゆうは曖昧に言った。

「そのお役人様ですが、どなたか伺ってもよろしゅうございますか」

「はい。あなた様もよくご存知かと思います。八丁堀《はっちょうぼり》の鵜飼《うかい》様でございます」

やっぱりあいつか！　南町奉行所定廻《みなみまちぶぎょうしょじょうまわ》り同心鵜飼伝三郎《でんざぶろう》。おゆうは舌打ちしそうになるのを慌ててこらえた。ここに呼ばれたときからあいつが噛んでいるような気がしていたが、断りもなく私をこんな事に巻き込むなんて。とっちめてやらねばならない。

おゆうの胸の内など知る由もない久兵衛は、最後のひと押しとばかりに再び畳に手を突いた。

「おゆうさん、手前どもはあなた様にすがる他ないのでございます。金はいくら掛かっても構いません。何とぞお聞き届けくださいますよう、改めましてお願い申し上げます」

久兵衛はそう言ったまま、伏して動かない。おゆうは返答に詰まった。だが鵜飼伝三郎が噛んでいることがはっきりした以上、断れそうにない。

「はあ……でも、何一つお約束はできかねますが……」

これを聞いて、久兵衛は跳ね上がるように体を起こした。

「それでは、お引き受けくださいますか。ありがとうございます。藤屋久兵衛、一生恩に着ます。これで倅も浮かばれます」

それはちょっと気が早いだろう、と思ったが、おゆうは引きつり気味の微笑みを浮かべて言った。

「わかりました。どれほどのことができるかわかりませんが、何とかお力になれるよう、やってみます」

「どうかよろしくお願いいたします」

見た目でわかるほど生気が戻った様子の久兵衛は、もう一度深々と頭を下げてから、ぱんぱんと手を叩《たた》いた。すぐに番頭の一人らしい男が袱紗《ふくさ》をかけた盆を持って現れ、おゆうに一礼すると主人の脇に盆を置き、またすぐに出て行った。久兵衛は盆を引き寄せると、おゆうの前にそれを差し出した。

「お調べを頂くには、何かと掛かりがございましょう。こちらは当座の御用にお使いください。他にお入り用のものがございましたら、何なりとお申し付けを」

おゆうはちょっと驚きながら盆を見つめた。袱紗の下にあるものは、形でわかる。小判の十枚重ねが二つ。二十両である。さすがは指折りの大店、気前がいい。

「もちろん、事が終わりましたら、改めまして御礼をさせて頂きます」

久兵衛が急いで付け足した。

この二十両を受け取ってしまえば、もう後へは引けない。おゆうは少しだけ逡巡《しゅんじゅん》した。だが、どっちみち断れないことはわかっていた。ならば遠慮することはない。

「お心遣いありがたく存じます。遠慮なく使わせて頂きます」

久兵衛が満足そうな笑みを浮かべるのを上目で見ながら、おゆうは丁寧に頭を下げた。


それから半刻《はんとき》後。藤屋から戻って一息ついたおゆうは、受け取った二十両を畳に並べて睨みつつ、どうしたものかと思案していた。引き受けてしまったものの、これは相当な大仕事である。今まで何度か、おゆうは鵜飼伝三郎の捕物《とりもの》を裏で手伝っていた。八丁堀にわからなかった下手人を突き止めたことさえある。しかし今度は事の大きさが違う。下手なことをすれば、大店を一つ潰してしまうのだ。そればかりか、薬の闇売買の一件がどう広がるかによっては、御府内を揺るがす大事になるかも知れない。まったく、女一人にこんな重い話を背負わせるなんて、伝三郎も酷い男だ。

さて、何から手を付けるか。薬の闇売買の方は正体が薄くて取っ掛かりにはなるまい。まずは、久之助殺しの詳細を知らねば。殺しの話は、伝三郎に聞くのが手っ取り早いだろう。何せ、自分を引き込んだ張本人である。ついでにたっぷりと恨み事を言ってやらねば気が済まない。あいつめ、どこでつかまえてやろうか。

「御免よ。おゆう、居るだろ？　上がってもいいか？」

いきなり表の戸が開けられる音がして、当の鵜飼伝三郎の声が響いた。おゆうは飛び上がり、慌てて二十両を簞笥《たんす》にしまうと、玄関の方へ体を向けた。ちょうど伝三郎が表の六畳間にのっそりと入って来るところだった。

「何ですよ。上がってもいいかって、とっくに上がってるじゃありませんか」

「まあいいじゃねえか。何だか機嫌が悪そうだな。藤屋へ行って来たんだろ？」

伝三郎はそう言うと、どさりと畳に座って胡坐《あぐら》をかいた。

「あら、どうも現れる間合いが良過ぎると思ったら、私が藤屋へ行ったのを見てたんですか。いや、見てたと言うより見張ってたんですね。ほんとにもう、人が悪い」

「八丁堀の同心なんて、多かれ少なかれ人が悪いもんだがね」

「まぜっかえさないでくださいよ。私をこんな大事に引きずり込んで、いったいどうしてくれるんです」

「そう怒るなって。お前《めえ》だって、こういう捕物に首を突っ込むのが好きなんじゃねえか」

おゆうは膨れっ面で、伝三郎を睨《にら》みつけた。だが、図星ではある。えらいことに巻き込まれたと思いつつ、胸のどこかで血が騒いでいるのだ。そもそも伝三郎と知り合ったのも、半年余り前に伝三郎の捕物にまさしく首を突っ込んだことからであった。その捕物では、結局おゆうが頭を悩ます伝三郎を尻目に下手人を突き止めてしまい、おかげで伝三郎はそいつをお縄にして手柄をたてる結果になったのだ。それ以来、伝三郎はすっかりおゆうが気に入って、捕物の知恵を借りに来たりするうち、今ではこうして好き勝手におゆうの家に上がり込むようになっている。

「それじゃ、引き受けたわけだな、藤屋の頼みを」

「知りませんよ」

おゆうはぷいと横を向いた。

「ありがてえ。これで俺も顔が立つよ」

伝三郎は図々しくもそう言って、笑みを浮かべながらおゆうの横顔をじっと見ている。おゆうはちょっと落ち着かなくなった。

「何をじろじろ見てるんです？」

「いやね、お前さんは普段から別嬪だが、そうやって拗《す》ねてるところは一段と可愛《かわい》いねえ、と思ってさ」

「まあ呆《あき》れた！　よくもそんなことを」

おゆうは伝三郎に向き直ってまた睨みつける。こんな浮《うわ》ついた台詞《せりふ》を並みの男が言ったら水でもぶっかけてやるところだが、この伝三郎が言うと妙に似合うのだ。

やれやれ、またこんな調子で丸め込まれてしまうのか。おゆうは溜息をついた。伝三郎は三十を少し過ぎた男盛り、腕も結構立つのだが、武骨さとは縁遠いちょっとした二枚目である。妻帯したこともあるが、妻女は子を為《な》さぬうち、わずか二年ほどで病で他界したと聞いている。それ以来、伝三郎はやもめ暮らしだった。だが、やもめでもこれほど男っぷりが良ければ女の方で放っておかない。実際、伝三郎に粉をかけてくる芸者や後家はあちこちに居るのだが、伝三郎の方ではそこそこには付き合っても決して深入りはせず、そうした女どもを苛立《いらだ》たせていた。そのくせ色目を使ってもこないおゆうのところへは、こうして入り浸っているのだ。おかしな話だが、伝三郎にとってはおゆうのような女が相手の方が気楽でいいのだろう。

「おう、ちっと機嫌が直って来たようだな。そうこなくちゃ」

おゆうの表情が緩んだのを見て取って、伝三郎が言った。

「まったくもう……つくづくしょうがないお人ですねえ」

おゆうは喧嘩《けんか》をあきらめた。もう舟に乗ってしまった以上、伝三郎にはうんと役に立ってもらわねばならない。

「それで、いったいどうなってるんです。奉行所では、本当に藤屋の若旦那が薬の闇売買に絡んで殺された、と考えてるんですか」

「うん、今のところはそうだ。闇の薬は確かに流れてる。薬を流してる奴は誰なのか、取り仕切ってる奴は誰なのか、どっちもわかっちゃいなかったんだが、藤屋の倅が噛んでたとなりゃ、合点《がてん》がいく話だ。あれだけの大店の跡取りなら、どんな薬だろうといくらでも融通できるんじゃねえか、ってわけだ」

「粗悪な薬とは言っても、ただ売るだけなら御法に触れないんじゃありませんか？」

「そうなんだが、闇で流れてるのはとても薬とは呼べねえ怪しげな代物《しろもん》だ。効き目がはっきりしねえのはまだましな方で、酷《ひで》えのになるとおが屑《くず》みてえなもんがたっぷり混じってるのまである」

「そんな代物が売れるんですか？」

「まっとうな薬を買えねえ貧乏人は、安い値で手に入《へえ》るなら、藁《わら》にもすがる思いでそんな代物にも手を出すのさ。そんな弱みに付け込む奴らが許せるか？　まして、阿片まで出回ってるとなりゃ、何としてもこいつを潰さにゃなるめえよ」

「そんな話なら、確かに放っちゃあおけませんね」

おゆうの胸にも怒りがわいてきた。そんな奴らには、天罰を食らわさねばならない。えらい事に引き込まれたという後悔は、次第に消えていった。

「でも、藤屋の若旦那はそんな連中に関わってたんでしょうか。藤屋さんの話を聞く限り、遊び人とはいえ知っててそこまでやるとは思えないし。だいたい、私のことを藤屋さんに教えたってことは、鵜飼様も若旦那が闇薬に関わってるとは思ってない、ってことでしょ」

おゆうに突っ込まれて、伝三郎は頭を掻《か》いた。

「お見通し、ってわけか。ああ、そうだよ。俺も久之助のことを知らねえわけじゃねえ。藤屋とは結構長い付き合いだからな。確かに、久之助が闇薬を流していて仲間割れか何かで殺された、ってえ筋書きは、納得しやすいんだが、どうにも都合が良すぎる。久之助は確かにどうしようもねえ奴だが、ちっと奴のやり口とは違うように思うんだ」

「なんだ、そう思ってるのなら私なんか引っ張り出さずに、鵜飼様が自分で調べりゃいいじゃありませんか」

「そうもいかねえのさ。上の方じゃ、今言ったような筋書きを作っちまってるんだ。手っ取り早くて都合のいい筋書きをな。今さら、俺がそれに逆らって勝手に探索するわけにいかねえんだよ」

「そんな。奉行所の上の方が見当外れの筋書きを作ったかも知れないってのに、そのままにしていいんですか。藤屋さんが潰れちまいますよ」

「良くねえよ。だからお前さんを引っ張り出したんじゃねえか」

「まあ驚いた。八丁堀のお役人が、ご自分に代わって素人に探索をやらせようってんですか」

おゆうは大袈裟《おおげさ》に目を丸くしてみせた。

「今さら何言ってやがる。今まで何度も俺の捕物に首を突っ込んで来ただろうが」

「確かにそうですが、それなりに鵜飼様のお役に立ったと思いますけどねえ」

「そうとも。役に立ったさ。だから今度も頼むんだよ。これも人助けだぜ」

「はいはい、わかりましたよ。でも鵜飼様、丸投げは願い下げですよ」

「おう、もちろんだ。俺は後ろからちゃんと手助けするよ。心配いらねえ」

伝三郎は真顔になって言った。

「そうまでおっしゃるなら、私にできるだけのことはやってみます」

おゆうもいくらか真面目な顔になって答えた。そう聞いた伝三郎は頷き、微笑んだ。

「すまねえ。やっぱりお前は、本当にいい女だな」

「おだてて貰《もら》わなくても結構ですよ」

そう言いながらも、おゆうは満更でもなかった。二枚目の口からいい女と言われて悪い気がするはずがない。

それにしても、とおゆうは思う。これほど近い仲で、時には歯の浮くような言葉もかけてくるのに、伝三郎はおゆうを本気で口説こうとはしてこない。こんな別嬪と二人きりで座っているにも拘《かか》わらず、だ。

（まったく、口説きたけりゃ口説いてもいいのに、何を考えてるんだかこの男は）

わざと焦《じ》らしているのなら大したものだが、とにかく伝三郎の方から仕掛けてこない以上、この妙な関係から先へ進むかどうかはおゆう次第だ。

（まあ、慌てて波風たてることもないか。これはこれで、悪くないし）

そんなことを思いながら伝三郎を見つめるおゆうであった。

「さてと、それじゃあ出かけるとしようか」

伝三郎が突然そう言って立ち上がり、おゆうは我に返った。

「出かける？　どこへです？」

「久之助の死骸が見つかった佐久間町の空き家さ。何日も経《た》つが、まだ手つかずでそのままになってる」

「ええ？　久之助さんが亡くなってた家？　今からですか」

「なあに、まだ七ツだ。日も高《たけ》えや。暗くなる前に行って戻って来れるさ。お前さんも、まずは久之助殺しの詳しいところを知りてえだろう」

「そりゃまあ、その通りですが」

いささか面喰《めんく》らったが、おゆうは頷くしかなかった。

神田佐久間町のその家は、横町に面したおゆうの住まいと同じくらいの大きさの一軒家だった。細工物の職人が使っていたとかで、表側の半分は板敷になっている。伝三郎が言うには、職人が死んでからは借り手がなく、半年近く空き家だった。家主がたまに風通しをしているらしいが、久之助の死骸を片付けてからの六日ほどは閉め切られたままで、黴《かび》臭さと血の匂いが混ざり合ったような、嫌な空気が漂っていた。

「そこだ。その板の間の真ん中あたりに、うつ伏せになってたのさ」

伝三郎が指差す場所を見ると、確かに血の痕らしい黒ずんだ染みが床板にべったりと付いていた。普通の若い娘なら震え上がるところだが、おゆうは土間に立って真剣な目でその染みを検分するように見つめた。板の間の隅には家主が掃除にでも使っていたのか、擦り切れたぼろ布《きれ》や手拭いが落ちている。それにも血が染みていた。

「殺しに使われた匕首は、ここで見つかったんですか」

一通り家の中を見回してから、おゆうが尋ねた。

「いいや、まだ見つかってねえ。大川へでも投げ込んだかも知れねえな」

「久之助さんが見つかったのは、六日前の朝でしたね？」

「ああ。見回りに来た家主が表戸に隙間が空いてるのに気づいて、妙な臭いもするんで、勝手に入り込んだ奴がいるんじゃねえかと戸を開けてみたところ、ホトケさんを見つけちまったってわけだ。で、肝を潰して番屋へ駆け込んだんだ」

「殺されたのは、その前の晩でしょうか」

「ああ。前の日の暮六ツに店を閉めてから小半刻ほどは、久之助が藤屋にいたことはわかってる。だから殺されたのは戌《いぬ》の刻あたりだろう」

「それで奉行所の方々は、ここで仲間割れの揉《も》め事があって久之助さんは殺されることになった、とお考えなんですか？」

「うん、まあ、そうだ。ここが闇薬の一味の会所で、分け前か次の薬の段取りか、そんなことを話し合ううちに口論になって、逆上した誰かが久之助の喉を掻っ切った、てえ図だな。まあ確かに、こういう目立たねえ空き家は悪巧みの会所としちゃ格好だ」

伝三郎はもっともらしくそう言った。が、煮え切らないその口調は、そうは思っていないことを明らかにしている。

「鵜飼様のお考えはそれとは違うんですね？」

「ああ。さっきも言ったが、筋書きとしちゃ都合が良すぎるね」

「久之助さんというのは、結構なワルだったんですか？」

「まあ、そうだな。ワルっていうか、いい加減な遊び人だ。あいつが店を継いだら藤屋もおしまいだろうと噂されてたぐらいでな。しかし、仲間と組んで闇の薬の横流しと売買を仕切る、なんて込み入ったやり口ができるような奴じゃねえと思ったんだが。

儲けるならもっと手っ取り早い話に乗っかりそうなもんなんだけどな」

そう言いながら伝三郎は首筋を揉んだ。

「藤屋の旦那も久之助にゃあすっかり愛想を尽かしてて、勘当寸前だと思ってたんだが。こうして倅の汚名を雪《すす》いでくれと必死に頭を下げてくるなんざ、やっぱり人の親なんだな。俺はちっとばかり感心したよ」

「それで感心した挙句に私を引っ張り込んだと」

「そう嫌味ばっかり言うなよ」

伝三郎は渋面を作って見せた。

「まあとにかく、闇薬と久之助は、どうも組み合わせとしちゃ気に入らねえのさ」

「それだけじゃありませんね。鵜飼様は、久之助さんが殺されたのはこの家じゃない、とお考えなんでは？」

伝三郎は眉を吊《つ》り上げておゆうを見た。

「ほう、何でそう思うんだい」

「鵜飼様はこの家を、久之助の死骸の見つかった家、とおっしゃいましたね。久之助が殺された家、と言うのが普通でしょう。なのに敢《あ》えてそう言ったのは、ここが殺しのあった場所じゃなくて、久之助は別の場所で殺されたんだ、とお思いだってことですよね」

伝三郎は、ふうっと息を吐いて拳で首筋を叩いた。

「恐れ入ったな。まったく油断ならねえ女だぜ。ま、それでこそお前さんを引っ張り込んだ甲斐《かい》があるってえもんだ」

おゆうはニヤリとして、ちょっと胸を張った。

「さて、それじゃあ鵜飼様のお見立てを伺いましょうか」

「いいだろう。まずは、その血だ」

「床板に染み込んだこの血ですか」

「どうも、少ねえように思うんだ」

「少ない？　これだけべったりと付いてるのにですか」

「ああ。充分多いように見えるが、生きてる者の喉を掻っ切ったらどれほどの血が噴き出すか、お前さんも見たこたぁねえだろう。それこそあっちの壁まで飛び散って、部屋中が血まみれになる。だが見ろよ。壁に血は飛んでねえし、床の半分も血が染みてねえ」

「なるほど。そう言えばそうですねえ」

「それにだ、喉を掻っ切るには、後ろから頭を抑えつけて喉に匕首を当てるだろ。そうすりゃあ、まず切られた喉からどっと血が噴き出して、それからどさりと前へ倒れる。てえことは、血の海になった床の上に倒れ込むわけだ。ところが、だ。見てみねえ」

　言われておゆうはもう一度改めて床を見た。すると確かに、血の染みの形が不自然だ。一面べったり、というのでなく、何か邪魔になるものがあってそれを避けて染みが広がっているように見える。

「これは……そうか、死骸の下には血がほとんどなかった、ってことですね？　喉を切られてから倒れたなら、死骸の下も血でべっとりのはずですよね。ということは……」

「そうよ。久之助はどこか他の場所で殺されて、ここへ運ばれた。そうして、この床に死骸を置いてからあたりに血を撒き散らして、ここで殺しがあったように見せかけた、ってんなら筋が通る」

「確かに、それなら合点がいきます」

「まだあるぞ。ここが一味の会所に使われてたんなら、人の出入りに気付いた者がいそうなもんだ。だが近所の者に聞くと、ここから物音らしいものが聞こえたのは死骸が見つかった前の晩だけだそうだ」

「つまりそれは、死骸を運び込んだときの物音だった、というわけですね？」

「ああ。それにこの家の埃《ほこり》だ」

「埃？」

「六日も閉め切ってたから新しい埃が積もってるが、死骸が見つかったときはこの板の間には埃がなかった」

「はあ。でも、それは逆にこの家が時々使われてた、ってことになるんじゃありませんか」

「それが、板の間に埃がないのに隣の部屋の畳にはたっぷり埃が積もってたんだ。板の間だけ使って畳の座敷は全く使わねえ、なんてことがあるかい？」

「それは変ですね。どう解くんです？」

「こういうことだ。下手人たちはここへ死骸を運び込んだとき、死骸を置く前にまず板の間の埃を拭った。ここで殺しがあったんなら埃が積もってるのは変だし、足跡も残っちまうからな。あの隅っこにある手拭いとぼろ布を使ったんだろう。で、掃除が済んでから死骸を寝かせて、血の細工をした。だが、隣の座敷の埃を拭うことまでは頭が回らなかった」

「へえっ……恐れ入りました。さすがは鵜飼様」

おゆうは素直に感心した。伝三郎の見立ては、何もかも筋が通っている。やはり伝三郎の目は節穴ではない。

「持ち上げたって、何も出ねえぞ」

そう返す伝三郎も、おゆうに感心されて気を良くしているのがはっきり見て取れた。

「他のお役人方は、そういうことが見えてないんでしょうかねえ」

「いや、そうでもねえさ。ちょいと手間をかけて検分すりゃあ、大概の奴にはわかるはずだ。八丁堀は木偶《でく》の坊《ぼう》の集まりじゃねえよ」

「それじゃ、どうしてあんな筋書きに……」

「上の方が、ざっとこの場を見ただけで、一番わかりやすくて都合のいい筋書きを立てちまったのさ。それじゃ下手人の思う壺《つぼ》だってのにな」

「その上の方って、もしや筆頭同心の浅川《あさかわ》様ですか？」

「ああその通り、浅はか源吾《げんご》さ」

「そりゃあ、災難ですねえ」

おゆうは苦笑しながら同情の眼差《まなざ》しを向けた。筆頭同心の浅川源吾衛門《げんごえもん》は悪い男ではないが、面倒臭がりで考えが浅く、物事を単純に捉えようとするため、安易な見立てにすぐ飛び付きたがる性向があった。それで、同心たちからは陰で〝浅はか源吾〟と揶揄《やゆ》されている。その浅川なら、確かに喜んで採り上げそうな筋書きであった。一旦そう決めつけてしまえば、面子《メンツ》があるので簡単には覆せない。まさしく浅はかで迷惑な話である。

「鵜飼様のお見立てを裏付けるような証拠がないもんですかねえ」

「そんなものがありゃあ、苦労はしねえ。と言うか、それを見つけるのが俺たちの仕事じゃねえか」

「ま、そりゃそうですが」

「例えばあの細工に使った血だが、ありゃあたぶん、鶏か猫の血だろうぜ。とは言っても、その証《あか》しはねえがな」

おゆうは頷いてまた血の染みを見た。これだけの細工をしたとなれば、相当に手慣れた奴の仕業だろう。はずみで人を殺《あや》めた素人のしたこととは思えない。

「下手人は素人じゃありませんね」

「ああ。闇薬の一味の仕業、って所だけは、浅川様の考えも的外れじゃねえかも知れねえ。久之助がどんな関わり方をしたのかはわからねえがな。一つ間違いねえのは、ここで殺しがあったと見せかけたってことは、本当に殺しがあった場所が知れると下手人にとって都合が悪い、ってことだ。それを見つけられりゃ、下手人の目星はつきそうだな」

「それは、ちょいと難しそうですねえ」

「言われなくてもわかってるさ。それとこの下手人だが、気い付けなきゃいけねえぞ。手口からすると、手際がいいうえに血も涙もねえ奴だ。久之助の喉を、ためらいもなく一気にすっぱりと切り裂いてるんだからな。」

こう言われて、おゆうは初めて身震いした。

「ちょ……ちょっと待ってくださいよ。そんな危ない奴を相手にするのに私を引き込んだんですか。そんなのって……」

おゆうの顔色を見た伝三郎は、さっと腰の十手《じって》を抜いてかざすと、正面から目を見据えて言った。

「安心しろ、おゆう。俺が付いてる。この十手にかけて、お前さんには指一本触れさせやしねえ」

「は……はい」

今までにないほど真剣な顔付きの伝三郎に、おゆうは胸の高鳴りを覚えた。顔がほんのり赤くなったように感じる。私ったら、どうしちまったのか。

どぎまぎしているおゆうを見て伝三郎はほっとしたようで、十手を腰に戻した。

「ちっと脅かしすぎたか。悪かった。日のあるうちに帰《けえ》るとするか」

「ええ、そうしましょう。長居するには気持ちのいい場所じゃありませんものね」

まだ胸の動悸《どうき》が治まりきらないまま、おゆうは言った。伝三郎は頷いて、おゆうに背を向けると表に出た。

次の瞬間、おゆうはさっと手を伸ばすと、板の間の隅に落ちていた手拭いを摑《つか》んで袂《たもと》に入れた。そしてすぐに、伝三郎の後を追って何食わぬ顔で表に出た。神田川の向こうに傾きかけた夕日が見え、伝三郎の長い影がおゆうの足元に向かって伸びていた。

二

日が落ちて暗くなり始めた頃、おゆうは家に戻った。伝三郎は家まで送って来たが、上がろうとはせず玄関口で、それじゃあな、と言って帰って行った。上がるなら酒の一杯でも出すつもりでいたおゆうは、伝三郎を見送ってからちょっと拍子抜けしたように肩を竦《すく》めると、部屋に戻って行灯《あんどん》に火を入れた。

行灯の明かりの前で、おゆうは佐久間町の家から持ってきた手拭いを出して検《あらた》めてみた。手拭いの半分ほどに血が染み込んでおり、片面は埃を拭ったらしく黒ずんでいる。この手拭いに関しては、伝三郎の見立てに間違いはあるまい。後はこの血が何の血かわかればいい。おゆうは一人で頷くと、小さな風呂敷を出して手拭いを包んだ。

暮れ六ツの鐘が聞こえてきた。おゆうは立ち上がり、雨戸を閉めて戸締りをした。それから蠟燭《ろうそく》を立てた手燭《てしょく》に火をともすと、行灯の火を消した。そして、奥側の座敷にある押入れの襖《ふすま》を開けた。押入れの片側半分には夜具がしまってあるが、もう半分は空いている。おゆうは手燭を持ち、もう片方の手に手拭いを包んだ風呂敷を持つと、押入れに入り込み、誰も見ていないのにも拘わらず、あたりを憚《はばか》るようにそうっと襖を閉めた。

押入れの中でおゆうは風呂敷を置いて奥の羽目板に向かうと、その下をとん、と押した。止め具の外れる小さな音がして、羽目板がかすかに揺れた。手燭も下に置き、羽目板に両手を当てて横に滑らせる。羽目板の向こう側に、右手に向かって上って行く狭い階段が現れた。手燭と風呂敷を持って階段部屋に入り、羽目板を元通りにする。手燭の灯りを頼りに音を立てないよう階段をゆっくりと上った。

天井の高さまで上りきると、左手に引き戸がある。それを開けると、そこは三畳ほどの広さの板敷の部屋だ。部屋と言うよりは納戸に近い。おゆうの家は平屋なので、高さからすると屋根裏部屋になるが、屋根はそんなものが作れるほど高くはない。部屋は座敷の上ではなくその反対側、つまり本来なら隣家との間の隙間になっているはずの位置にある。だが外へ回って見てもおゆうの家にそんな張り出しはないし、隣家との隙間は三畳ほどの部屋どころか猫がどうにか通れる程度の幅しかなかった。

おゆうは部屋に入って引き戸を閉めた。そこには、向かい合う形で箪笥が二つ置かれている。他には姿見が一つ。それ以外には何もない。おゆうが入って来た引き戸の反対側には、同じような引き戸がもう一つあった。おゆうは、風呂敷を箪笥の前に置くとその引き戸に歩み寄り、戸の左脇の壁に手を伸ばした。そこに小さな突起が出ている。おゆうはその突起に指を当てると、ぱちん、と上にはね上げた。

天井の裸電球が、ぱっと灯った。部屋全体が橙色の光に包まれる。おゆうは手燭の火を吹き消し、箪笥の上に置いた。

（やれやれ、向こう側にしばらく居ると、四〇ワットの電球でも有難味がよくわかるわ）

そう思いながら、おゆうは帯を解き始めた。着物を脱ぎ、襦袢《じゅばん》も腰巻も脱いで裸になると、くるりと向きを変えて反対側の箪笥の引出しを開ける。引出しには、きちんと整理された下着類がぎっしり詰まっていた。そこからブラジャーとショーツを取り出して手早く身に着け、別の引出しからスウェットの上下を出して着込んだ。さらにまた別の引出しからヘアブラシを出すと髪をほどき、姿見に向かって軽くブラッシングした。これで、とりあえずの変身は終わった。

着替えを済ませ、手拭いを包んだ風呂敷を再び持つと、おゆうは入って来たのと反対側の引き戸を開けた。引き戸の外は、反対側と同じような階段部屋になっている。だが、こちらの階段は右へ向かってさらに上へと伸びていた。おゆうは階段部屋の壁にあるスイッチを押して電灯を点けた。階段の上にある、箪笥部屋と同様の白熱灯が階段を照らす。

おゆうは箪笥部屋の電灯を消して戸を閉め、階段を上がった。十段ほど上がると、突き当たりがまた引き戸になっている。それを横に引いて開けると、本物の納戸が向こう側にあった。先ほどと同じ手順で電灯を消して引き戸を閉める。引き戸は下の押入れと同じように、納戸側が羽目板に偽装されていた。この納戸は、下の押入れから上り一方で来ているので三階あたりになる。だが、何度も繰り返すがおゆうの家は平屋で、三階どころか二階も存在しないのである。

納戸の引き戸兼羽目板の反対側は、やはり扉であった。が、引き戸ではなく、ドアノブが付いている。おゆうはノブを握って扉を押した。その外側は板張りの廊下だった。後ろ手に扉を閉め、天井の電灯を点けると廊下を右手に進む。その先はまたしても階段である。おゆうはこの三つ目の階段も上って行った。

階段を上がると短い廊下があって、正面と左手にそれぞれドアがある。おゆうはまっすぐ進んで正面のドアを開け、その脇のスイッチを押した。蛍光灯が室内を照らし出す。部屋は八畳ほどの広さだった。本来畳敷きだが、一面にカーペットが敷いてある。左側にベッド。右側にデスクと椅子、それに本棚とドレッサー。押入れはクローゼットに改造されている。床に小さなローテーブルとハート型や動物型のクッションがいくつか。窓には暖色系とレースのカーテン。どこにでもあるような、若い独身女性の部屋。これこそが、おゆうの本当の住まいだった。

おゆうはデスクに歩み寄って風呂敷をその上で開き、手拭いを出した。それからデスクの引出しを開けてジッパー付きのビニール袋を取り出すと、手拭いを畳んでその中に入れ、ジッパーを閉じた。証拠品袋、というわけである。手拭いをしまうと、カーテンを少し開いて外を見た。外側は物干しに使う小さなバルコニーになっている。その先には中層のビルが並んでおり、隙間から東京スカイツリーの展望台が見えた。ビルの窓にはまだ煌々《こうこう》と明かりが灯り、人が動いている影も見える。時刻は午後七時を少し過ぎたところ。大半のオフィスにはまだ人がいる。おゆうは、少し前まで自分もそんなオフィスで日々の糧を得る平凡なＯＬだったことをちらりと思い出した。

カーテンを閉じ、パソコンを立ち上げてメールをチェックする。大したものは来ていない。今日は、ポイントカードの案内だけだった。

「関口優佳《せきぐちゆうか》様。ポイントカードの有効期限が近付いております。更新のお手続きをお願いします。更新頂きますと新たな特典としまして……」

関口優佳。それが、おゆうの本名だった。

優佳がこの不思議な家を祖母から受け継いだのは、一年余り前のことである。祖母はここで和装小物の店をやっていた祖父と暮らしていたが、八年前に祖父が亡くなってからは店を閉め、一人住まいを続けていた。一人娘である優佳の母は、普通の公務員だった優佳の父と結婚して優佳を産んだが、優佳が中学生のとき離婚し、現在は再婚して札幌で暮らしている。優佳は父親の方に引き取られたが、就職したころ父親も再婚したので、職場に近いワンルームマンションに引っ越して一人暮らしを始めた。

別に父の再婚相手が嫌い、というわけでもなかったが、どうしても互いに構えて気を遣ってしまう、そんな空気が苦手だったのだ。父の方では心配してか時々電話してきたり様子を見に来たりしていたが、優佳の方から父の家へ顔を出すことは滅多になかった。母親とはさらに疎遠で、たまにメールのやりとりがあるだけだ。

だが、この祖母の家には一人暮らしになってからもよく顔を出した。祖母が好きだったのはもちろんだが、それに加えてこの家と、江戸情緒をほんのり漂わせた古い街並みが残る界隈が気に入っていたのだ。この家がいつ建ったのかは、はっきり知らない。戦前なのは間違いないが、昭和なのか大正なのかも聞いていなかった。空襲にも焼け残り、バブル時代の地上げも何とか免れた。祖母は嫁いで来てから亡くなるまでずっとここに住み、完全にこの家と界隈に溶け込んでいた。祖母と、この古びた家と、過ぎ去った昭和以前の時代を感じさせる街とが一体となって醸し出す空気が、優佳にはなぜか故郷そのもののように思えた。

祖母が倒れたとき、優佳は真っ先に病院へ駆け付けた。祖父が亡くなってからもずっと祖母は元気で、むしろ次第に若返っていくようにさえ見えたので、倒れたと聞いて優佳はショックを受けた。病室で見た祖母は、年齢にしては若く見える容姿はそのままだったが、何か全身の活力が抜けてしまったように見えた。優佳はそれが悲しかった。

「優佳ちゃん、私のあの家は好き?」

　ベッド脇に座る優佳に、祖母は唐突に言った。

「うん。あの家の雰囲気、私はずっと好きだな」

　優佳の答えに、祖母は嬉《うれ》しそうに微笑んだ。

「よかった。じゃあ、私が死んだ後、あの家を貰ってくれる?」

「え? よしてよ、死んだ後なんて言い方は。あの家をくれるっていうのは全然嬉しいけど」

　優佳は慌ててそう言ったが、すでに医者からは、祖母はもう退院することはないだろう、と聞かされていた。

「いいのよ。自分の寿命ぐらいわかるわ。じゃあ、家、貰ってくれるのね。ありがとう」

「いや、家をくれるんなら、ありがとう、って言うのはこっちだと思うんだけど」

　それを聞いて祖母は笑った。

「あなたの言う通りね。でもね、あの家は私にとってすごく大事な家だったの。だから、あなたなら同じように大事にしてくれるんじゃないかと思って」

「うん、そうだね。心配しないで。私が住んで大事に使うよ」

　優佳は頷いて言った。優佳の母は札幌で落ち着いてしまっているので、あんな古い家には興味がなさそうだったし、親族の誰かに任せればすぐに売却してしまうだろう。あの家を守ろうとすれば、できるのは優佳しかいない。

「お願いするわね。あなたが住んでくれるなら、あの家も喜ぶわ」

祖母は本当にほっとしたようにそう言った。そんな祖母を見て、優佳も心が和んだ。その後に祖母が口にした一言で人生が大きく変わってしまうとは、想像すらしていなかった。

「それから一つ言っておかなくちゃならないことがあるんだけど……あの家には、大きな秘密があるの」

「は？　秘密がある？　家に？」

優佳は一瞬啞然《あぜん》とした。祖母の容体が思ったより悪く、錯乱して白日夢でも見ているのかと思ったのだ。

「そんな顔しないで。頭がおかしくなったわけじゃないのよ」

優佳の表情を見た祖母は、笑いながら言った。

「私もおじいちゃんが亡くなるまでは知らなかったのよ。あんな秘密があるなんて。知ったときには、そりゃもうびっくりしたわ」

「それっていったい何？　幽霊でも住みついてるって言うんなら勘弁してほしいんだけど」

祖母が全く正常に話しているのがわかって、優佳は俄然《がぜん》興味をそそられた。

「幽霊とかじゃない。心配しないで。もっと複雑なの。でもね、今ここで話しても冗談としか思えないでしょうね。とてもすぐには信じられないと思う。私の部屋の簞笥の二番目の引出しの奥に、その秘密について説明した古いノートと私の日記があるの。それを読んで。読んで中身がよくわかったら、秘密をどうするか、あなた自身で考えて。あなたが使うか、蓋をしてしまうか。どちらでもあなたの自由よ」

「使うかどうするかって……もしかして、お宝でも隠されてるの？」

祖母は枕に乗せた頭を左右に動かした。

「今あなたの思ってるお宝とは違うわ。でも、考えようではすごいお宝と言えるかも知れないわね。それを決めるのも、あなた次第」

「ますますわかんない。どんな種類のものかだけでも言ってよ」

当惑する優佳に、祖母は優しげな、しかし弱々しい目を向けた。

「ごめんね。少し疲れちゃった。悪いけど寝かせてね」

それだけ言うと、祖母は目を閉じた。秘密の内容について祖母が語ることは遂《つい》になかった。

祖母が亡くなったのは、それから二週間後だった。遺言書が残されていたため、唯一の孫である優佳が祖母の家を相続することについては、両親からも親族からも異論は出なかった。

「今のワンルームマンションの方が居心地もいいし防犯上も安全なのに、なんでわざわざあんな骨董《こっとう》品の家に住みたがるんだ」

四十九日法要の席で父が優佳に言った。

「いいじゃん。私は気に入ってるのよ、あの家」

「そう言うが、住むには不便だぞ。戸締りも面倒だし、冷暖房の効率も悪いし。時々修繕もせにゃならんし。大地震でも来たらどうするんだ」

父が心配してくれているのはわかっていたが、優佳はあの家が処分されてしまうのを見たくなかった。それに、祖母の言った秘密が何なのか、是非とも知りたいという気持ちも強くあった。

「私はもういい大人だよ。そういうことは全部考えた。それでも私はあそこに住みたいの。あの町の空気が、すごく好きなのよ」

父はまだぶつぶつ言っていたが、しまいには折れた。後から考えれば、父は再婚以来娘との間がだんだん遠のいていくのを感じており、優佳が祖母の家に移ることでさらに自分との距離が広がる気がして、寂しかったのだろう。だが、それに気付いても優佳の気持ちが揺らぐことはなかった。

納骨も終わり、祖母の家に引っ越して来た優佳は、荷ほどきもそこそこに祖母に言われた簞笥の引出しを探し、古いノートと日記帳を見つけた。日記は間違いなく祖母の字で書かれており、ノートの方は誰の手になるものか判然としないが、字体から見て戦前のものらしかった。これで、秘密の存在が事実であることがわかった。優佳は、興奮を抑えつつノートの方から読み始めた。

両方を読み終えるのに、三時間近くかかった。信じ難い内容だった。ノートには、この家が二百年近い時空を超えて江戸と繋《つな》がるタイムトンネルであることが記されていた。だが、そこで説明されているのは事実関係だけで、科学的に「なぜこうなっているのか」を解明したものではない。それについては、手がかりさえ示されていなかった。

一方、日記の方には祖母が江戸で過ごした体験が詳細に書き綴《つづ》られていた。なんと祖母は、一人暮らしの間に江戸とこの平成の東京を何度も行き来していたのだ。優佳は呆然《ぼうぜん》とするばかりだった。全く予想外のことである。SF映画かアニメの世界に迷い込んだようだった。しかし、現にここにあるのは祖母の体験記だ。これは現実の話なのか。

確かめる術《すべ》は一つしかない。優佳は奥の納戸に向かった。戸を開けると、確かに収納してある物は少なく、人が入り込める空間がある。書かれていたことが事実なら、この奥の板壁の向こうには、江戸の家へと繋がる階段が伸びているはずだ。納戸に一歩踏み込んだまま、優佳はしばらくためらっていた。越えてはならない一線を越えようとしている、そんな気がしたからだ。だが、祖母は越えた。何が祖母を行動に向かわせたのかは明らかでないが、日記を読む限り、亡くなるまで祖母はそのことを後悔してはいなかった。優佳は心を決め、板壁に手を当てた。

それから一年と少し、優佳は祖母と同じように江戸と東京の二重生活を続けている。この世界へ踏み出したことに後悔はない。これからの行き先が見えないだけだ。だが、それは気にならなかった。平成の世に生きていても、自分の先行きなど誰にもわからない。ならば、他の誰にも体験できない人生を送れるだけで、充分過ぎるほど幸福なのではないか。

優佳はちらりと時計を見た。八時になるところ、江戸なら戌の刻だ。欠伸《あくび》が出た。明日は手拭いの処理に出向かなければならない。今夜のところは、江戸でできない贅《ぜい》沢《たく》をしてから寝よう。風呂に入った後、ビール片手にCS放送でも見るとしよう。優佳は立ち上がり、風呂に湯を張るため階下に下りて行った。

翌朝、優佳は家を出て、地下鉄の馬《ば》喰《くろ》横山《よこやま》駅へ向かった。細身のパンツに薄手のジャケットを羽織った姿は、通りを歩くOLたちに混じると全く目立たない。唯一OLらしからぬことと言えば、肩から下げたバッグにビニール袋に収めた例の血だらけの手拭いが入っていることぐらいだ。江戸での優佳は垢《あか》ぬけた別嬪と評されていたが、平成の東京では特に際立って目を引くこともない、ごく普通のルックスであった。年齢も江戸では二十二、三で通っていたが、実際はアラサーと呼ばれる年代に迫っている。江戸では若くきれいに見えるのは、現代との寿命の差や食生活や化粧品のレベルの違いの為せる技であった。

市ヶ谷で地下鉄を降り、総武線各駅停車に乗り換えた。通勤時間帯はすでに終わっているが、電車はまだ混んでいる。だがそれも新宿までで、そこで一気に乗客が減り、優佳も座席に座った。バッグは大事そうに膝の上で抱え込んだ。他人の目からは貴重品が入っているように映るだろうが、血染めの手拭いが人目に触れると厄介だと思っているからだ。

阿佐ヶ谷で降りて南口に出た。そのまま中杉通りを歩き、五分ほど行ったところで脇道にそれて住宅街に入った。その一角に、事務所風の白っぽい三階建ての建物がある。一階の半分ほどが駐車場になっており、残り半分に玄関があって、「株式会社マルチラボラトリー・サービス」と書かれたプレートが掲げられていた。優佳は勝手知ったる玄関のガラスドアを押し開け、そのまま二階へと階段を上った。

二階は事務室になっており、数人がデスクに向かっていた。受付兼用のカウンターの前に来ると、そばに居た女性事務員が気付いて顔を上げた。

「あ、どうも、おはようございます。彼、居ますね」

優佳がそう声をかけると、事務員は、ああ、おはようございます、どうぞ、と言って奥を手で示した。事務室の奥にはガラスの仕切りがあって、その向こうにはデスクと椅子の他、何かの機械類が並んでいる。ちょっとした研究室の趣だ。その中で、一人の男がこちらに背を向けてデスクの前に座っていた。座ると言うより齧《かじ》りつく、といった姿勢である。優佳はつかつかとガラスの仕切りに歩み寄ると、勝手にドアを開けて中に入り、座っていた男に「やあ」と呼びかけた。

男は、びくっとした様子でさっと振り向いた。丸い童顔に度の強そうなメガネ、運動不足をはっきりと露呈した贅肉過多の体型。服装はジーンズとワークシャツに、一応それらしく白衣を羽織っている。まるでオタクのステレオタイプのような人物だった。

「なんだ、関口か。朝から何？」

宇田川聡史《うだがわさとし》は優佳を見てぶっきら棒に言った。

「ちょっと分析してほしいもの、持ってきた」

そう言うと、優佳はバッグから手拭いの入ったビニール袋を出して、宇田川の目の前に置いた。

「ふん。何だい、この薄汚い手拭いは……っと、この染みは血か？」

「そうだと思う」

「人間の血か？　殺しでもあったみたいだな」

「人間の血かどうかわからない。たぶん、違うと思う。何の血か調べてほしいのよ」

「そうか。何の血かわからんのか」

宇田川はビニール袋をつまみ上げ、値踏みするように見つめた。物言いは全く愛想がないが、その目を見ると、ビニール袋の中身に明らかに興味をそそられている様子だ。

「とりあえず、何の血かわかればいいんだな？」

「そういうこと」

「よし。明日、連絡する」

それで会話は終了だった。宇田川はビニール袋をデスクの隅に置くと、それまでやっていた優佳には何だかよくわからない作業に戻った。こうなると、もう話しかけても生返事しか返ってこない。優佳は、頼むわよ、と言い残して宇田川に背を向けた。

宇田川聡史は、優佳の高校の同窓生だった。その当時から現在とあまり変わらない容姿で、周囲からはやはり今と同様典型的オタクとみなされていたため、女子にはほとんど相手にされず、当人も女性には――少なくとも三次元の生身の女子には――全然興味がない様子であった。宇田川の興味はひたすら科学的分析に向けられていた。何やら得体の知れぬ破片やら切れ端やらを化学分析して正体を明らかにしては満足し、指紋やら血液の鑑定までやってのけた。全体の学業成績は平凡だが、化学の実験などになると右に出る者はいなかった。言葉で表すと妙な感じだが、宇田川は「分析オタク」という珍しい存在であった。

理科系の大学へ進んでから優佳とは縁が切れていたが、その大学で分析オタクの腕に磨きがかかり、分析を続けたくて研究室に残った。しかし、とにかく分析だけしていれば満足というのでは先の望みはほとんどない。そのまま埋もれて忘れられる人生のはずだった。

そんな宇田川に、ベンチャービジネスを立ち上げようと考えていた同窓の先輩が目を付けた。宇田川の興味と腕を活かし、企業から取り扱い商品や材料などの検査分析を請け負うことを思いついたのだ。河野《こうの》というその先輩から話を持ちかけられた宇田川は、商才はゼロに等しかったが、好きなだけ様々な物の分析ができるという誘いに乗った。商才の方は河野が持ち合わせており、二人してどうにか会社を設立した。

当初は無名の彼らに付き合う企業は滅多になく、同窓生や親族のツテを頼って何とか仕事を貰っていたのだが、次第に仕事の正確さと丁寧さが評価され、現在では十人ほどの社員を雇い、年間数億円の売り上げと数千万円の利益が出るようになった。その間、営業や金策に走り回るのは常に河野で、宇田川はただ分析のみに没頭し続けていた。

優佳が宇田川の会社の事を知ったのは、雑誌に出た紹介記事からだった。そのときは、あのオタクがうまく成功したんだな、と思っただけだったが、江戸と行き来するようになって捕物に首を突っ込んだとき、急にその記事を思い出した。うまく持ちかければ、江戸の捕物の証拠物件を分析させることができるかも知れない。優佳は会社の住所を調べ、江戸から持ち込んだある証拠物件を携えていきなり宇田川を訪ねた。

自分を覚えているかが心配だったが、宇田川は大した付き合いもなかった優佳を覚えていた。とは言っても覚えていただけで、優佳を目の前にしても人間的な興味を引かれた様子は皆無だった。ところが、優佳が証拠物件を突き出して分析してほしいと言うと、目の色が変わった。企業から依頼される分析は同じようなものが多くて飽きかけていたところへ、優佳が「面白そうなもの」を持ち込んだのでモチベーションがぐっと上がったのだろう。

それ以来、優佳は分析してほしいものができると江戸からここへ持ち込んでいた。ここは万能分析ラボであり、指紋照合はもちろん、ＤＮＡ鑑定さえも可能である。優佳としては、個人用の科捜研を持ったようなものだ。何よりも有難いのは、宇田川が分析そのものにしか興味がなく、優佳が持ち込むブツの出所について余計な詮索は一切しないことだった。普通なら、血染めの手拭いなど持ち込んだら警察に通報されかねないが、宇田川に限ってはそういう心配が全くなかった。しかもタダで分析してくれるのだ。河野は内心苦々しく思っているだろうが、優佳のブツのお陰で宇田川のモチベーションが上がるなら、仕方がないと割り切っているようだ。社員たちは優佳が何者なのか気になっているらしいが、経営者二人が何も言わないので、表立って追及しようとする者はいなかった。

優佳は、事務員に軽く「どうも、お邪魔様でした」と手を振ると、そのまま外へ出て行った。社員たちが自分の素性についてあれこれ噂しているだろうことはわかっていたが、気にしてはいない。宇田川さえ機嫌よく仕事してくれればそれでいいのだ。これでとりあえずは、明日まで待つだけだった。

宇田川からメールが入ったのは翌日の午後遅く、優佳が人形町のスターバックスでカフェラテを啜《すす》っているときだった。着信音を聞いてメールを開いてみると、「分析できた。なかなか面白い」と記されていた。無愛想を絵に描いたような宇田川が「面白い」などとわざわざ付け加えるのは、よほど色々な発見があったのだろう。これは期待できそうだ。優佳は即座に「これから行く」と返信すると、立ち上がって地下鉄の駅に急いだ。

阿佐ヶ谷のラボに着くと、社員への挨拶もそこそこにまっすぐ宇田川のデスクを目指した。宇田川は昨日と変わらず、事務室側に向けた背を丸めてデスクに齧りついていた。

「ありがと。何か面白いことがわかった？」

優佳の声に顔を上げた宇田川は、口元をちょっと歪《ゆが》めた。本人は微笑みかけたつもりらしい。

「来たか。あっちの部屋で説明しよう」

宇田川は手で右手のドアを示すと、彼にしては素早い動作で立ち上がり、ドアへ向かった。優佳が宇田川に続いてそのドアから隣室に入ると、真ん中に置かれたテーブルにあの手拭いが広げられていた。部屋の壁際は各種の測定機器で埋まっている。ここは宇田川専用の研究室になっているのだ。

「さて、この手拭いだけど」

宇田川はテーブルの前に立って、手拭いを指差しながら勿体ぶるように話し始めた。

「伝統的な木綿の和手拭いだな。あんまり上等の繊維じゃないが、作りはちゃんとしてる。波型の模様が入ってるが、これは藍染だ。江戸時代からの伝統的な手法で作られてる。専門の和装小物の店か浅草の老舗の土産《みやげ》物屋でないと売ってないだろう。いい品物だね」

誰が手拭いの講釈をしろと言った、と優佳が突っ込みそうになるのを先回りして手で制し、宇田川は続けた。

「わかってる。まずはこの血だよな。検査の手順は省いて結論だけ言うと、こいつはほとんどが鶏の血だ」

優佳は胸の内で大きく頷いた。やっぱりそうか。伝三郎の見立て通り、佐久間町の現場は偽装だったのだ。うん？　待てよ。

「今、ほとんど、って言った？」

「ああ。少量だけど人間の血もあった。はっきりしてるのはここと、ここだ」

宇田川は手拭いの下端あたりの染みを二か所指差した。優佳は目を凝らしたが、他の血の染みと区別がつかなかった。

「目で見てもわからんよ。それから、この辺」

真ん中あたりを大雑把に手で示す。

「人間の唾液が検出された。血液型はA型。さっき言った血の染みと同じだ」

「血と同じA型の唾液……」

優佳の頭が回転を始めた。人間の血ならば、被害者の久之助の血と見て間違いないだろう。ただし残念ながら、久之助の血液型を知る術はない。下手人が怪我をしたという可能性もゼロではないが、唾液が染みている、ということは、下手人が手拭いで久之助の口を塞ぎながら喉を掻き切り、そのときに手拭いにいくらか久之助の血が飛んだ、と見るのが自然だろう。

「で、この黒い汚れ。こいつは砂粒やら灰やら微小な繊維屑やらその他もろもろの集まり、要するに室内に溜まる埃だな。床の拭き掃除でもしたようだね」

黙りこんでいる優佳が感心していると思ったのか、少し得意気な口調で宇田川は続けた。

「で、後一つ、ちょっと変わったものとして、イチョウの花粉がいくらか見つかった」

「銀杏の花粉？」

これは想定していなかったので、優佳は思わず鸚鵡《おうむ》返しに聞いた。

「ああ。あまり室内にあるもんじゃないね。考えられるのは、銀杏の多い公園かどこかで外に晒《さら》していたか、そばに銀杏の木のある家で洗濯したあと物干しに干してたか、そんなところかな」

江戸には公園も銀杏並木もない。佐久間町の家のあたりにも銀杏はなかった。そばに銀杏の木のある家、というのは重要な手掛かりになるかも知れない。

「それから一番興味深い点はね……」

宇田川の言葉に優佳は緊張した。さらに重大な手掛かりが得られるのか。

「この手拭いは、化合物がゼロだった、ってことだ」

「え？　それはどういう……」

「合成化学物質の類いが一切検出されなかったんだよ。つまり合成洗剤や仕上げ剤、化粧品類、芳香剤、そういったものに全然触れてないようなんだ。そんな手拭いってあるかい？　まるで江戸時代から拾い上げてきたような代物だ。どこにしまってあったのかな」

「そうねえ。それは珍しいかもね」

そう言いながら、優佳は背中に汗が噴き出すのを感じていた。この分析オタクの扱いには、充分注意しなくてはならない。

「まあ、いいや。とにかく、これが分析した結果だ。詳細はプリントアウトしておいた」

宇田川はあっさりとそう言って、優佳にA４のペーパー一枚を差し出した。やはりこの男は、分析の過程そのものが好きなのであって、分析対象がなぜそういう状態になっているのか、という謎解きにはそれほど興味がないらしい。優佳はこの変な男の性格に心から感謝して、渡されたプリントアウトを見た。分析結果がきちんと表になっていたが、書かれた化学記号や片仮名ばかりの物質名の羅列を見ても、さっぱり理解できなかった。宇田川には、分析表を受け取った相手が理解できているかどうかを斟酌《しんしゃく》する気はないようだ。

「ありがとう。さすがいい仕事だね。助かった。じゃあ、これ、持って帰るね」

優佳は手拭いを摑むと、来たときに使ったビニール袋へ入れて分析表と一緒にバッグにしまった。次はこの手拭いを江戸の佐久間町の現場に返さなければならない。

「じゃあな。何かまた面白そうなモノが出てきそうだな。そのときは持ってこいよ」

宇田川は期待するように言った。彼には普通の礼金や土産は必要ない。分析対象物そのものが、プレゼントであり報酬なのだった。


阿佐ヶ谷駅から乗った電車で空席を見つけ、膝にバッグを置いてどしんと座った。

さて、分析の結果、藤屋久之助は佐久間町の空き家以外のどこかで殺され、運ばれたのがはっきりした。だが、この件を伝三郎にどう説明するか。江戸には血液を分析する手段など存在しないのだから、どうやって手拭いの血が鶏の血だと判明したのか、納得できる筋書きが必要だ。伝三郎は、江戸の人間、それも八丁堀の人間としてはだいぶ頭は柔らかい方だと思うが、何しろ犯罪捜査なのである。あまりいい加減な話では通らない。

優佳は大きく溜息をついた。仕方がない。とにかく今夜いっぱい頭を絞るとしよう。明日朝早くに江戸へ戻るか。いや、今夜は江戸へ戻って寝よう。東京より遥《はる》かに静かで、テレビやＤＶＤや缶ビールの誘惑のない江戸の方が、一晩思案に耽《ふけ》るにはふさわしい。

「間もなく新宿、新宿です。右側の扉が開きます」

車内放送が流れ、電車が減速した。優佳は、バッグを摑んで立ち上がった。今夜江戸へ戻るなら、その前に美味《おい》しいイタリアンでも食べて帰ろう。江戸の食べ物も悪くはないが、平成の東京は食にかけてはまさしくパラダイスである。

チャイムが鳴ってドアが開き、優佳は他の大勢の乗客と共に新宿駅13番線の雑踏の中に降り立った。すでにどこからか、ピザの匂いが漂っているような気がした。

第二章　小石川の惨劇

三

「御免なさいよ。おゆうさん、居るかい」

玄関から呼ばわる声に、手拭いをどうやって返そうかと肘枕で思案していたおゆうは飛び起きた。

「はい、居ますよ。ちょっと待ってくださいな」

そそくさと玄関に出て行くと、いかつい顔をした伝三郎と同年輩の男が立ったまま待っていた。腰には十手を差している。

「あら、源七《げんしち》親分。どうしなすったんです」

男は、おゆうもよく知っている伝三郎の配下の、源七という岡《おか》っ引《ぴ》きである。伝三郎の使う目明しは他にも何人もいるが、おゆうのような素人の、まして女が捕物に首を突っ込むのを露骨に嫌う者は多い。素人女が伝三郎に気に入られてるのをいいことに縄張りを荒らしやがって、というわけだ。

だが、それを言うなら目明したちだって公的な役職ではなく、同心の私兵のようなもので、身分保障があるわけではない。考えようによっては、おゆうも目明しの一種だと言えなくもなかった。目明しの中にもおゆうに一目置いている者は何人かいて、源七もその一人である。そのせいか、おゆうとの連絡には伝三郎はよく源七を使っていた。

「ああ、居てくれてよかった。二、三日、姿が見えなかったからな。鵜飼の旦那が、あんたが居たら呼んできてくれ、とおっしゃるんでね」

「鵜飼様が？　何かあったんですか」

「まあ、何か、ってほどでもねえが、例の闇薬がまた出たんだよ。詳しい話は向こうへ着いてからだ。とりあえず来てくんな。白壁《しらかべ》町の杢兵衛《もくべえ》長屋だ」

「わかりました。参りましょう」

おゆうは下駄《げた》をつっかけて急いで玄関を出ると、源七の後について歩き出した。


源七の先導で杢兵衛長屋に入って行くと、住人たちが家から出て、奥から二軒目の家を見ながら何事か噂し合っていた。どうやら伝三郎が待つのはその家であるらしい。「御免よ」と言いながら源七が通ると皆が道をあけたが、ついて行くおゆうにはあからさまな好奇の目が向けられた。

「おう、来たか。入《へえ》んな」

源七とおゆうの姿を見つけた伝三郎が、戸の開けられた家の中から呼ばわった。声に従って家に入ると、六畳一間の部屋に伝三郎と町医者、恰幅《かっぷく》の良い初老の男、それにこの家の住人らしい十六、七の娘とその弟がいた。部屋の真ん中に色褪《あ》せた薄っぺらな布団が敷かれ、ここの主と見える男が寝かされている。顔には白布がかけられ、つい先ほど息を引き取った、という様子であった。おゆうは遺体に向かって丁寧に手を合わせた。目を真っ赤にした娘が、無言で頭を下げた。

「死んだのは、ここに住んでる棒手振《ぼてふ》りの仁吉《にきち》って男だ。肝の臓を患っててな。で、こっちが娘のお清《きよ》と倅の太吉《たきち》、そっちは家主の杢兵衛と医者の道庵《どうあん》先生だ」

伝三郎が簡単に一同を紹介し、杢兵衛と道庵が軽く頷いて挨拶した。

「あの、こちらは……」

杢兵衛がおゆうを見て怪訝《けげん》そうに眉をひそめた。岡っ引きと一緒に何で見知らぬ女が入って来るんだ、と言いたげだ。

「こいつは俺の知り合いでおゆう、ってんだ。ちょいと訳ありで、闇薬の一件の調べに関わってる。悪いがみんな、源七とおゆうにもういっぺんこれまでの話をしてやってくれねえか」

杢兵衛はまだ納得し切れないようだったが、道庵とお清は頷き、まずお清が話し始めた。

仁吉は棒手振りとしての仕事ぶりは悪くなかったが、酒好きが祟《たた》って肝の臓が弱り、半年前から仕事ができなくなった。お清が飯屋の下働きに出たが、その稼ぎでは食うのが精一杯でとても医者代や薬代は払えない。ある日飯屋の奥でそのことを嘆いていると、客の一人が声をかけて来た。常連ではなく、二、三度飯を食いに来たことがあるだけの客だったが、その男が言うには、医者も問屋も通さずにごく安い値で手に入る薬がある、医者が効能を請け合ったものではないが悪い薬ではない、なんなら口を利いてやってもいい、ということだった。値を尋ねると、三日分で百文だという。医者を通した薬の半分から十分の一の値だ。その日暮らしのお清たちにとっては三日で百文でも大金だが、藁にもすがる思いで僅かな蓄えの他に知り合いから借金して、合わせてひと月分、その薬を買った。仁吉に飲ませると、最初は少し元気になったようなので喜んだが、その後薬を飲ませ続けても病状は良くならず、やがて薬さえ飲めなくなった。杢兵衛が様子を見てこれはもう危ないと思い、自腹で道庵を呼んだ。だがすでに遅く、仁吉は昼前に道庵に看取《みと》られて臨終を迎えた。

お清が時々声を詰まらせながら語ったのは、そんな話であった。

「それじゃあ道庵先生、仁吉さんはその薬のせいで命を縮めた、ってことなんですか？」

おゆうは声に怒りを滲《にじ》ませて言った。

「いや、死んだのは肝の臓の病のせいだ。酒の飲み過ぎで、肝の臓が石みたいに硬くなる病だよ。もうこうなると、どんな薬でも治すのは無理だ」

道庵が急いで否定した。要するに、重度の肝硬変ないしは肝癌《がん》だったようだ。

「だがな、その薬だが」

道庵は部屋の隅に置いてある袋入りの薬に顎をしゃくった。

「これは、まず薬と言える代物じゃない。まあ、ほんの少し胃の薬になるものが入ってはいるが、ほとんどは粟《あわ》とか稗《ひえ》とかの雑穀や木の実をすりつぶして粉のようにしたものだな。要するに、薬屋で売っている胃薬に薬と関係ないものを混ぜて大きく水増ししたわけだ」

「そんな紛いものを……。じゃあ、三日分で百文なんて値打ちは全然ないんですね」

「十文でも高いくらいだ。体に害になるものが入ってないことだけが救いだな」

「体に害のあるものって、それじゃあ毒の混ざってる闇薬もあるってことですか」

再び怒りを含んだ声になった。が、道庵は手を振って打ち消した。

「いや、そういうことではない。薬というのは、使いようによって毒にもなる。ある病に効く薬が、他の病には毒になる、ということもあるんだ。だから、ちゃんと医者が処方してやらないと、いい加減な薬の使い方をすれば命に関わることもある、というわけだ」

「ああ、そういうことですか。わかりました」

それはおゆうにも理解できる。阿片もちゃんと医者が使うからこそ立派な薬なのだ。

「で、この闇薬を買った相手の人相は覚えてるかい」

伝三郎がお清に聞いた。

「はい、それが……若い男の人ですが、これといって目立ったところのない人で、あまりよく覚えてないんです」

「若いって、年の頃は？　傷痕とかホクロとかはなかったかい」

「二十四、五くらいかと思いますが、傷痕もホクロもありませんでした。道ですれ違ってもそれと気づくかどうか……」

「そうかい。それじゃ仕方ねえな」

伝三郎はあきらめたように言った。これといった特徴がなく見た目の印象が残らない男というのは、人前に顔をさらす必要のある悪事を働くにはうってつけだ。闇薬の一味はそういう男をわざわざ選んで使っているのかも知れないな、とおゆうは思った。

いまいましいが、こちら側にとってはほとんど手掛かりにならない。

「まあとにかく、この闇薬はもうお前たちにとっちゃ用なしだろう。預からせてもらうぜ」

伝三郎はそう言って源七に目で合図した。当面、ここでの用事は済んだ、ということだ。源七は無言で頷き、部屋に置いてあった闇薬の残りを集めて懐に入れた。

「邪魔したな。親父さんは気の毒だった。丁寧に弔ってやんな」

残された姉弟と家主に言うと、伝三郎は立ち上がった。源七とおゆうも従った。家を出しなに伝三郎は道庵の方に振り返った。

「先生の方でも、怪しげな闇薬には間違っても手を出さねえよう、先生のところに来る患者連中に耳打ちしてやってくれ。頼んだぜ」

「承知しました。しかし、奉行所の方でも闇薬に気をつけるよう、高札を出したり触書を回したりしないのですか」

「そんなものを出したら、闇薬の一味はさっさと商売をたたんで雲隠れしちまうさ。逃げられねえうちに、お縄にできる尻尾《しっぽ》を摑みてえんだ」

江戸中の人々に一斉に知らせるよりはまず悪人を捕える方が先だ、というわけである。道庵は少々不満なようだったが、わかりました、とだけ言った。

小伝馬《こでんま》町近くで源七と別れ、おゆうと伝三郎はおゆうの家へ向かった。そろそろ日も傾き、爽やかな風が流れてくる。夕涼みのそぞろ歩き、といった風情だな、などとおゆうは思ったが、伝三郎の方はずっと考え事をしている様子だ。こんな別嬪を連れて歩いてるのに何が不満で難しい顔をしてるんです、とからかってやろうとしたとき、伝三郎が唐突に声をかけてきた。

「なあ、おゆう。お前さん、算術は得意かい？」

「はあ？　何です、藪《やぶ》から棒に。そりゃ、得意と言うか少しはできますよ」

「お清はあの闇薬が三日分で百文だと言ってたな。ひと月分にすると一貫文だ。てことは、百人の客にひと月分ずつ売ったら、いくらになる？」

おゆうは急いで暗算した。このくらいなら電卓もパソコンも必要ない。

「ええっと、四貫文で一両だから……二十五両ですね」

「二十五両。客が四百人でやっと百両か。ふん」

伝三郎は何か考えがあるのか一人で首を振っていた。おゆうは首を傾《かし》げた。

「鵜飼様、何かお考えなんですか」

「うん。この闇薬の稼ぎなんだがな。いくら元値は小さいとはいえ、三日分で百文なんて安値じゃ相当たくさん売りまくらなきゃあ、うま味がねえだろう。とは言っても、店を構えてるわけじゃなし、口づての商売で何千人って客をつかまえるのはちょっと無理だな。それに、長いことこの薬を使ったら、効き目がさっぱりなのがバレちまう。そう考えりゃ、この闇薬で稼げるのはせいぜい百両かそこらだってことだ。どう思う？」

「どう思うって……あ、そうか。仕掛けの割に稼ぎが少なすぎやしないか、ですね」

「おう、やっぱりお前、頭がいいねえ」

伝三郎が目を細めた。

「百両は大金と言やあ大金だが、薬種問屋の番頭あたりがひと儲け企んでやるくらいの金額だろう。人数集めて結構大掛かりな商売の仕組みを作って、しかもそいつを守るのに人殺しまでしたらしいってのに、百両ぐらいの稼ぎじゃどうも割に合わねえや」

確かに言われてみると、百両どころかその数倍の稼ぎがないと闇商売をやる甲斐はなさそうだ。

「それじゃあ連中の狙いは、やっぱり阿片だと睨んでるんですか？」

「ふん。今のところ考えられるのはそれかな」

伝三郎は、いくぶん曖昧な返事をした。

「確かなことはまだ何もねえが、紛いものの薬もどきと阿片じゃあ、値段が全然違うからな。闇の阿片がどのくらい流れてるのか、もっとはっきりしたことを摑みてえところだ」

「そうですね。その阿片ですけど、藤屋から出たものじゃないとしたら、いったいどこから流れてるんでしょう」

「まあ、まっとうな筋から横流しされたもんじゃなけりゃ、抜け荷だろうな。津軽物は津軽藩の方できっちり押さえてるからな」

「だとすると、ずいぶんと大きな話になってきますね」

「とは言っても今は推量してるだけで、全てはこれからだ。けどお前、何だか楽しそうだな。俺がお前を巻き込んだのを怒ってた割には、この一件が大きくなるのを面白がってんじゃねえのか？」

伝三郎に見透かすように言われて、おゆうは慌てて首を振った。

「とんでもない。これでも大ごとになるのを心配してるんですよ。鵜飼様のために」

伝三郎は鼻を鳴らし、よく言うよ、と返した。

気付くと、もうおゆうの家のある横町の入口に来ていた。あたりは既に薄暗くなっている。

「ちょっとお上がりになります？」

おゆうはそう声をかけた。声に艶っぽさを出したつもりだが、伝わったかどうかはわからない。

「そうだな。ちょいと寄らせてもらうか」

伝三郎は、今日は素直に誘いに乗った。

「どうぞどうぞ。すぐお酒の用意をしますから」

おゆうは、あまり嬉しそうに見えすぎないよう気を付けながら、伝三郎を招じ入れて台所に向かった。

「おう、あまり気い遣わなくていいぜ、って言うまでもねえか。とにかく冷やでいいから」

言われるままに冷や酒を徳利《とっくり》に注ぐと、奥の六畳間に胡坐をかいた伝三郎の前に佃《つくだ》煮《に》の小皿と一緒に差し出した。伝三郎は、おう、すまねえ、と言ってまず一杯呷《あお》り、佃煮をつまんだ。

「お、こいつは旨《うめ》えな。どこの店のだい」

「お気に召しました？　深川《ふかがわ》の方で見つけたんですよ」

銀座のデパ地下で買ったとは、もちろん言えない。伝三郎はそれ以上聞かず、満足そうに盃を運んでいる。

「さて、ところで例の手拭い、返してくれるか？」

突然の伝三郎の言葉におゆうは不意を突かれた。

「えっ、て、手拭い？」

「とぼけんなって。佐久間町の例の空き家に行ったとき、帰り際に袂に入れたろ？　あれのことだよ」

「あ、はあ、あの手拭い」

こっそり持ち出したつもりが、気付かれていたか。やはり鋭い男だ。おゆうは立ち上がって押入れを開けると、風呂敷に包んだままの手拭いを取り出した。まあ、さっきまでどうやって返そうかと悩んでいたわけだし、いっそ手間が省けたと考えることにしよう。

「で、どうだい。何かわかったかい」

風呂敷を開いて手拭いを確かめると、伝三郎が聞いた。

「いえ。見た目以上のことは何も」

おゆうは仕方なくそう言った。

「でもねえ、鵜飼様。あの空き家が殺しのあった場所に細工されたのなら、この血は鶏の血だと思いますよ」

伝三郎の眉が上がった。

「ほう。何でそう思うんだい」

「だって、野良犬や野良猫なら急に入り用になったからって、簡単に捕まえられるとは限らないでしょう。すばしこいし、結構頭がいいですからね。細工は急がなきゃならないし、かと言って飼い犬や飼い猫じゃあ、急にいなくなるのはまずいでしょう。その点、鶏なら鶏屋で買ってくりゃいいんですから、一番手っ取り早いんじゃあないですか。それに、犬や猫なら死骸の始末が厄介です。鶏は鍋にして食べちまえばおしまいですよね」

これが手拭いの血が鶏の血だったというラボの分析結果を伝三郎に伝えるため、おゆうが一晩考えて用意した説明だった。一応理詰めで組み立てたつもりだが、果たして八丁堀同心を納得させることができるだろうか。

伝三郎はおゆうの話を聞くと、しばらく返答しないまま、まじまじとおゆうの顔を見つめていた。おゆうは不安になってきた。小馬鹿にされて終わるのだろうか。やがて伝三郎は、ふん、と息を吐くと、二度三度首を縦に振った。

「うん、筋が通ってるな。まず、お前の言う通りだろう」

「あら嬉しい。私の考えに納得していただけるんですね」

おゆうはほっとした。これで宇田川の分析が無駄にならずに済む。

「納得も何も、ちっと手慣れた同心や目明しなら、まずお前の言ったのと同じように考えるだろうよ」

「あら、なあんだ」

おゆうは拍子抜けした。せっかく一晩も考えたのに。

「がっかりするなよ。手慣れた同心並みに物事を考えられる女はそういないぜ」

憮然《ぶぜん》とした様子のおゆうを、伝三郎はそう言って持ち上げた。

「さて、そうするとだな、久之助が殺された十日前の夜に下手人は鶏を買ってるわけだ」

「ええ。暮六ツを過ぎてから鶏を買いに来る客はそういないでしょう。もしそういう怪しげな客がいたとわかれば……」

「ふむ。まあ、夜遅く鶏を買っただけで下手人と決めつけるわけにもいかねえが」

確かに、全て仮定の話でしかない。伝三郎はまた黙って思案を始めた。おゆうは邪魔せずそのまま横から見ていた。こうしてひどく真面目な顔で思案する伝三郎の横顔には、ちょっと魅《ひ》かれるところがある。

「ところでおゆう、腹が減らねえか」

おゆうの視線に気付いたのかどうか、伝三郎は急に思案をやめると、色気のないことを言いだした。

「はあ、そりゃいくらか減りましたけど、何か奢《おご》ってくれるんですか？」

「何か、ってほどじゃねえが、夜鳴き蕎麦《そば》でもどうだ。ちょっと付き合ってくれ」

そう言って返事も待たずに立ち上がると、玄関へ向かった。

「はあ……今から夜鳴き蕎麦、ですか」

おゆうは首を傾げながら後を追った。

外はすっかり夜になっていたが、月明かりで提灯《ちょうちん》なしでも歩ける程度の明るさはあった。夜気はいくらかひんやりしているが、むしろ心地《ここち》良い。

「どこまで行くんです？」

おゆうは前をぶらぶら歩く伝三郎に声をかけた。

「なあに、もうすぐその辺だ」

当てがあるのか、伝三郎は左の方へ向けて手を振った。

やがて神田川《かんだがわ》の川べりに出た。伝三郎は左に折れ、西の方へ向かって進んだ。おゆうは、おや、と思った。このまま行けば和泉橋《いずみばし》の脇を通って佐久間町の対岸に出る。伝三郎は例の空き家の方へ向かっているようだ。どうやら思いついたことがあるらしい。

和泉橋の少し手前に夜鳴き蕎麦屋が一人、ちょうど店開きしたばかりの様子で客を待っていた。伝三郎はそれを見つけて、早速歩み寄った。

「おう、おやじ。俺と連れに一杯ずつ作ってもらおうか」

「へいっ、旦那、ありがとうござえやす」

最初の客に喜んだ蕎麦屋は、すぐ仕事にかかった。川べりには、おあつらえ向きに縁台が置いてある。伝三郎とおゆうはそこに並んで腰を下ろした。

「お前、毎晩この辺で店を出してるのかい」

「へい、左様で」蕎麦屋は手を止めることなく答えた。

「景気はどうだい。客は多いのかい」

「へえ、まあ、ぼつぼつ、ってとこですかね。この五、六日はあまり良くないですねえ。この近所で殺しがあったせいですかねえ」

久之助の死骸が見つかった件を言っているのだろう。

「もしかして旦那、その殺しのお調べですかい」

「女連れでか？　俺は蕎麦を食いに来ただけさ。毎晩ここで店を出してるなら、殺しのあった次の晩には他の役人にいろいろ聞かれてるだろう」

「へえ、おっしゃる通りで。大きな物音に気付かなかったかとか、やくざ風か商人風の男が何人か通らなかったかとか、いろいろ聞かれましたよ。まあ何人かまとまって、てえんなら気付いたと思いますが、あの晩は今晩ほど明るくなかったしねえ。一人ずつ通ったんなら気に留めてやせんからねえ」

「まあ、そうだろうな」

「下手人の目星はついたんですかい？」

「おいおい、そんな話をできるもんかい」

「ごもっともで。口が滑りやした。ほい、できましたよ」

蕎麦屋が湯気の立つ丼《どんぶり》を二つ差し出した。伝三郎が代金を払い、まず一つを受け取っておゆうに渡してからもう一つを自分が持って縁台に戻った。

「おう、こんな店の割にゃあ、旨《うめ》えじゃねえか」

「へえ、恐れ入りやす」

おゆうは大して旨いとは思わなかったが、蕎麦屋の口を軽くするために愛想を言っているらしい。

「ところでその晩の話だが、人はともかくとして荷車か、でなきゃあ駕籠《かご》でも見なかったかい。覚えてねえか」

「荷車ねえ。そいつは覚えがねえが、駕籠なら通りましたよ。確かに和泉橋を渡って佐久間町の方へ行きやしたね」

伝三郎は啜りかけた蕎麦を途中で止めた。

「通ったのかい。よく覚えてたな」

「へえ、覚えてたのは、その駕籠の様子がちっと妙だったんでね」

「様子が妙だった？」

「へえ。何ていうか、普通の駕籠屋に見えたんだが、妙に動きがとろいんですよ。乗った客に差し障りがあるのか、ずいぶん気を付けて進んでる感じで。駕籠かきも、確かに駕籠屋の格好はしてたがどうも素人っぽかったねえ。素人だからゆっくりだったんですかねえ」

「素人の駕籠屋か。なるほど。で、佐久間町の方へ行ったんだな。どっちから来た？」

「この川筋を両国橋の方からまっすぐ来たようですが。そう言や、あの駕籠屋、結構くたびれてるように見えたな。深川の方から来たのかも知れやせんね。ああ、そうだ。そう言やぁ、駕籠に付いて、ずだ袋みたいなのを持った男が歩いてましたね」

「そいつは何刻頃だった？」

「さあ、五ツか、いや五ツ半かそこらだったと思いやすが」

「そうかい。お前、なかなかよく見てるじゃねえか。この話、殺しの次の晩に来た役人にはしたのかい」

蕎麦屋は首を横に振った。

「いいや。今みてえに、駕籠のことは聞かれなかったんでね」

「そうかい。ありがとよ」

そう言うと、伝三郎はそれ以上は聞かずに改めて蕎麦の方に取りかかった。


蕎麦を食べ終わるとすぐ、二人はその場を離れた。しばらく川沿いに歩き、蕎麦屋の姿が見えなくなったところでおゆうが口を開いた。

「蕎麦を食べるために来たんじゃなかったわけですね」

「ああ、そういうことだ。この河岸《かし》にはよく夜鳴き蕎麦屋が出てるんで、何か見てた奴がいるかと思ってな。どうやら当たりを引いたらしいや。蕎麦屋の見た駕籠には、おそらく久之助の死骸。一緒に歩いてた男は、下手人か見張りか、どっちかだな」

「で、その男の持っていたという袋には鶏が入ってた、と」

「うむ。面白くなってきたぜ」

「深川から来たのなら、本当に殺しがあった場所も深川でしょう」

「蕎麦屋も両国橋を渡って来るのを見たわけじゃねえから、深川と決めてかかるわけにゃあいかねえが、まあ、いい線だろう。いずれにしろ、四ツに町木戸が閉まっちまえば死骸を運ぶなんて真似《まね》はできねえから、殺しをやった後、段取りを決めて鶏と駕籠を揃えた上で佐久間町まで運ぶとなりゃ、相当急がなきゃならねえ。深川だとしても、両国橋からすぐ近くだろう」

「じゃあ、その辺の鶏屋をあたってみればいいわけですね」

「おう。だが、ここまでは全部推量だ。俺はまだ勝手に探索するわけにいかねえ」

「わかってますよ。私が調べます」

「よし、頼むぜ。源七を使っていい。人数が要るなら、源七が手配りするだろう」

「承知しました」

話しているうちに、おゆうの家のある横町に着いた。伝三郎はそこで、じゃあよろしくな、と言って帰って行った。

（結局、またさっさと帰っちまったか）

おゆうは、ふん、と鼻を鳴らした。煮え切らないのか焦らしているのか、まったく面倒な男だ。

（まあいいわ。これで本格的な捜査にかかれる）

おゆうは気合いを入れるようにその場で腕を振ってから、家の玄関に向かった。

翌日の昼近くになって、源七がおゆうを訪ねて来た。伝三郎に指図されて来たらしい。

「鶏飼の旦那の話じゃあ、両国橋近くの鶏屋をあたるんだ、ってことだが、詳しくはあんたに聞けと」

「そうなんですよ」おゆうは、昨晩のことを手短に話した。

「そうかい。それでその晩に鶏を買った奴を捜そうってんだな。だが両国橋の方の鶏屋、ってだけじゃ大雑把すぎるなあ」

「ええ。ちょいと見ておくんなさいな」

おゆうは江戸の絵図を広げた。

「久之助さんが藤屋から見えなくなったのは店を閉めて半刻ほど後、戌の刻頃に殺されたとすると、亥の刻に町木戸が閉まるまでに鶏と駕籠を用意して佐久間町まで死骸を運び込むには、両国橋からそんなに遠くないところでないと無理です。鶏も遠くまで買いに行く暇はないですから、その場所の近くでしょう。だいたい、このくらいの内でしょうか」

おゆうは絵図に指で大まかな範囲を示した。現代の時制で言うと、殺人の推定時刻は午後八時前後、町木戸が閉まるのが午後十時。二時間で死体の移動を完了するなら、殺人現場は佐久間町から徒歩で三、四十分あたりが限度だろう。鶏屋も、その現場からせいぜい二、三十分で往復できるところでなくてはならない。

「なるほど、深川の方は北は横網《よこあみ》町から、竪川《たてかわ》沿いに相生《あいおい》町に松井《まつい》町、南は森下《もりした》町まてかい。で、大川《おおかわ》のこっち側は瓦町から馬喰町か」

「ちょっと広いですかね」

「いや、そうでもねえだろう。鶏を扱ってる店がそんなにたくさんあるわけじゃねえ。けど深川の方は俺の縄張りじゃねえから、あっちの岡っ引きに声をかけなきゃならねえな」

「それは厄介なんですか」

「いや、そんなことはねえ。ただ、ちょいと掛かりがあるがね」

源七はそう言って、指で「金」を示す合図をした。

「わかってますよ、それなら」

おゆうは笑みを浮かべると、奥の部屋に行って紙包みを取って来た。

「どうぞ、お使いくださいな」

源七は手渡された紙包みを開いて目を丸くした。入っていたのは三両である。

「こいつは豪儀だな。金主は藤屋かい？」

おゆうは黙って頷いた。源七も無言で頷き返すと、金包みを懐にしまった。

「よし、早速取りかかるとするか。まあ、二日もありゃあいいだろう。駕籠屋の方もあたっとくぜ」

「よろしく頼みます、源七親分」

源七は、まかしておけ、という風に手を振ると、肩で風切るように出て行った。おゆうは見送りながらくすりと笑いを漏らした。三両の効き目はだいぶあったようだ。


源七は言った通り二日で調べを終えて、おゆうの家に意気揚々とやって来た。どうやら見込み通りの収穫があったらしい。上がり框《がまち》にどかりと腰を下ろすなり、勢いよく言った。

「見つけたぜ。どんぴしゃりだ」

「見つかりましたか。さすがですね、親分」

「おう。鶏屋は北森下町の店だ。殺しのあった晩の戌の刻をちっと過ぎた時分に、鶏を二羽買ってった奴がいた。店はとっくに閉めてたんだが、しつこく戸を叩かれて、どうしてもって言うんで売ったそうだ。顔見知りだったんで、無理を聞いてやったんだと」

「顔見知り？　じゃあ、そいつの名前はわかってるんですね」

「ああ。半次郎《はんじろう》ってえ若いのだ。遊び人だが、まあやくざの使いっ走り程度の半端者だな。相生町の長屋に住んでる」

これで下手人一味の一人が割れたことになる。予想以上の進展だった。

「その半次郎っていうのが殺しをやったんでしょうかね」

「そりゃわからねえが、たぶん違うだろう。聞き込んだ限りじゃ、殺しができるような度胸はなさそうだ。死骸を運んで細工するのを手伝わされただけの下働きだな。しかし殺しの下手人は知ってるだろう。ちょいと締め上げりゃあ、吐くだろうぜ」

「そいつを押さえたんですか？」

「いや、そこまではしてねえ。今のところはっきりしてるのは、鶏を買った、ってえことだけだからな。だが、深川の岡っ引きで喜平次《きへいじ》ってのが、奴の長屋を見張ってる」

「やっぱり源七親分、抜かりはないですね」

源七は口元を緩め、どんなもんだ、という顔になった。

「まあな。それから駕籠屋だ。面白えことがわかった。横網町の駕籠屋で、殺しのあった晩に店の裏に置いてた駕籠の一つが消えてたんだと。店の印半纏《しるしばんてん》もな。夜中に気付いて朝になったら番屋に届けようと思ってたが、朝になって見ると駕籠も半纏も戻ってたそうなんだ」

「それは、その消えてた駕籠と駕籠屋の印半纏が死骸を運ぶときに使われて、用済みになったらこっそり戻された、ってことですね」

「そうよ。駕籠屋の手代が夜中に小便に立たなけりゃ、誰にも気付かれなかったかも知れねえな」

「親分のことだから、その駕籠も調べたんでしょう」

「ああ、調べたとも。けどなあ、もし久之助の血が付いたとしてもきれいに拭われてたよ。駕籠屋は、どうも消える前よりきれいになったような気がする、なんてほざいてたな」

「そうですか……下手人の方も抜かりはないようですね」

おゆうは首を捻《ひね》った。この一件はどうやらこちらの見立て通りの様相だが、今のところ状況証拠ばかりだ。まだ奉行所の見立てを変えるほどの確実な証拠はない。伝三郎が直接動けるようにするには、やはり半次郎とかいうチンピラを締め上げるしかないだろう。

「まあ、こんなとこだ。これまでの首尾は悪くねえと思うが、とりあえず鵜飼の旦那に知らせて次の手を考えるかい？　それとも半次郎が尻尾を出すまで見張っとくかい？　でなきゃあ、一気に吐かせるかい？」

「締め上げて、吐かせましょう」

おゆうがきっぱりと言った。

「いいだろう。それが手っ取り早い」

源七は頷いて立ち上がりかけた。

「ちょいと待ってくださいな。私も行きますよ」

「はあ？　おゆうさんが出向くのかい？」

源七が驚いて言った。荒事の現場に女が出向くなぞ常識外だ、というところだろう。

「大丈夫ですよ。とにかく私も立ち会わせてくださいな」

「まあ、頼み主はあんた、ってことになってるからねえ。どうしてもってんなら……」

不承不承という様子だったが、源七は承知した。

「じゃあ仕度しますから、半刻したら両国橋で落ち合いましょう。よろしくお願いします」

困惑顔が消えないままの源七が出て行くと、おゆうは奥の間に入った。源七は面白くないだろうが、何もかも源七に任せきりでは、おゆうとしてはいまひとつ物足りない。やはり半次郎が何を吐くか、直接自分の耳で聞いておきたかった。とはいえ、パシリのチンピラであっても用心するに越したことはない。護身用の道具くらいは持って行くつもりだった。

両国橋に着くと、源七は千太《せんた》と藤吉《とうきち》という二人の若い下っ引きを従えて待っていた。これに長屋を見張っている喜平次とその手下を加えれば、おゆうを除いても五人。取り逃がしはしないだろう。

「それじゃ、行くとするか。本当に大丈夫かい？」

源七が固い顔で念を押した。下っ引きたちも心配そうにしている。できれば自分たちに任せて引き返してくれないかと言いたいようだが、おゆうにそんなつもりはない。

「ええ。ご心配なく。参りましょう」

おゆうと源七は、下っ引きを従えて歩き出した。後ろで千太が、勘弁してくれというように首を横に振っているのがちらりと見えた。

長屋の入口に着くと、反対側の家の軒下で目つきの鋭い中年の小柄な男が、長屋の方を窺《うかが》うように立っていた。これが喜平次という岡っ引きだろう。

「おう、すまねえな」

源七は喜平次に近付いて声をかけた。喜平次が頷く。が、おゆうに気が付くと怪訝な顔をした。それを見て、喜平次が尋ねる前に源七が言った。

「こっちは、ほれ、話したろ。例の姐《ねえ》さんだ」

「ああ、そうか」

喜平次は改めておゆうを見て、ニヤリとした。おおかた伝三郎の女だ、とでも言ってあるのだろう。まあ、そうとでも言っておくのが一番わかりやすいだろうからおゆうは気にしなかったが、喜平次の下卑たような笑いは癪《しゃく》に障《さわ》った。

「で、踏み込むのかい？」

「ああ。締め上げて知ってることを吐かせることにした。奴は家に居るんだな？」

「昼まで寝てたくせに、まだ家で酒飲みながらゴロゴロしてやがる。今日はどこにも出かけてねえ」

「よし。裏はどうなってる」

「隣の長屋との間に人一人通れるくらいの隙間があるだけだ。新助《しんすけ》に裏を見張らせてる」

そう聞いて源七は千太に顎で合図した。千太は頷き、小走りで長屋の裏へ回った。

半次郎が裏へ逃げたら、喜平次の手下の新助とで挟みうちにするつもりだろう。

「よし。踏み込もう。おゆうさんはここで待っててくれ。奴を取り押さえたら呼ぶから」

「わかりました」さすがにおゆうも乱闘に巻き込まれるつもりはなかった。

おゆうを残して、源七と喜平次と藤吉は腰から十手を抜くと長屋の奥へ向かった。

気配を察したのか、二、三の住人が戸を開けて様子を窺っている。三人の目明しは、
奥から二軒目の戸口に立った。

藤吉が戸に手をかけるのが見えた。一気に開けて、半次郎が反応する前に飛び込む

つもりだろう。が、手がかかった瞬間、中からがたんと大きな音がした。間髪《かんはつ》を容《い》れずに藤吉が戸を引き開けた。

「野郎、待ちやがれッ」

三人の目明しは、そう叫ぶなり家に飛び込んだ。見ていたおゆうはぎょっとした。どうやら目算が狂ったようだ。半次郎は裏から逃げたに違いない。だが、裏には千太と新助が待ち構えているはずだ。

長屋の裏から、物が派手に引っくり返るような音が響いた。よし捕まえたな、とおゆうが思ったとき、「馬鹿野郎、さっさと追わねえかッ」という喜平次の怒声が飛んだ。まずい。千太と新助は何かに足を取られて取り逃がしたらしい。

（しまった。チンピラだと思って油断したわ）

半次郎がこうも素早く動くとは思っていなかったおゆうは、意表を突かれてうろたえた。どうしようかと思って左右に首を巡らすと、隣の長屋から遊び人風の若い男が裸足《はだし》のまますごい勢いで走り出て来るのが見えた。これが半次郎に違いない。源七たちは振りきられたようだ。唯一最大の手掛かりにこのまま逃げられてはたまらない。おゆうは、猛然と駆けて行く半次郎の後を追い始めた。だが、着物姿で全力疾走するのは至難の業である。

（ああもう、トレーニングウェアにランニングシューズなら、互角に走れるのに）

それは無理。口惜《くや》しいがこのまま引き離されるばかりかと思ったとき、半次郎が突然横町に入った。おや、と思ったが、振り向くとちょうど源七たちが隣の長屋から通りへ飛び出て来たところだった。彼らは半次郎が横町に入るのを見ていない。おゆうは源七たちを待たずにそのまま横町へと走った。半次郎は源七たちを撒《ま》くつもりのようだが、おゆうに追われているのは気付いていないはずだった。

横町に入ってみると、半次郎の姿はそこにはなかった。横町は行き止まりらしく、突き当たりは武家屋敷の土塀になっている。塀をよじ登る暇はなかったろうから、この横町に隠れたのだろう。板塀の陰や積んである用水桶の裏など、少しの間なら身を隠せそうな場所はある。おゆうは慎重に横町を進んで行った。半ばまで進むと、後ろでばたばたと足音がして、源七たちが駆け込んで来た。おゆうが横町へ入るのが見えたのだろう。

「おゆうさん、どうした。奴はここに逃げ込んだのか」

おゆうは振り向いてそれに答えようとした。そのとき、左手の商家の裏に置いてあった樽の後ろから半次郎が飛び出し、おゆうの襟首を摑んだ。長屋を飛び出したときと同様、昼間から酒を飲んでゴロゴロしていた男にしては、なかなか素早い動きだった。

「あッ」不意を打たれて、おゆうと源七は同時に叫んだ。おゆうは襟首をぐいと引っ張られ、半次郎の方に引き寄せられた。

「野郎、何しやがる。逃げられねえんだぞ。神妙にしろいッ」

源七が十手を突き付けて怒鳴ったが、半次郎は返事の代わりにもう片方の手で懐から匕首を取り出しておゆうの首筋にあてがった。

「来るんじゃねえ。この女がどうなってもいいのか」

半次郎の叫び声に、五人の目明しは足を止めた。源七が千太に向かって言った。

「鵜飼の旦那に知らせろ。今時分なら馬喰町か福井町の番屋にいるはずだ」

千太は「へいッ」と叫ぶと、踵《きびす》を返して走り去った。

非常にヤバい状況だわ、とおゆうは思った。半次郎が匕首を持ち歩いているとは予想外だった。まして喉元に匕首を突きつけられ人質にされるなど、思ってもみなかったのだ。自分は調子に乗り過ぎたのだろうか。ここで本当に命を落としたりするのだろうか。しかし、そう思いながらもおゆうの頭は冷めていた。どうも現実感が乏しいのだ。もしかしたら、ここで死んだら東京の家のベッドで目覚めるだけなのではないか、そんな気さえしていた。理屈では、そうでないことはわかっているのだが。

ふと気が付くと、匕首を握った半次郎の手は小刻みに震えている。そう言えば「この女がどうなってもいいのか」と叫んださっきの声は、かなり上《うわ》ずっていたようだ。おゆうは確信した。こいつには殺しをやるような度胸はない。ここに隠れて源七たちをやり過ごそうと思ったのが私のせいで見つかって、パニックを起こしているのだ。やはりこいつはパシリがせいぜいのチンピラに過ぎない。だが、ビビってパニクってるという状態は却ってまずかった。逆上するか手元が狂うかで匕首を刺されないとも限らないのだ。四人の目明しは動きを封じられているが、こいつを逃がすつもりはない。どうしても逃げられないとわかれば、自暴自棄になってしまうかも知れない。どうやら、そうなる前に自分で動くしかなさそうだ。

「お前ら、下がれ。さっさとどっかへ消えろ。女ぁ殺《や》っちまうぞ」

半次郎がまた叫んで、匕首をおゆうの喉から離すと目明したちに突きつけて振った。今がチャンスだ。おゆうは右手で袂に入れていたものを摑むとその手をさっと後ろに回して半次郎の剝《む》き出しの太腿に当て、スイッチを入れた。

おゆうの手にしたスタンガンから、高圧電流が半次郎の体に流れ込んだ。半次郎は背中をのけぞらせて棒立ちになった。匕首が手から落ち、四人の目明しが啞然とする中、半次郎はそのまま仰向《あおむ》けにどしんとぶっ倒れた。

おゆうは、地面に倒れた半次郎を見て一歩引いた。半次郎は白目を剝き、口からよだれを垂らしている。完全に気を失っているのを確かめると、ほっと息をついた。

源七と喜平次が慌てて駆け寄って来た。

「おゆうさん、怪我《けが》はねえか」

源七は明らかに戸惑いの表情を浮かべながら聞いた。

「ええ、大丈夫です。すみません、心配おかけしました」

おゆうもまだ息が整わず、肩を大きく上下させていた。だが、幸いかすり傷一つなかった。

「やれやれ、こいつ気絶しちまってる。いったいどうなってんだ」

半次郎の上に屈《かが》みこんでいた喜平次が呆れたように言った。

「あんた、こいつに何か仕掛けたのかい？」

「私が？　まさか。勝手に倒れちまったんですよ。心の臓に持病でもあるんですかね」

「ふうん。ぶっ倒れてくれたのは幸いだったが、どうもよくわからねえなあ」

源七と喜平次は、おゆうと半次郎を交互に見ながら首を捻った。

「とにかく水でもぶっかけて目を覚まさせてから、番屋にしょっ引こうぜ。まったく馬鹿な野郎だ。こんな真似しなけりゃ、夜遅く鶏を買っただけなのに何が悪いって開き直ることもできたのによ。こうなっちゃ、もう言い逃れはできねえな」

「そうですねえ。こっちとしちゃ、却って好都合なことになりましたね」

おゆうはそう言いながら、右の袂に隠したスタンガンに気付かれないよう、手をずっと後ろに回したままにしていた。

四

「まったく何をしでかしてくれるんだ、お前さんは」

　相生町の番屋で、伝三郎は眉を逆立てておゆうに詰め寄った。

「一つ間違えりゃ大怪我するとこだったんだぞ。そりゃあ調べてくれと頼んだかも知れねえが、女だてらに殴り込みとはどういう料簡《りょうけん》だい」

「殴り込みとは人聞きの悪い。あの男に知ってる事を吐かせるのに一緒に行っただけじゃありませんか」

「それだって荒仕事に違いねえだろうが。確かに俺はお前に指一本触れさせねえとは言ったよ。だが、手前《てめえ》から危ない橋めがけて突っ込んで行かれちゃどうしようもねえじゃねえか」

　千太の知らせで一大事とばかり駆け付けた伝三郎だったが、着いたところで目にしたのは、源七と喜平次が縄をかけた半次郎を番屋へ引いて行く後ろから、けろりとした顔でついて来るおゆうの姿だった。慌てておゆうに駆け寄り、どうなったんだ、怪我はねえのかと蒼くなって尋ねる伝三郎に、しれっとして、あら全然平気ですよ、鵜飼様こそそんなに走って荒い息をついて大丈夫ですかなどと言ったものだから、すっかり怒らせてしまったのだ。

「遊び人を締め上げて吐かせるなんざ、どう考えても女が手を出す仕事じゃねえぞ。わかってんのか」

「だってぇ……」

おゆうは唇をとがらせた。

「私は、ただ……鵜飼様に手柄を立ててほしかったから……」

そう言いながら、しょげた様子を作って上目遣いに見つめてやると、伝三郎は言葉に詰まった。効果はてきめん、気勢をそがれた様子の伝三郎を見て、おゆうは内心ほくそ笑んだ。男はこういう持って行き方に弱い。二百年の時空を超えたって男の性《さが》は変わらないのだ。

するとその間に割り込むように源七が「旦那」と声をかけた。

「おう、どんな具合だい」

「へい。半次郎の奴、障子に俺たちの影が映るのを見て、ろくに物も考えずに逃げ出したようです。横町に隠れて俺たちをやり過ごそうとしたのをおゆうさんに見つかったんで、一か八かで匕首を突きつけた、ってえことで」

「で、何で急にぶっ倒れたんだ。やっぱり心の臓か何かか」

「いいや、奴が言うには、突然太腿に火箸を当てられたような感じがしたかと思ったら、目の前が真っ暗になって、気が付いたら縄をかけられてた、ってんです。どうも要領を得ませんや」

「ふうん……」

伝三郎は顎をなでると、おゆうの方を向いて言った。

「お前、何か変な術でも使ったのか」

どうやら機嫌は直ってきたらしい。

「術だなんて、まさか。私をくノ一か何かだと思ってらっしゃるんですか」

「そうだと聞いても、あんまり驚かねえな」

「やれやれ。次は手裏剣でも使いましょうかねえ」

ふと見ると、源七が二人の様子を見てニヤニヤ笑っている。伝三郎が気付いて思い切り睨みつけると、慌てて目をそらした。

「よし、そこから先は俺が聞こう」

伝三郎は立ち上がると、半次郎に近寄った。縛られて土間に座らされている半次郎は、さっきよりだいぶ小さくなったように見える。筋金入りの悪党とは違い、捕まっただけですっかり気落ちしているようだ。これならすぐに洗いざらい喋《しゃべ》るだろう。

「さてと、半次郎。十一日前、つまり今月七日の夜遅くに、北森下町の店で鶏を二羽買ったそうだな」

「へえ」半次郎はぼそっと返事した。

「そりゃあお前の金じゃねえよな。誰かに買って来いと言われたんだろう。誰に頼まれた」

「いや、それは俺が仲間と食おうと思って……」

「ほう、仲間って誰だい。鶏を買う金はどうしたんだい」

「金は、ちょっと前に博打で儲かったんで、それで景気づけに鶏鍋でもと……」

「誰に頼まれたのかって聞いてんだよ！」

伝三郎は立てかけてあった割れ竹を摑むと、半次郎のすぐ脇の土間に打ちつけた。

半次郎がびくっと身を竦めた。

「なめるなよ。痛い目にあうのが好きだってんなら別だが」

伝三郎は割れ竹を半次郎の顎に当てると、ぐいと持ち上げた。

「さあ、どうする。言う気があるのか、ええ？」

「あ、あの、それは……」

「聞こえねえんだよ！」

激しい怒声とともに、伝三郎の振り上げた竹が半次郎の肩に打ちおろされた。

「痛ッ」半次郎が叫び声を上げ、見ていたおゆうも顔をしかめた。伝三郎がこんな風に厳しい取り調べをするのを見るのは初めてだった。

もう一発、伝三郎が半次郎を打った。おゆうはちょっと首を傾げた。どうも今日の伝三郎は普段よりボルテージが上がっているようだ。すると源七も同じように感じたらしく、おゆうの傍らに来て小声で言った。

「今日の旦那は、だいぶ力が入ってるねえ。奴があんたに匕首を突き付けたことが、よっぽど頭に来たみたいだ」

そういうことか。私を苛《いじ》めた仕返しをしてるなんて可愛いじゃないの。でも、お願いだからやり過ぎないでよ。自分にちょっかいを出した悪ガキを痛めつけるボーイフレンドを見ている女子高生のように、おゆうは心の中で呟《つぶや》いた。

三発目を食らわせる格好をしたところで、半次郎が吐いた。

「び……毘沙門《びしゃもん》の辰蔵《たつぞう》親分に頼まれたんだよ」

絞り出すようにそう言うと、がっくりと肩を落とした。

「毘沙門の辰蔵だと？　そうか」

毘沙門の辰蔵は、様々な悪事に手を染める裏の世界の顔役の一人だ。背中に毘沙門天の彫り物があるのでそう呼ばれている。数人の腹心以外は子分を置かず、仕事によって使えそうな小者を集めては動かしていた。その仕事は、押し込みのように派手で乱暴なことは扱わないが、詐欺、故買、横流しから抜け荷まで多彩で、稀《まれ》に殺しも引き受けることがあるという。ただし、いろんなことに手を出す分、縄張り荒らしと見られて敵も多い。確かに闇薬を扱う元締め役としては、ぴったりの男だ。

「奴に頼まれたのか。よし、順を追って全部話してみろ。怖がるこたぁねえぞ」

伝三郎は割れ竹を置くと、普段の声に戻って言った。


半次郎が白状したのは、次のようなことだった。

今月七日、久之助が殺された晩、半次郎は何をするでもなく、家で残り少なくなった酒をちびちび啜っていた。前日に行った賭場で有り金をそっくり巻き上げられ、何か金づるはないかとぼんやり思案していたのだが、そこへ突然、毘沙門の辰蔵の手下で顔見知りの男が押しかけて来て、辰蔵親分が急ぎで人手を探しているからすぐ来い、と言った。これは小遣いにありつけそうだと思って喜んで承知すると、竪川を渡って本所林町《ほんじょはやし》の使われていない小さな商家に連れていかれた。着いたのは戌の刻を小半刻ばかり過ぎた頃だったと思う。入ると、店として使われていた表の板の間に、辰蔵と手下がもう一人待っていた。よく見ると板の間は血だらけで、真ん中には商家の若旦那風の男が首筋を切られて倒れていた。死んでいるのはすぐわかったので、これはえらいことに巻き込まれたと青くなったが、今さら逃げ出そうとしても遅い。逃げたらこっちも殺される。

すっかり怖《お》じ気《け》づいていると、辰蔵がこの近くで鶏を扱ってる店を知ってるかと聞いてきた。知っていると言うと、今すぐ鶏を二羽買って来い、手下の男が金を持って一緒に行く、と言われた。その手下は金を持って行くだけでなく、自分が逃げようとしたら殺すつもりなのは察しがついた。で、おとなしく言う通りに鶏を買って戻った。戻って見ると、どこから持ってきたのか駕籠が一丁用意されていて、手回しのいいことに駕籠屋の印半纏もあった。どうやら駕籠屋に化けろということらしいと思っていたら、その通りに命じられた。まず死骸を駕籠に乗せ、血の付いた手拭いを渡されたので、それで死骸の手を転がり落ちないように駕籠の骨組みに縛った。それから手下の一人と印半纏を着て尻を端折《はしょ》り、駕籠を担いで裏から何とか外に出た。駕籠なんぞ担いだことはなかったが、手下の方は心得があるようで、ゆっくりなら何とかそれらしく動けた。もう一人の手下が絞めた鶏を入れた袋を持って付き添い、辰蔵は残った。

佐久間町あたりまで行って一軒の空き家に入ると死骸を下ろし、板の間の埃を死骸の手を縛っていた手拭いやその辺のぼろきれで払ってから、そこに死骸を転がした。終わると、鶏を持ってきた手下が空の駕籠を担いで大急ぎで帰るように言い、手早く鶏の首を落として床にその血を撒き散らし始めた。この若旦那風の男がここで殺されたことにするつもりだと、見ていてわかった。こっちは、駕籠屋に化けた手下と一緒に引き上げた。町木戸が閉まるのには、辛うじて間に合った。残った手下は、朝まで隠れて木戸が開いてから帰るつもりだろうと思った。林町の家に戻り、印半纏を脱いで返すと金をくれて、今夜あったことは全部忘れろ、と言われた。必死で頷き、急いで家へ帰った。これは後で厄介なことになりそうだと思っていたが、今日まさしくその通りになった。


「よし、話はわかった。お前、本当に殺しには関わってねえんだろうな」

凄《すご》みをきかせて念を押す伝三郎に、半次郎は青くなって首をぶんぶん振った。

「とんでもねえ。言った通り、俺ぁホトケを運んだだけでさあ。信じてくださいよ」

伝三郎は、ふん、と鼻を鳴らして、まあいいだろう、と言った。

「それじゃあ、とりあえずその林町の商家とやらに案内してもらおうか。そこでお前の話に穴が見つかったら、ただじゃ済まねえぞ」

「穴なんてそんな。俺は洗いざらい正直に話しやしたよ。全部、辰蔵の仕業でさあ」

「いいから立てよ、ほら」

源七と喜平次に両側から持ち上げられる形で、縛られたままの半次郎が立った。それを見ておゆうも立ち上がった。もちろん、ついて行くつもりだ。伝三郎が気付き、顔をしかめて何か言いかけたが、結局やめた。どうせ何と言おうがおゆうはついて来るし、この一件に引き込んだのは自分である以上、仕方がないと思ったようだ。伝三郎とおゆうと五人の目明しは、縄を打たれた半次郎を取り囲むようにして番屋を出て行った。

林町の家は佐久間町の空き家と似たつくりだが、一回り大きかった。表には雨戸が立てられていたが、裏へ回ると裏木戸は開けることができた。伝三郎がまず裏庭に入り、次に源七が半次郎を押し込むようにして中に踏み込んだ。喜平次とおゆうがそれに続いた。狭い庭だが、駕籠一丁置けるくらいの広さはある。

「死骸を置いて戻って来たとき、駕籠はここへ置いたのか」

伝三郎が振り向いて半次郎に言った。

「へい」

「そのときは家の中へ入らなかったのか」

「へい。ここで駕籠を置いて半纏を返したら、その場で金をくれて帰らされやした」

伝三郎は雨戸の閉められた家を改めて眺めた。割合にしっかりした建て方のようだ。

「貸家じゃなさそうだな。近所で持ち主を知ってるか聞いてきてくれ」

喜平次が承知して、新助を連れて出て行った。

「じゃあ俺たちは、家の中を覗《のぞ》いてみるか」

源七が裏口の戸に手をかけた。閂《かんぬき》はかけられておらず、すぐに開いた。戸の向こう側は表まで続く土間になっている。右側に障子で仕切られた座敷が二間並んでいた。伝三郎が障子を開けると、座敷には何もなかった。畳は敷いてあったが、その上にあるのは埃だけだ。押入れの襖は開けっ放しになっていて、そこも空だった。

「何もねえようだな。すっかり片付けて行きやがったか。とにかく雨戸を開けろ。暗くてしょうがねえや」

千太と藤吉が表に行って雨戸を全部開けた。昼の光が差し込み、家の中全体が隅まで見通せるようになったが、どうやら物という物はきれいさっぱり持ち去られた様子である。

「ものの見事に何もありやせんねえ。簞笥や火鉢まで運び出したら目立っちまうのになあ」

「そんな余計なものは初めからなかったんだろうよ。おい半次郎、お前が最初に見たとき死骸はどこにあった」

「あの板の間の真ん中あたりでさ。手足を投げ出して、うつ伏せになってやした」

「ふん。この辺だな」

伝三郎は板の間に上がって膝をつき、丹念に床を調べた。が、やがて首を振って舌打ちすると立ち上がった。

「だめだな。血の痕はきれいに拭きとられてる。相当念入りに掃除したようだな」

「さすがに毘沙門の辰蔵は抜かりがねえようですね。癪な野郎だ」

「まったく、俺の家もこれぐらい丁寧に誰かに掃除してもらいてえくらいだぜ」

そう言いながら、伝三郎は土間に立っているおゆうを見た。おゆうは、聞こえていないふりをしてそっぽを向いた。

その板の間は商家の店先として使われていたはずだが、何も残されていないので何の店だったかわからない。土間の反対側の壁は棚になっており、小分けされた引出しが並んでいた。どこかで見たような店先だな、とおゆうは思った。伝三郎が棚の前に行って、引出しを開けた。案の定、空っぽだった。

「ふん、引出しも棚もきれいなもんだ」

肩を竦めると、半次郎に向かって言った。

「この板の間に辰蔵と手下が居たんだな？　奥の座敷には誰も居なかったのか」

「そうです。辰蔵親分ともう一人が居ただけです。奥にゃあ、誰も居ませんでした」

「お前が来る前に、他に誰か居たような様子はなかったか」

「そこまでわかりゃあしません。なんせ、ホトケを見たら胆を潰しちまって……」

「情けねえ野郎だ。じゃあ、今は空っぽだが、この家にそのとき何が置いてあったか覚えてるか」

「何がって……徳利とか湯呑《ゆの》みとか、鉢とか皿とか、ああ、秤《はかり》みてえなものもありやした」

「箪笥とか火鉢とかは」

「さあ、よく覚えてねえが、大道具は何もなかったような気がしやす」

そこへ喜平次と新助が戻って来た。

「お待たせいたしやした、旦那。申し訳ありやせん。今の持ち主は、近所の者もよくわからねえそうです」

「そうか。前の持ち主はどうだ」

「へい、上方から出て来た小間物屋です。結構長く店をやっていたそうですが、去年商売敵ができてから商いの方はすっかり傾いちまったとか。そういやあ、あっしもこらに小間物屋があったのをうっすら覚えておりやす。で、半年ほど前に店を売って、上方へ帰って出直すと言って出て行ったそうです」

「で、その売った先がわからねえんだな」

「へい。人が出入りするのを見た者はおりやすが、顔は覚えてねえ、と」

「まあ、ここを買ったのが辰蔵の一味だとすりゃ、面が割れねえように出入りには気を遣っただろうさ」

「半年前と言うと、闇薬が出回るようになったのもその頃ですか」

おゆうは思い出して口を挟んだ。

「その通りだ。そこはぴったり符合するな」

伝三郎はそう言って、引出しのある棚を指差した。

「あの棚だが、小間物屋なら紅だの白粉《おしろい》だの櫛《くし》だのを小分けして入れておくのに便利だが、薬を入れておくにも丁度いい。闇薬を調合するためにここを買ったんだろうぜ」

ああ、そうか。あの棚は、薬屋にあるのと似ていたのだ。藤屋の店先にもあんな小分けされた引出しのついた棚があった。

「ここが闇薬の連中の本丸っていうわけですね。それじゃ、ここで死骸が見つかっちゃあ具合が悪いですよね」

「それにしても、随分手の込んだことをしたもんですね。人通りのないあたりまで運んで大川へでも放り込んどきゃいいのに。それなら盗人か何かの仕業で片付けられて、闇薬の一味の仲間割れ、なんて疑いを持たれなかったかも知れねえ」

源七が首を傾げながら言った。

「いえ。疑いを持たれたかったのかも知れませんよ」

「はあ？　どういうこったい」

おゆうの言葉を聞いて、源七は当惑顔になった。だが、伝三郎は察したようだ。

「ははん。お前、久之助が闇薬の一味に関わってると思わせるためにわざわざ辰蔵が細工した、と言いたいわけだ」

「ええ。そうだとしたら辻褄《つじつま》が合うでしょう」

死骸が道端や川の中でなく空き家の中で見つかれば、なぜその家に行ったかが詮索される。素行の良くない久之助の場合、明らかな証拠がなくてもその家に行った理由と闇薬とを結び付けて考えたくなる。むしろ証拠が明白すぎない方が、様々に憶測を呼んで疑いが深まるだろう。こんな細工をした毘沙門の辰蔵とは、相当に頭がいい奴のようだ。

「まあな。そうすると、辰蔵は藤屋を陥れようとしてる、ってことになる。だが、何のために？　それが辰蔵にとってどんな得になる？」

おゆうは答えられずに黙り込んだ。

「どうにもややこしい話になってきやしたね」

喜平次が頭を掻いた。

「ま、今考えても仕方ねえ。この家は明日、人数を集めてもっと調べよう。今日のところはこれで引き揚げるか」

伝三郎は一行を促して表に出た。千太と藤吉が後の戸締りをした。

「さて、俺たちはこいつを奉行所へ引っ張っていくが、おゆう、あんな目にあった後だ。お前、大丈夫か」

伝三郎はどうやら真剣に気遣っている様子だ。

「ええ、あのくらいのこと、ご心配には及びません。こう見えて肝は太い方ですから」

「ふん。確かにお前さんの肝は並みの男より据わってるよな」

そう言ってから伝三郎は声を落とした。

「無理するなよ。怖いと思ったら遠慮なく言え。何なら俺の家に来てもいいぞ」

「あら、今日はずいぶんお優しいんですねえ」

伝三郎が家に来いなどと言うのはよほどのことだ。ついからかうような口調になったが、本当は嬉しかった。

「ありがとうございます。でも大丈夫。どうかお気になさらず」

「そうか。わかった。それじゃ、気を付けて帰れよ」

背を向けて歩き去る伝三郎たちに向かって、おゆうは一礼した。伝三郎の言葉に甘えてみたかったのだが、この後、どうしても伝三郎に知られずにやりたいことがあったのだ。


一旦家に戻ったおゆうは、半刻余り後に再び本所林町の家に戻って来た。手には風呂敷に包んだ道具箱のようなものを提げている。人目には髪結いが仕事に出向くところのように見えただろう。

　裏に回ると、誰も見ていないのを確かめて、さっき入った裏木戸を開けた。鍵など元からないので手間はかからない。裏口は閉まっていたが、木製の閂はすぐに開けられた。家の中に入ると、すぐ表の板の間に向かった。雨戸を開けるわけにいかないので、戸の隙間と裏口から入って来るわずかな明かりが頼りだ。

　板の間に上がると、提げていた風呂敷包みを床に置いて風呂敷を広げた。引出しの付いた道具箱が現れた。だが、もちろん中に入っているのは髪結いの道具ではない。

（さてと、始めるか）

　さすがに仕事をするには暗すぎるので、おゆうは袂から懐中電灯を出して点灯した。その明かりで道具箱の引出しを開け、中のものを取り出す。入っていたのは、広口の小瓶と化粧道具のような数本の刷毛《はけ》、それに透明なシールが数十枚。おゆうは左手で小瓶をつまみ上げ、右手で刷毛を持った。

（家具も道具類も何もなし、床は丁寧に拭き掃除されているとなると、やっぱりとりあえずはあの棚か）

　おゆうは瓶と刷毛と懐中電灯を手にして棚に近付くと、瓶の蓋を開けた。瓶の中身はアルミパウダーである。おゆうは刷毛にパウダーを付けると、懐中電灯で照らしながら引出しの取っ手の周りをその刷毛で丁寧に叩き始めた。そう、おゆうが持ってきたのは指紋採取キットだった。しかもこのアルミパウダーは、ネット通販で売っている簡易な品ではなく、プロの鑑識が使うホンモノだった。宇田川のラボからせしめてきたものだ。

たちまち幾つもの指紋が浮かび上がって来た。そこに透明シールを当て、指紋を写しとる。並んでいる引出しの一つ一つでその作業を繰り返した。思った通り、引出しや棚の指紋は全く拭きとられてはいなかった。指紋のことなど、誰一人考えてもいなかっただろう。欧米の警察でも、指紋を使う捜査が一般的になるのは二十世紀の話なのだ。

引出しと棚の指紋採取を終えるのに半刻ほどかかった。懐中電灯を使いながらの作業なので能率はよくないが、指紋はまずまずきれいに採れたと思った。

（さて、ひとまずこれでよし。あとは……）

おゆうは部屋を見回した。あと指紋の採れそうなところはどこか。表や裏の戸の取っ手は、今まで何人もが使って指紋が何重にも重なり合っているだろう。素人には難しそうだ。他に一か所選ぶとすれば？　おゆうの目が板の間と土間の境にある柱に留まった。

（うん、この柱だな。これなら採れそう）

おゆうは柱のそばに寄ると、目の位置あたりから順に下へ向かって、アルミパウダーを付けていった。やはり多くの指紋が出てくる。しかし引出しに比べると、指紋の位置が分散しているので見やすかった。

（ふふ、こんなことしてるとほんとの捜査員みたいだね）

すっかり鑑識課員になりきっている自分を思って、おゆうは一人笑いした。

（子供の頃、刑事になって事件捜査とかしたいと思ったけど、まさかこんな形で実現しちゃうとはなあ……）

おゆうの意識は優佳に戻って、しばし平成の東京をさまよった。


「だいたい優佳はさあ、ミステリーマニアって言うの？　その手の本ばっか読んでるからダメなんだよ」

新宿のダイニングバーのテーブルで、向かいに座った同僚の森佑菜《もりゆうな》が言った。

「ミステリーが何でダメなのよ」

優佳はふくれっ面になって目の前の友人に反論しかけた。だが、それを遮るように隣の武本真由美《たけもとまゆみ》が佑菜に加勢した。

「優佳ってほら、昔から優等生タイプじゃん。経理部なのに、うちは不動産会社だからって宅建主任の資格も取ったでしょ。そういう頑張りって、結構男を引かせちゃうんだから」

「いや、それはそれ。ミステリーと関係ないし」

「だからさあ、読んでる本からして堅苦しいって言ってるの。もっとこの、女子力上げる方向に努力向けられないかなぁ」

「急に女子力って言われてもなあ……」

優佳は眉間に皺を寄せた。だが、実はそう言われるのは初めてではない。真由美の指摘の通り、小学校のときからずっと優等生で通してきたが、どうも女の子らしさが足りないのでは、と言われることが時々あった。中学では、漫画で盛り上がるクラスメイトを尻目に横溝正史《よこみぞせいし》やアガサ・クリスティを読み、とっつきにくい奴、という印象が定着してしまった。苛めの標的にならなかっただけ幸運と言うべきだった。

「高校と大学ではミステリー同好会に入ってたし、周りもそういう仲間だったから」

同じミステリー好きの仲間が見つかってからは、外面のとっつきにくさは随分ほぐれたのだが、ミステリーへの傾倒はさらに拍車がかかり、ついには警察官になりたいと真剣に思うようになっていた。しかし、就職活動をする頃になると、女性警察官の立場が映画やドラマで描かれるようなものとは大きく隔たり、刑事部の第一線で格好良く男性の捜査員を指揮するような状況はまずないことを知るようになる。結局警察官になるのは諦め、普通の就活をした結果、現在の中堅不動産会社に職を得たのだ。

「それに、野口《のぐち》君だってミステリーファンだったわけだし……」

「でも、結局ダメだったじゃん」

うじうじと自己弁護しようとする優佳を、佑菜はばっさり斬って捨てた。

「それを言うかよ……」

優佳は俯《うつむ》いて呻《うめ》き声を漏らした。

野口は販売部門にいる一歳年下の社員で、やはりミステリーを読むのが好きで大学時代は同好会にいた、という男だった。誰かの送別会か何かで出会い、趣味の一致から意気投合し、二年近く付き合ったのだが、結婚を意識するようになったとき、他に好きな人ができたと言って別れを告げられた。原因は思い当たっている。同好の士、ということで余りにも趣味の話ばかりに入り過ぎ、男女の甘い雰囲気が醸し出せなかったのだ。佑菜と真由美に言わせれば、まさしく女子力不足の結果である。

「どうも優佳は、〝私は誰にも頼らず生きていけるんだ〟オーラが出ちゃってんじゃない？　男に合わせようってんじゃなく、我が道を行くと言うかさ。ま、媚《こび》を売れなんて言うつもりはないんだけど」

「あんたたちの言いたいことは、まあ自分でもわかる。これでいいのか、って思うことはよくあるんだよね」

「ほうらね。だったらもっと本気で女子力の研究しなさいよ」

（うーん、そういうことを言いたいわけじゃないんだけどな……）

佑菜と真由美の言うことは充分理解しているつもりだが、優佳の思いは少し違う。

（何だろうなあ、この中途半端な感覚）

仕事で頑張っても、A評価がつくのは年上の男子社員ばかりで報われた気がしない。今の会社だって望んで入ったわけでもなく、十社余りに蹴られた後の妥協の結果だ。野口君との関係にしても、心のどこかに、付き合う男はまあこの辺でいいか、という妥協があったのは自分でも気付いていた。もしかすると、振られたのはそんな心を彼に感じ取られたからだったのかも知れない。

「何もかも、行き詰まってるなあ……」

思わず声に出していた。佑菜と真由美は、顔を見合わせてくすっと笑った。

「だよねえ。わかるわかる、その気分」

（いや、わかってないよ、たぶん）

優佳は苦笑を浮かべて、お気楽な友人たちを見つめた。自分にももっと気楽に生きる術があればいいのに、などと思いつつ。


祖母が亡くなったのは、その女子会から二か月ほど経ってからだった。そして、祖母から譲られたあの一軒の古い家によって、どうしようもない閉塞感の漂う優佳の生活は、一気に破壊された。

初めて階段を下り、押入れの襖を開けて江戸に踏み出したとき、優佳は自分の目が信じられなかった。地下へ地下へと下りて行ったはずなのに、出て来たところは地上なのだ。祖母の日記によれば、そこは江戸の町中にある家だった。塀の向こうでは子供の遊ぶ声がして、自動車やバイクの音は一切聞こえない。優佳は半信半疑のまま、裏庭に足を下ろした。本物の土の感触だった。映画のセットなどではないようだ。表を見てみたかったが、それはできない。まだ、スウェットにジーンズという平成の服装のままだったのだ。

ふと優佳は空を見上げた。作りものではない青空が、そこに広がっていた。やはりここは地下深くに作られた疑似空間ではなく、江戸の地上なのだ。その青空は澄みきって、東京の青空よりもずっと深い色をしていた。優佳は久々に気分が晴れ渡る思いがした。毎日つきまとっていた閉塞感は、すっかり消えていた。祖母が、倒れる直前まで年齢に似合わずどこか生き生きしていた理由がわかったと思った。これこそが私が求めていたもの、私を変えられるもの。ここに来てわずか数分しか経たないのに、優佳はもう確信していた。

（ありがとう、お祖母《ばあ》ちゃん）

優佳は心の中で天国の祖母にそう叫ぶと、家の中に戻り、押入れの奥に入って階段を上って行った。江戸で暮らす準備をするために。

気が付くと、懐中電灯の光が少し弱まっていた。電池が残り少なくなったらしい。

（しまった。さっさと終わらせなくちゃ）

物思いから覚めたおゆうは、道具箱から紙とサインペンを取り出すと、手早く部屋の見取り図を描いた。図の中で、引出しと柱の指紋を採取した位置に記号を振っていく。それから指紋を写した透明シールに、図の中の採取位置に見合うよう同じ記号を入れた。

これで一応の指紋サンプルは出来上がった。あとは、引出しと柱に付いたアルミパウダーを拭き取れば作業完了である。パウダーを拭き取ればもう指紋は消えてしまうし、明日になれば奉行所から何人もが現場の調べにやって来る。そうなれば指紋など滅茶苦茶だ。指紋採取は今しかできない一発勝負だったのだ。でもどうにかうまくやれた。これを明日ラボに持って行って、宇田川に分類させなくてはならない。

おゆうは自分の仕事に満足して裏口から外へ出た。外はもう薄暗くなっていた。空には雲が出てきており、月明かりは望めない。提灯は持って来なかったし、まさか往来で懐中電灯を出すわけにはいかない。真っ暗にならないうちに早く帰らねば。おゆうは足取りを速めた。少しだけ、不夜城の東京が恋しくなった。

「こいつを全部、分類しろってのか？」

優佳がデスクに置いた四十枚余りの透明シールを見て宇田川が呻いた。

「そうよ。楽しそうでしょ」

「楽しいってお前……一応こっちにも仕事はあるんだがな」

宇田川は不満そうにもごもごと言った。だが、口調とは裏腹に早くも興味を覚えたようだ。

「要するに、この指紋が何人分あるのか知りたいってことなんだろうな」

「そうそう。話が早いじゃない」

「ふん。まあ、重なってるやつも含めて、一つ一つの指紋を特定することはできる。だが、わかってるだろうが、全部同じ指じゃなくて親指のもあれば人差し指のもあるからな。俺は指紋の専門家じゃないから、正確に何人分かは確定できないかもだぞ」

「できるとこまででいいよ。それから、これと同じ指紋があったら除外しといて」

優佳は、三束に分けた数枚の透明シールを渡した。

「これ、三人分か。一つはあんたのか」

「そう。あと二つは、関係者、ってことで」

他の指紋は伝三郎と源七のものだった。二人に気付かれないよう、以前に湯呑みなどから採取してあったのだ。林町の家に行ったとき見ていた限りでは、引出しと柱に触れたのは伝三郎と源七だけだった。従って、二人のものでない指紋は全て辰蔵以下闇薬の一味のものと考えていいはずだ。久之助の指紋も入っているかも知れないが、確かめるのは難しい。それ以前の小間物屋の指紋は、何度も掃除されているだろうから検出されていないと考えておくことにした。

「とりあえずちょいと拝見するか」

宇田川は一番上のシールを取り上げた。

「このAの何番とか書いてあるのは何だ?」

「それは採取場所。それに従って分類しといて」

宇田川は、ふん、と頷くと、順にシートをめくっていった。

「で、どう? 割ときれいに採れてるでしょ?」

優佳は自慢げに言った。

「え? ふむ。そうだな。まあ素人の仕事にしちゃ、いい方だ。けどこれ、この前ここから持って行ったアルミパウダーを使ったんだろ。あれを使えばどんな素人でも結構いい指紋が採れるさ」

優佳は憮然とした。こいつに愛想を期待した私がバカだった。

「それじゃ、預かろう。今ちょっと立て込んでるから、そうだな、五日後でいいか?」

「それでいいわ。じゃ、五日後に電話かメールするから」

優佳はそれだけ言って、宇田川の仕事場を出た。事務室の出入り口まで行ってから振り向くと、宇田川は透明シールを両手に持ち、しきりに矯《た》めつ眇《すが》めつしているようだ。優佳は内心ニヤリとした。あの分なら、五日と言わず三日でも仕上がるだろう。

五

本所林町の家での奉行所の捜索は、結局何も発見できずに終わった。座敷の畳と床板をはがし、床下まで調べたが無駄骨だった。助っ人に駆り出された若い見習同心の一人が、床板の継ぎ目の隙間にかすかに残っていた血痕を見つけたのが唯一の収穫だった。半次郎の証言を裏付ける証拠はそれだけだったが、木戸番、夜鳴き蕎麦屋、鶏屋、駕籠屋の証言と一致しているため、嘘《うそ》はついていないと見て間違いなさそうだった。

その一方で毘沙門の辰蔵の身柄を押さえるため、彼の根城である永代橋《えいたいばし》近くの宿屋に捕り手を向かわせたが、すでにもぬけの殻であった。これは予想されたことだったので、すぐさま江戸中の目明しに辰蔵の居所を突き止めろという指示が飛んだ。

「これで久之助殺しの下手人はわかったが、藤屋への疑いについちゃ何も変わってねえんだよな」

おゆうの家の座敷に座って昨日の成り行きを説明していた伝三郎が、溜息をついた。

「そうですねえ。久之助さんが闇薬の仲間割れで殺された、っていう疑いを消すものは、何も出て来たわけじゃありませんものねえ」

おゆうも一緒に溜息をついた。調べは進展したが、藤屋からの疑いを晴らしてくれとの頼みには、未だに全く応えられていない。もらった二十両が何となく重荷に思えてきた。

「でもまあ、闇薬はもうこれで出回りませんよね。それだけでもよかったですね」

おゆうが気持ちを切り換えるように言った。

「そうだな。元締めが知れちまった以上、もう何もできねえだろう」

「けど、あんな薬とも言えないような代物でも頼ろうとした人が大勢いたというのは、何か切ないですね」

「親兄弟や女房子供が病とあっちゃ、何かしらできることがあるならしてやろう、ってのが人情だからなあ」

そこで伝三郎は少し間を置いてから、ぼそっと言った。

「俺も女房にゃ、大したことはしてやれなかったからな」

おゆうは、はっとした。そう言えば、伝三郎の妻女は病で亡くなっていた。どういう病だったのかは知らないが、もう何年も経つはずだ。何か悔いがあって、まだそれを引きずっていたりするのだろうか。

「鵜飼様の奥様って、どんな方だったんですか」

思い切って聞いてみた。

「何だい急に。どんなって言われてもなあ……まあ、大人しくて地味な女だったよ。俺は入り婿だが、肩身が狭くならないよう、却って気を遣ってるようなとこがあったな」

どうやら自分とは真逆のタイプのようだな、とおゆうは思った。

「きれいな方だったんでしょうね」

「ん？　いや、そうでもねえさ。ごく目立たないような感じで。何でそんなことを？」

「え？　いえ、ただちょっと気になって……。今のは忘れてください」

おゆうは慌てて言った。伝三郎は苦笑した。

「そう言ってほしいんだったら、お前さんの方がだいぶ別嬪だぜ」

「いやだ。そんなつもりで言ったんじゃありませんよ」

赤くなったのが自分でもわかり、おゆうは横を向いた。伝三郎はまた笑ったが、すぐ真顔になった。そのまま少しの間ためらう素振りを見せたが、やがて心を決めたのか、話し始めた。

「もう六年になるかな。あいつはもともと、体が強い方じゃなかったんだ。あるとき、風邪をこじらせちまってさ。三日ほど熱出して寝込んでたんだが、こっちも単なる風邪だと思ってたし、本人も大丈夫だってえから、いつも通り出仕したんだ。ちょっとした捕物があって帰りが遅くなってよ。帰ってみたら、もう意識がなかった。大急ぎで医者を呼んだが、手遅れでな。翌日には息を引き取った。今でも思うんだ。もうちょっと俺が気を付けてやってりゃ、そんなに急なことにはならなかったんじゃねえか、ってな」

おそらく風邪から急性肺炎になったのだろう。伝三郎がこんな話をしたのは初めてだった。おゆうは胸が詰まった。

「すみません。辛《つら》いことを思い出させてしまったようで……。ほんとに私ったら、余計なことを」

おゆうは居住まいを正し、畳に手をついて頭を下げた。伝三郎はそんなおゆうを見て、また苦笑した。

「よせやい。お前さんにそんなことされちゃ、気味が悪いや」

居心地が悪くなったのか、これを潮に伝三郎は立ち上がった。

「何か湿っぽくなっちまったな。こっちこそ余計な気を遣わせちまった。すまねえ」

「そんな。私が悪かったんですから。ろくに考えもなしに」

伝三郎は、いいから気にするな、というように手を振って玄関に出た。そして、じゃあな、と言って戸に手をかけたが、そこで思い出したように振り向いた。

「そうだ。おゆう、身の周りには充分気を付けてろよ」

「え？　どうしたんです」

「辰蔵だ。お前は半次郎を捕まえるのに一役買ってるし、林町の奴らの家にも俺たちと一緒に行ってる。もし奴の手下がこっちの動きを見定めるために、半次郎か林町の家を見張ってたとしたら、お前も面が割れてる。そうするとだ、奴らは役人には手出ししねえだろうから、何か仕掛けてくるとしたらお前が一番危ない」

「それは……」

そう言われると、おゆうもちょっと怖くなった。だが、そんな可能性はあるだろうか。

「姿をくらまして逃げてる連中が、そんなことをしますかねえ……」

「まあ、確かに滅多にそんなことはなかろうと思うが、用心に越したことはねえ。とにかく何か妙なことがあったら、すぐに言ってこい。いいな」

それだけ言うと、伝三郎は帰って行った。どうやら本気で気遣ってくれているようだ。そう思うと、やはり嬉しい。

（それに、初めて自分から身の上の話をしてくれたし）

伝三郎が入り婿であることは、以前に彼の同僚が洩らしたので知っていた。もとはある道場主の養子で、人柄と腕を見込まれて鵜飼家の婿に迎えられ、八丁堀同心の身分を引き継いだということまでは、周囲の人間から聞き出していた。だが伝三郎の方からおゆうには、今日まで自分自身の話はしたことがなかった。その代わり、おゆうの過去についても一切聞こうとはしない。互いの身の上話は、あえて避けているようなところがあった。それはおゆうには好都合だったが。

そのせいもあって、伝三郎はどこか摑みどころのない男、という印象を与える。二人は似た者同士なのかも知れない、とおゆうは思った。それで互いに惹《ひ》かれているのだろうか。今日初めて自分の妻のことを語ったのは、それだけおゆうに気を許したということだろうか。伝三郎はどう思っているのだろう。それはおゆうにもよくわからなかった。

指紋をラボに預けてから五日目の朝、東京に戻った優佳は早速、宇田川にメールした。「おはよ。例の奴、できた?」だけでは素っ気なさすぎると思ってデコレーションも付けてみたが、考えてみれば宇田川には無用の長物だった。一分後に返ってきたメールは「できてる」と、ただそれだけだった。優佳は呆れて笑い、「今から行く」とだけ返信した。

ラボに着いて事務室の扉を開け、「おはようございます」と挨拶した。女性事務員がいつものように「あ、どうも」と軽く返す。

「あの、これ皆さんでどうぞ」

今日は日本橋の有名店のスイーツ詰め合わせを用意していた。その包みを見て、女性事務員の目が輝いた。

「まあ、たびたびお気遣い頂きまして、どうもすみません。宇田川は奥におりますので、どうぞ」

優佳はにこやかに一礼すると、奥へ進んだ。気軽に出入りできるように女性事務員を味方につけておくには、時々こういう物を用意する必要があった。OL生活で培った常識である。有名どころのスイーツは、最も効き目があるのだ。ただし宇田川にとっては、スイーツとは要するに小麦粉と砂糖と牛乳と油脂の混合物でしかないのだが。

いつものようにデスクに齧りついている宇田川は、ドアが開いたのに気付くと、顔も上げずに「おう、来たか」とだけ言った。

「おはよう。それで指紋、どんな感じ？」

優佳も宇田川に合わせるように、前置き抜きで声をかけた。どうせ「まあ、どうぞ」などと言わない男だから、勝手にその辺の椅子を引き寄せて座る。

「うん。正直、だいぶ手こずった。指紋が何重にも重なって潰れてるのが多くて、一部は部分指紋で判断した。この指紋、あんたが付けた記号によるとAブロックとBブロックに分かれてるが、Aブロックの方が状態が悪いな」

宇田川は引出しから優佳の預けた透明シールの束を引っ張り出しながら言った。きちんと片付けてあったところを見ると、思った通り五日もかからず仕上げていたようだ。

「それでAブロックとBブロック、それぞれどのくらいモノになった？」

Aブロックは引出し、Bブロックは柱である。

「確認できたのは、Aブロックが三十五個、Bブロックが三十二個、合わせて六十七個だ」

それなら思ったより多い。

「上等じゃん。それで、何人分なのかわかったの？」

「それなんだがな。何人分、と断言するのは無理だ。この前言った通り、俺は指紋の専門家じゃないから」

「そうなんだ……。やっぱ、無理？」

優佳は軽く失望したが、あまり何もかも都合よく調べられると思うのは贅沢だろう。

「どうしてもって言うなら、たまに依頼する大学の指紋研究室に送って見てもらうが」

「いいよ。そこまでしてもらっちゃ悪いわ」

優佳は急いで言った。まさか江戸時代の指紋だとはバレないと思うが、外部の専門家を入れるのはリスクが大きすぎる。

「そうか」宇田川はあっさり了解した。

「けどまあ、確実に何人とは言えないが、少なくとも何人以上、ぐらいは言えるぞ」

なあんだ。それでいいんだよ、それで。優佳は安堵した。

「それはありがたいな。何人以上だったの？」

「うん。まず、Aブロックに異なる親指指紋が九個確認できた。そのうち、あんたが除外してくれと言った関係者とやらの指紋が一人分あったから、対象になるのは八個だな」

「じゃあ、少なくとも八人はいた、ってことね」

「慌てるな。Bブロックの方では同様に八個確認できた。うち二人分は除外する関係者のだったんで、こっちの対象は六個だ。この六個のうち、四個はAブロックの八個に含まれている。つまり、AブロックとBブロック両方で採取された指紋が少なくとも四人分、Aブロックのみで採取されたのが四人分、Bブロックのみで採取されたのが二人分ということだ。さあ、合計は？　数学の集合の問題だな」

「えっと……四＋四＋二で、十人ってことね」

「ご名答」

少なくとも十人か。結構多い。優佳は考え込んだ。奉行所が把握している辰蔵の手下は四人。辰蔵と合わせて五人だ。久之助の指紋も入っているとして、残りは四人分。

「少なくとも」だからもっといるかも知れない。ほとんどは臨時雇いの闇薬の調合係か売人なのだろうが、最も肝心なのは……。

「どうした？　何か疑問でもあるのか？」

「うん？　ああ、いやいや、何でもない。ありがとう。とりあえずここまでで充分よ」

「そうか。指紋をどんな具合に確認したか、説明しなくていいのか」

そんなものを聞かされた日には、頭がオーバーヒートしてしまう。

「いや、それはいいから。今の結果だけでＯＫ」

「あ、そう」

宇田川はいかにも残念そうだった。

「この指紋を写した透明シール、どうする？　持って帰るか？」

「いえ、たぶん次は他で採取した指紋と照合してもらうことになると思う。それまで預かってて」

「指紋は全部スキャンしてデータにしたんだがな。まあいいや、預かろう」

宇田川は透明シールの束を引出しに戻した。これで互いに用は済んだ、ということになる。

「それじゃ、また。次の指紋が出たら連絡するわ」

「おう。じゃあな」

宇田川はそれだけ言うと、またデスクの上の自分の世界へ帰って行った。

その翌日。江戸の家の座敷に座ったおゆうは、思案にくれていた。林町の家で指紋を採取したのは、辰蔵一味以外の誰かが絡んでいないか調べたかったからだ。闇薬の仕掛けを作るには、やはり薬の知識を持った者が必要なはずだ。辰蔵にはおそらく薬の知識はないだろうから、薬屋か医者の協力者、あるいは黒幕がいる。奉行所はそれが藤屋だとまだ思っているようだが、藤屋でなければ誰なのか。指紋から、少なくとも十人があの家に出入りしていたのがわかったが、その中に目当ての人間がいたとしても、それが誰なのか目星をつけて指紋を採った上でその十人の指紋と照合しない限り、役に立たないのだ。そもそも辰蔵と手下の指紋さえ、連中がお縄にならない限り照合しようがない。

（さて、次はどうしたものか。もういっぺん藤屋に事情聴取して心当たりがないか確認するかな。お金もらってるんだから、中間報告も必要だろうし）

そんなことを考えていると、玄関で物音がして、「おゆう、戻ってるのか」という伝三郎の声がした。

「はあい、居ますよ」

そう返事しながらおゆうは、おや、と思った。いつもの気軽な調子ではなく、妙に切羽詰まった声に聞こえたのだ。

伝三郎はすぐに座敷に上がって来た。おゆうが戸惑ったことに、伝三郎はずいぶん厳しい顔をしていた。

「どうなさったんです、そんな顔して」

それには答えず、伝三郎は立ったままで言った。

「お前、一昨日の晩からどこに行ってたんだ」

まるで詰問するような口調である。おゆうは少しむっとした。

「ちょっと野暮用ですよ。何が気に入らないんです。いつもは私が居ようと居まいと大して気にしないくせに」

「お前、何ともないのか。無事なんだな」

「何を言ってるんです。見た通りですよ。いったい何なんですか」

正面切って文句を言うと、伝三郎はようやく肩の力を抜いた。

「ふう、確かにそうだな。いや、俺としたことが間抜けなことを聞いちまった」

そう言いながら伝三郎は、羽織を脱いでおゆうの横に座った。

「もういっぺん聞きますが、いったいどうなさったんですか」

「いや、どうしたって言うか、その……」

伝三郎は急に歯切れが悪くなった。

「この前、辰蔵と手下がどんな手に出てくるかわからんから気を付けろ、って言ったよな」

「ええ」おゆうはまだ当惑している。

「俺もそれほど本気で考えてたわけじゃねえんだが、林町の家の周りで聞き込みをしたら、辰蔵の手下の一人に似た奴が、俺たちが半次郎を連れてあそこへ入ったとき、ずっと見張ってたようだ、って言う奴が出てきたんだ。それでお前に言っとこうと思って一昨日の夕方に来てみたら留守だったろ。で、昨日も今朝も来てみたらやっぱり居ねえから、さすがに心配になってよ……」

「昨日も今朝も来られてたんですか」

おゆうは驚いて言った。辰蔵の手下の件など知る由もないとはいえ、ずいぶん心配させてしまったようだ。文句をつけたのが申し訳なくなってきた。

「すみません。そんなにご心配いただいていたとは、全然知りませんで」

おゆうは真面目な顔になって頭を下げた。伝三郎は大袈裟にし過ぎたと思ったのか、頭を掻いている。

「いや、こっちこそちっとばかり慌てちまった。すまねえ」

そう言われたが、伝三郎が取り乱すのは珍しい。

「確かに、鵜飼様らしくありませんね。でも、そこまで本気で心配して頂けるなんて、嬉しい」

おゆうはそう言って微笑《ほほえ》んだ。いつもの伝三郎なら、「よせやい」などと言いながら赤くなるところだ。だが、今日は少しばかり様子が違った。優しげな目になって、おゆうの顔を見つめている。おゆうの心拍数が少し上がった。

「ほんとに、いつもとご様子が違いますね。どうしたんでしょう」

伝三郎は、ふっと息をついて笑った。

「そうだな。お前の言う通り、俺らしくないな。そもそも、この一件にお前を引っ張り込んだのは俺だってのになあ」

そう言って目線を下に落とした。

「この前、女房の話なんかしちまったせいかな」

「え？」何が言いたいのかよくわからず、おゆうは続きを待った。伝三郎はしばらく迷っているようだったが、やがてぽつりと言った。

「大事な女をなくすのは、一度きりでたくさんだ、って、そう思ったのさ」

一瞬、おゆうの呼吸が止まった。

（え？　何？　いま私のこと、大事な女って言ったの？）

気が付くと、伝三郎は目線を上げてじっとおゆうを見ていた。おゆうは体が火照ってくるのを感じた。

（うわ、何？　このシチュエーション、ヤバいんじゃないの？）

そう思いながらも、おゆうは伝三郎の目を見つめ返した。いつの間にか、伝三郎の右手がおゆうの肩に回されていた。

（ちょっとちょっと、ますますヤバいよ。このままいっちゃうの？）

おゆうの頭の一部はそう叫んでいたが、体は抗《あらが》おうとせず、そのまま自然に伝三郎の肩に頭を預けてぴったりと寄り添った。おゆうの頬を伝三郎の左手がそっと優しく撫《な》でた。「鵜飼様……」そう呟いて、おゆうは目を閉じた。伝三郎の吐息が瞼にかかるのを感じた。

突然、表でばたばたっと人が走り込む音がして、おゆうと伝三郎はびっくりして体を離した。それに続いて、大声で呼ばわる源七の声がした。

「鵜飼の旦那、居《お》られますかい！　大変です！」

おゆうは大慌てで髪と着物を直すと、衝立《ついたて》越しに玄関を睨みつけた。

（この唐変木が。何ていうタイミングで駆け込んでくるのよ）

伝三郎も呆れたような顔で不承不承立ち上がった。

「何だよ。何をそんなに慌ててやがる。無粋な奴だなあ」

衝立の上から顔を出して源七を睨みながら言った。源七は、はあはあと荒い息をついている。よほど急いで走って来たようだ。

「とにかく、旦那、大変だ」

おゆうは、そんな源七の様子を見て吹き出しそうになった。まさしくテレビの時代劇で、「親分、大変《てえへん》だ！」と下っ引きが駆け込んでくるあのシーンそのままではないか。だが、源七の顔が本当に青ざめているのを見て、笑いを嚙み殺した。

「だから、何が起きたんだよ」

「毘沙門の辰蔵が殺されやした」

「何だとォ！」伝三郎が顔色を変えた。

「手下も四人、まとめて皆殺しです。えれぇことになりやした」

「何ですって？　皆殺し？」おゆうも仰天した。

「場所はどこだ。いつ殺されたかはわかってるのか」

「小石川《こいしかわ》の荒れ寺です。昼前に通りがかった近所の寺男が妙な臭いがするんで覗いてみると、五人のホトケが転がってたってんです。今、あっちには境田様《さかいだ》が行っておられやす」

境田左門《さもん》は伝三郎の同僚の定廻り同心で、おゆうもよく知っていた。

「わかった。すぐ行く」

伝三郎は座敷にとって返して羽織と大小をひっ摑むと、玄関を飛び出した。

「待ってください、私も行きます」

おゆうは押入れから指紋を採りに行ったときのものより一回り小さな道具箱を出すと、それを摑んで玄関に走り出た。伝三郎を追おうとした源七が目を丸くしている。

「おゆうさん、いいのかい？　あっちは相当えげつないことになってるぜ」

そう言うところを見ると、かなり凄惨な現場なのだろう。

「構やしません。とにかく行きます」

おゆうは戸締りもそこそこに、源七と並んで走り出した。


横町を走り抜け、神田川に向かったところでふと考えた。

（あれ？　小石川ってここからだと地下鉄でどれだけ？　馬喰横山、岩本町、小川町で丸ノ内線に乗り換えて……げげっ！）

目的地まで地下鉄でも十五分ほどかかることに気付き、おゆうは愕然《がくぜん》として立ち止まった。とてもそんな距離は走れない。一方、源七はおゆうに構わずどんどん走っていく。やはり江戸人の脚力は大したものだ。途方に暮れかけたとき、神田川のへりで駕籠屋が休んでいるのが目に入った。天の助けだ。

「ちょいと駕籠屋さんっ！　大急ぎで小石川へやって頂戴！」

血相変えたおゆうを見て駕籠屋は「はあ？」という顔をしたが、突き出したおゆうの右手に一分銀が握られているのを目にすると、バネ仕掛けの人形のように飛び上がった。

小石川の外れのその寺は、五、六年は住む者もなく放置されているようで、塀も門も瓦が落ち、間から雑草が生えていた。普段は人気もなさそうな荒れた境内に、今は奉行所の小者や目明しが何人も動き回っている。

おゆうが駕籠から降りて門を入ると、小者たちを指図していた伝三郎と境田が気付いて驚いた顔を向けて来た。

「何だ、おゆうさんじゃないか。おう、伝さん、女連れで殺しの調べとは、結構な御身分だなあ」

境田がニヤニヤしながら伝三郎の脇を肘で小突いた。伝三郎は渋い顔になった。

「馬鹿言え。連れてるんじゃなくて、勝手について来たんだよ」

一歩遅れて、源七がぜいぜい言いながら駈け込んで来た。伝三郎は、何でおゆうを来させたんだという目で源七を睨んだ。源七は面目なさそうに頭を掻いた。伝三郎は舌打ちして、さっさと奥へ行けと手振りで源七に指図してからおゆうの前に来ると、困惑と心配の入り混じった様子で言った。

「何だよお前、本当に来ちまったのか。中は見ねえ方がいいぞ」

境内には、死臭と糞尿《ふんにょう》の臭いが混ざった胸が悪くなる臭気が立ちこめていた。さすがにおゆうは少したじろいだが、なんとか強気を保って微笑んだ。

「どうかご心配なく。まあ、境田様。お久しぶりでございます」

まだニヤニヤしている境田は、照れたように「やあ」と挨拶を返した。

境田左門は伝三郎より一つ年下だが、その風貌はそばかすの散った童顔で、太めの体型のうえ動きがゆっくりだから、どこかぼうっとした印象を受ける。一見鈍物《どんぶつ》のようだが、実は相当な切れ者だった。しかも、いざとなればかなり敏捷《びんしょう》に動くこともできた。見た目に騙《だま》されて煮え湯を飲まされた悪人は数知れずという。まあ、そうでなければ奉行所の花形である定廻り同心は務まらない。

「それにしても、荒れ寺とはいえ寺社地でしょう。町方のお役人がこんな大勢で入り込んで、大丈夫なんですか」

言うまでもなく、寺である以上、ここは寺社奉行の管轄地である。

「ああ、寺社方には今、御奉行の方から大急ぎで話が行ってるはずだ。なあに、元はと言やあ町方から出た一件だし、こんな大層な血生臭い騒動を扱う人手なんか寺社方にはねえだろうから、筋さえ通してやりゃあ四の五の言って来ねえさ」

境田はあっさりと言い放った。そんな小さなことはどうでもいい、という風情だ。こういうあたり、時として境田は伝三郎よりも腹が据わっている。

「なるほど、わかりました。それじゃあ、ちょっと入らせて頂きますね」

そう言うとおゆうは、境田に止める暇を与えず本堂に足を踏み入れた。

本堂の中は、本尊の仏像など金目のものがとっくの昔に運び去られてがらんどうになっているため、妙に広々としていた。その広い板敷の床に、辰蔵はじめ五人の死骸が横たわっていた。五人は皆、体をくの字に曲げて糞尿を垂れ流し、手は喉や胸、床板を掻きむしる形のままで、白目を剝き、顔は苦悶《くもん》に歪んでいる。酷く苦しんで死んだということは、誰が見ても一目瞭然である。

「うへっ！」さすがにおゆうは絶句した。頭で想像していたより遥かに酷い。臭いで息が詰まりそうになった。真っ青になると、着物の袖で鼻と口を押さえ、身を翻して門の脇に駆け戻り、そこに生えていた松の木の根元にしゃがみ込んで嘔吐《おうと》した。

「だから言わねえこっちゃねえ。大丈夫かい」

咳《せ》き込むおゆうを見かねて源七が声をかけた。

「だっ……大丈夫です。何とか」

ひとしきり吐いた後、ようやくそう返事した。背中に誰かの手が当てられるのを感じて顔を上げると、すぐ傍に来た伝三郎が背中をさすってくれていた。

「すみません、鵜飼様。不格好な始末で」

「無理すんじゃねえよ、まったく。さあ、ここは任せて帰って休みな。後で様子は教えるから」

伝三郎の声は優しかったが、ふと見ると境田や目明したちがこちらの様子を見つめていた。ここですごすごと帰っては、あの女は何のつもりで来たんだと言われてしまう。どうかすると、伝三郎に恥をかかせることになりかねない。

「いえ、もう平気です。すっかり吐いたら、楽になりました」

おゆうは心配そうな伝三郎を尻目に立ち上がり、深呼吸した。それから両手で頬をぱんぱんと叩くと、ぐっと背筋を伸ばした。

「これで大丈夫。さあ、行きましょう」

おゆうは胸を張って再び本堂へ歩き出した。後ろの方で伝三郎と境田と源七が顔を見合わせ、処置なしという風に首を振っているのが、目の端にちらりと映った。


本堂へ入り直すと、だいぶ度胸がついてきた。よくよく見れば、確かに凄惨な現場で臭いも酷いものだが、千切れた手足や生首が転がっているわけではないし、裂けた腹から内臓がこぼれ出ていることもない。言ってみれば、五体満足な死骸ばかりであった。

おゆうは板敷の上に上がり、順に死骸を見ていった。状態は、五人ともほぼ同じである。絞めた痕や刀傷はないが、どうやらあまり時間差もなく全員が死んだようだ。

助けを呼ぶどころか外へ出ることすらできなかったと見える。死骸の周りには徳利と湯呑みの他、握り飯か何かを包んでいたらしい竹の皮が落ちていた。よく見ると、半分齧ったままの握り飯の残りもあった。

「おい、おゆう、ほんとに平気か？」

まだ心配しているらしい伝三郎の声が、後ろから聞こえた。

「ええ、平気ですとも」

おゆうは振り向き、微笑もうとした。が、さすがに少しばかり引きつった笑みになった。

「この様子だと、みんなで握り飯なんぞを食べてお酒を飲んでいる最中、その中に仕込まれていた毒が回って、ごく短い間に五人とも亡くなったようですねえ」

「ああ。そんなところだろう」

「誰も外へ出ようとか厠《かわや》へ行こうとかした様子がありません。何かおかしいと気付いたときには、もうみんな動けなくなっていたんでしょうか。だとすると、相当強い毒ですね」

しかもほとんど無味無臭のものだろう。喉や胃を痛めることなく、体内に吸収されてからすぐ効果を発揮するもの。そんな感じか。

「ふむ。その通りだな」

伝三郎は、なかなかいいぞ、というようにまた頷いた。

「おい、伝さん、いいのか？　あの姐さん、勝手に調べを始めてるじゃねえか」

境田が伝三郎の袖を引いて、小声で言うのが聞こえた。

「いいさ、好きにさせておこうぜ。あいつはあれでなかなか頭がいいんだ。うまく使えばその辺の目明しより頼りになる。ま、少なくとも害にはならねえだろう」

伝三郎は笑いを浮かべながら境田にそう言った。境田は、しょうがねえなあとぶつぶつ呟いて天井を仰いだ。

「おゆう、かんざしは持ってきてるか？」

しゃがみ込んで死骸を検分していると、伝三郎が声をかけてきた。おゆうは伝三郎の方を向いて頷き、道具箱の引出しを開けて銀のかんざしを取り出した。そして、死骸の開いたままの口にかんざしを差し込み、そのまま少し待ってから引き抜いた。かんざしを目の前に持ち上げて見たが、特段の変化はない。おゆうは再び伝三郎の方を向き、首を左右に振った。

「石見銀山《いわみぎんざん》じゃあねえようだな」

その様子を見て境田が言った。石見銀山のような砒素《ひそ》系の毒物が使われた場合、口《こう》腔《くう》などに銀を入れると黒く変色することはこの時代でも知られていた。

「ああ。どのみち、石見銀山じゃこんな急激に効いてこねえだろう」

伝三郎も同意した。

「お二方は、何だと思われます?」

おゆうが立ち上がりながら聞いた。

「そうさな。死骸の様子からすると、附子《ぶす》じゃねえかと思うが。伝さん、どうだい」

「うん。俺も思い当たるのはそれだな」

附子とはトリカブト毒のことで、江戸時代では石見銀山と並んで最も知られた毒物である。

「附子ですか。おそらくそうでしょうね。お酒に入ってたんでしょうか」

「まあ確かめてみねえとわからねえが、附子は酒には溶けにくいからな」

境田はそう言いながら足元近くに転がっていた徳利を拾い上げて振ってみた。少し残っているのを確かめ、中身を湯吞みに空けて覗きこむ。酒の匂いのする透明な液体だけで、混ざりものは見当たらない。

「やっぱり酒の方じゃなさそうだ。とすると、握り飯に混ぜたか」

境田が言うのを聞いて、おゆうは考えてみた。握り飯を食べたのは、おそらく昨日の夜。細かくすり潰して粉末状にした附子が混ぜられていても、ろくに明かりもないこの本堂ではわからなかっただろう。胡麻《ごま》塩でもふってあれば、食感でも気付くまい。

おゆうは、懐から安物のちり紙を取り出して、それで手近にあった握り飯の残りを摑むと、そのまま包んで道具箱に入れた。

「おいおい、猛毒入りの飯だぞ。それを持ってってどうするんだ」

境田が驚いて言った。もちろんおゆうはラボの分析に回すつもりだ。

「私なりにちょっと調べてみたいと思います。どうかご心配なく」

「そんなことは俺たちが奉行所で……」

言いかける境田を伝三郎が手で制し、いいからやらせとけよ、と言った。境田は大いに不満そうだったが、渋々了解した。

「旦那、いいですかい？」

庫裏の方へ回っていた源七が戻って来た。手に竹の皮を持っている。

「二、三人で裏を調べたら、こいつがたくさん捨ててありやした。ここにあるのと同じ、握り飯を包んでたやつですね。どうやらこいつらがここに隠れている間、毎日誰かが差し入れしていたようで」

「なるほど。いつもと同じ差し入れだと思って安心して食ったら、しっかり毒が入れてあったたって寸法か。これをやった奴が闇薬の仕掛けを作ったんだろう。そんな奴なら、毒薬の扱いなんてお手のものだろうし」

「手口から考えりゃ、口封じだろうな。半次郎がお縄になって、辰蔵が仕切ってることも林町の家が根城だったことも知られちまったんで、手繰られちゃまずいと思ったか。それにしても五人も皆殺しとは、こりゃあ闇薬と阿片だけの話じゃなかったのかも知れねえな」

境田が顎に手を当てながら憂い顔で言った。確かに、これほど大それたことまでして口を封じるほどの値打ちが、闇薬と阿片密売にあるのかと言うと、疑問ではある。第一、辰蔵一味を皆殺しにしてはもう闇商売はできない。手仕舞いできるほどには稼ぎきったということだろうか。それとも黒幕がよほどの大物なのか。

「やれやれ、これで本当の黒幕が誰だったのか、一から調べ直さなきゃならねえ。この一件、どんどん面倒になってくるな」

伝三郎がぼやいたところへ、小者がホトケを運ぶ荷車が着きましたと知らせにきた。

「よし。庭に戸板を並べろ。おい、おゆう、もういいだろ？　ホトケを運び出すぞ」

検分を続けていたおゆうは立ち上がった。同時に、ついでといった調子で転がっていた徳利を一つ拾い上げた。

「これも一つ持って行きますよ。いいですね？」

「構わんが、何かわかったらちゃんと教えろよ」

「ええ、もちろんです」そう言うとおゆうは徳利を風呂敷に包んだ。

辰蔵たちの死骸が、一列に並べた戸板に順に載せられた。明るい外で見直すと、四人は中背で三十歳から四十歳くらい、一人は小柄で五十を超えているようだ。

「この年嵩《としかさ》の男が辰蔵ですね」

「ああ、そうだ。間違いねえ。こいつもいろんな事をやってきたが、こんな死に様を晒すとは……おい、何を始めるんだ？」

　おゆうは道具箱から筆と墨壺を出した。それから半紙の束も。伝三郎が首を傾げながら見ている前で、おゆうは死骸の右手を持ち上げ、掌と指に墨を丁寧に塗り始めた。目を丸くする伝三郎を尻目に、墨を塗り終わるとその手を半紙に押し付けた。死骸の手形が一つ出来上がった。おゆうはそれを改め、満足がいくと同じことを順に続けていった。

「おい、ホトケの手形なんか採ってどうするんだ。何か御利益でもあるのか」

「俺に聞いたって知るかい」

　後ろで境田と伝三郎が、呆れたような声でそう言い合うのが聞こえた。前に並んだ死骸を運ぶ役の小者たちは、待たされている間、薄気味悪そうにおゆうの仕事を見ながら何かぼそぼそと囁《ささや》き合っていた。

　五人の手形を採り終えると、墨を拭き取ってからおゆうは立ち上がって腰を伸ばし、伝三郎と境田ににこやかな顔を向けた。

「どうもお待たせいたしました。これで終わりました」

二人の同心は何だかよくわからない様子で鷹揚《おうよう》に頷き、小者に、もういいぞ、と合図した。わけもわからず待たされて焦れかけていた小者は、ほっとしたように仕事にかかった。

「それでは、私はこれで帰ろうと思います。鵜飼様と境田様は？」

「俺たちは、もう少しこの辺を調べてから奉行所へ戻る。先に帰ってくれ。源七に送らせるから」

「ありがとうございます。でも、駕籠を待たせてますから大丈夫です」

そう言ってから、おゆうは伝三郎の耳元に近寄った。境田は、気を利かせたつもりか数歩離れてそっぽを向いている。

「今晩、お寄りになります？」

期待して、小声で聞いた。

「いや、この件で奉行所は大騒動になるだろう。悪いが、ちょっと寄れねえな」

「あら、残念。でも、そりゃそうですよね。それでは、失礼します」

さっきの続きは、今日はなしか。ちょっと落胆したが、それならばラボの分析を急いだ方がいい。おゆうは、さっと一礼して駕籠に乗り込んだ。

「毒物検査だと？」

宇田川の目が光った。

「ちょっと、そんなにはしゃがないで。会社の人に見られるよ」

優佳の口調がきつくなった。毒入り握り飯なんて、血染めの手拭いよりさらに危険だ。しかも、かつて保険金殺人に使われて有名になったトリカブト毒となれば、何をか言わんやである。まともな経営者が相手なら、即座に警察へ通報されるだろう。だが幸いにして今優佳の前に座っているこの男は、まともな経営者ではない。

「大丈夫だって。そうか、毒物ね。トリカブトの可能性がある、と」

「そうなのよ。ずいぶん楽しそうね」

「いやあ、いいタイミングだよ。あいつを使ってみるのにちょうどいい」

宇田川はそう言って、部屋の隅の方を指差した。そこには、四角い金属の箱を幾つか重ねて置いたような真新しい機械が鎮座していた。そういえば、前回来たときにはなかったような気がする。

「何なの、あれ」

「昨日届いたばかりの高速液体クロマトグラフィーだ。毒物なんかの分析には持ってこいだよ。どう分析するかと言うとだな……」

「ストーーップ！」

優佳は慌てて宇田川の喋りを止めた。そんな話を始めたら一時間は喋っているだろうし、どうせ聞いてもさっぱりわからない。

「とにかく分析は任せるから、好きにして。あと、この指紋とこの前の指紋との照合も頼むわよ」

殺人現場の荒れ寺から持ち出した徳利から採取した指紋と、辰蔵たちの死体から採った手形を示して言った。宇田川が覗き込む。

「この手形、なかなかきれいに採れてるな。普通の墨じゃなくて、指紋採取用のインクを使ってるな」

「さすがにわかってるじゃん。これなら照合、問題ないよね」

「ああ、ばっちりだ」

「それじゃ、よろしくね」

宇田川は、ああ、と生返事をした。優佳が持ってきた毒入り握り飯の残りと、最新型のクロマトグラフィーを交互に見ながら、早くも悦に入っているようだ。これなら、放っておけば宇田川と彼の新しいオモチャがすぐに結果を出してくれるに違いない。

六

「まあちょっと、これを見てみな」

おゆうの家の座敷で胡坐をかいた伝三郎は、そう言って小さな紙の袋をおゆうの前に置いた。ここ二、三日ずっと小石川近辺の目撃者探しに走り回って、何の成果も上がらず苛ついていたはずなのに、今は上機嫌に見える。おゆうは首を傾げながらその袋を手に取った。袋の表には藤の花の絵があしらわれ、裏には二重の四角で囲った「藤」の字の印が捺されていた。

「あれ？　これは……もしかして藤屋の薬袋ですか。これがどうしたんです」

「ゆうべ吉原《よしわら》の田島屋《たじまや》って店で客の取り合いから女郎同士の刃傷沙汰《にんじょうざた》があってな。定廻りの川島《かわしま》が出向いたんだが、切りつけた方の女郎の部屋からそいつが見つかったんだ」

「そりゃ吉原の女郎だって薬ぐらい買うでしょう」

「ただの薬じゃない。中身を確かめてみろ」

言われておゆうは袋の中を覗いた。なにやら黒っぽく細かい粒のようなものが入っている。何ですこれは、と言いかけて、はっと気が付いた。

「もしやこれ……闇の阿片？」

伝三郎が頷いた。

「そうなんだ。女郎の傷は大したことなかったんだが、切りつけた方は震えて全く口が利けないような有様で、動転しているにしても少しおかしいと思った川島がその女郎の部屋を調べてみたら、鏡台の引出しの裏側からこれが見つかったんだ」

「藤屋の袋に阿片って、そりゃあまずいですね」

これは闇薬についての藤屋への疑いを裏付ける証しと見なされかねない。筆頭同心の浅川なら、ほぼ確実にそう解釈するはずだ。

「これじゃ浅川様は……」

そう言いかけると、伝三郎は笑って話の先を続けた。

「お前の思ってる通りさ。浅はか源吾の奴、これを見るなり、こんな明白な証拠が出た以上、藤屋を奉行所に呼んで申し開きを聞かねばならん、店への手入れもせねばならんと言い出しちまってな。これでこの一件も先が見えたと思い込んじまったようで」

「それって、笑い事じゃないでしょう」

「まあ聞けって。落ち着いて考えてみな。藤屋の袋に阿片なんて、ちっと出来過ぎだと思わねえか。吉原じゃあ、阿片を持つのも使うのも厳禁だ。そんなところへ阿片を流すのに、わざわざ自分の店の袋を使うかい?」

「ああ、そりゃそうですね」

「左門がそこのところを突いたら、他の同心連中もこれは小細工じゃねえか、いや小細工にしても単純過ぎるからまだ裏があるんじゃねえか、なんて言い出してな。さすがに浅はか源吾もぐらついてきたところで、俺が藤屋を奉行所に呼んだらもう引っ込みがつきませんぜ、もうしばらくは慎重に調べましょうと言ってやったら、たちまち掌《てのひら》を返して、では藤屋を見張りながらさらに詳しく調べを進めろ、とありがたいお指図を頂いたってわけさ」

伝三郎は浅川をやり込めたのが楽しくてしょうがないらしい。確かに藤屋は御城内へも薬を納める江戸一番の大店であり、やり方を間違えば浅川が火の粉をかぶることになるかも知れない。浅川もどうやら面子より保身を選んだようだ。

「まあ、それなら良かったですねえ」

おゆうも安心して伝三郎に笑みを向けた。それからもう一度藤屋の薬袋を取り上げた。

「でもこれ、持ち出して来てもよろしいんですか」

「あんまりよろしかねえよ。大事な証拠の品で、しかも正真正銘の阿片なんだぜ」

「私に見せるためだけじゃないですよね。これをどうしようっていうんです」

「うん。この袋は藤屋のものに違いねえが、中身はおそらくそうじゃねえだろう。それを確かめた上で、藤屋に恨みを持つような奴がいるかどうか調べるとしたら、どうするのが手っ取り早い？」

「そりゃあ……藤屋さんに直接聞くのが一番早いでしょうよ」

おゆうの答えに、それだよ、と言うように伝三郎が膝を叩いた。

「だろ？　しかし俺たちが証拠の品を疑われてる当人に見せてやって、どう思うなんて聞くわけにいかねえや。藤屋を見張りながら周りを調べろ、ってえお達しなんだから」

「それじゃあ……あっ、もしや私にこれを藤屋へ持って行って事情を聞いて来い、と言うんですか」

「そういうことだ。ひとつよろしく頼むわ」

伝三郎は拝むような仕草をして見せた。おゆうは盛大に溜息をついた。

「人使いが荒いなぁ。高くつきますよ」

「そう言うなよ。こういうときのためにお前を引き入れたんだから。お前も、そろそろ藤屋へ話をしに行こうと思ってたんだろ？」

「それはそうですが……はいはい、わかりました。明日にでも行ってきます」

「そうかい、すまねえな。やっぱりお前は……」

「いい女だ、って言うんでしょうけど、そう何度も通じませんよぉだ」

おゆうはそう言ってあかんべえをした。伝三郎は苦笑して頭を掻いた。

「一本とられた。それで、お前の方はどうだったんだい。辰蔵らを殺した毒についても調べたんだろ？」

「ああ、はい。あれはやっぱり附子でした」

宇田川から受け取った分析結果は、東京の家の机の引出しに入っている。それによると、握り飯からはアコニチンが検出されていた。附子、つまりトリカブト毒の主成分である。握り飯一個に入っていたと推定されるアコニチンの量は、およそ三〇ミリグラム。人間の致死量は二から五ミリグラムなので、あの握り飯を二、三個食べていたら、拳銃で頭を撃ち抜くよりも確実に死亡する。

「そうかい。やっぱり間違いなかったか」

どうやって調べたのか根掘り葉掘り聞かれたら厄介なのだが、伝三郎は素直に納得した。伝三郎のこういうところは八丁堀同心にしては随分あっさりしているが、おゆうには大変ありがたかった。

（指紋の照合結果も出たけど、その話はできないなあ）

宇田川によると、辰蔵一味の指紋と本所林町の家で採取した指紋とを照合した結果、五人分全てが林町で採取したもののいずれかと合致していた。林町の指紋は少なくとも十人分、ということだったが、そのうち五人分はこれで判明したことになる。ここまでは予想通りだ。そして一番重要なのは、徳利に付いていた指紋の一つが辰蔵一味のものではなく、残る正体不明の指紋の一つと一致した、ということだった。それは引出しの方ではなく柱の方にだけ付いていた指紋だった。

この一件の首謀者で黒幕である人物は、薬の知識がない辰蔵たちに闇薬や阿片を任せておけないだろうから、林町の家に何度か監督に行っているはずだ、とおゆうは見ていた。調合や仕分けなどの作業は下っ端にやらせているだろうから、引出しからその人物の指紋が検出されなくてもおかしくはない。一方、柱だけに付いていた指紋のうち一つは辰蔵本人のものだった。もう一つがその人物のものである可能性は高かったのだが、辰蔵一味の殺害現場にあった徳利から同じ指紋が出たとなれば、決定的である。身を隠した辰蔵が信用して差し入れを受け取る相手は、黒幕の人物以外にはいないだろうからだ。

「それにしても、奴らはいったいどうしたかったのかねえ」

「えっ？」伝三郎の言葉で、おゆうは推理をやめて我に返った。

「どうしたかった、とはどういう意味ですか？」

「阿片のことだがな。今まで見つかった闇の阿片にこの阿片を足しても、やっぱり量が少ねえんだよ。売値にして、百五十両ってとこかな。無論、まだ見つかってない分もあるだろうが、それにしたって倍はいかねえや。するってえと、この前勘定してみた闇薬の稼ぎと合わせても、多くて三百両か四百両だ。大掛かりな仕掛けを作って、それに関わった辰蔵一味を皆殺しにまでするなんざ、どうも割に合うように思えねえ」

「闇薬の稼ぎより、藤屋を陥れるのが狙い、ということは？」

「考えられるが、そのためだけの仕掛けとしちゃ、やっぱり大袈裟だな」

「何かもっと大きなことが裏に隠れてる、とお考えなんですか」

「どうかな。何となく気に入らねえだけだ。ま、世の中にゃ一両欲しくて人を殺める奴だっているからな。本当のとこはわからねえ」

伝三郎は、考え疲れたというように首筋を叩いた。

「それから、附子のことだが」

「はい？」

「五人も殺せるだけの附子を使うとなりゃ、やっぱり薬屋か医者でなきゃ難しいだろう。その辺も、藤屋が詳しいはずだ。餅は餅屋だからな。一緒に聞いといてくれ」

「ええ、わかりました」

「じゃあ、任せたぜ。明日か明後日、また寄るから」

伝三郎は、また拝むような手つきをしてから立ち上がった。

「あら、もうお帰りなんですか」

「今日はこれで引き上げるわ。またな」

引き留めようかと迷ううち、伝三郎は玄関を開けて出て行った。

(何よ、もう)

伝三郎は、先日ここでおゆうの肩を抱いた伝三郎ではなく、以前の様子に戻っていた。あれは一時の気の迷いだった、とでも言うつもりなのだろうか。確かに辰蔵一味は全滅して、おゆうに手を出すような心配はなくなっていたが、だからと言って何もなかったように振る舞うとは許し難い。そっちがその気なら、こっちから仕掛けて落としてやろうか。

（江戸じゃコンドームなんか使えないと思って、せっかくピル飲んでるのに）

当てが外れたおゆうは、がっかりして頬杖をついた。

藤屋はもう何日も前に営業を再開していたが、どうも活気が戻らない様子であった。久之助殺しの下手人はまだ挙がらないし、藤屋と闇薬の関わりについての噂も相変わらず巷《ちまた》で囁かれている。藤屋を取り巻く空気は店を開けても何ら変わっていないのだ。当然、売り上げも落ちているだろう。番頭も手代も客に向ける笑顔が随分と硬いようだ。

座敷で藤屋久兵衛と向き合ったおゆうは、これまで調べた内容をできるだけ詳しく語った。久兵衛も辰蔵一味が殺されたことは瓦版で知っていたが、辰蔵が闇薬の売人の元締めで久之助殺しにも関わっていたと聞いて、大いに驚いた顔をした。

「何と、あの殺された毘沙門の辰蔵とかいうお人が……。しかも久之助の見つかった佐久間町の空き家が、大掛かりな細工だったとは。いや、恐れ入りました。さすがは鵜飼様の信頼されるお方です。よくお調べくださいました」

「いえ、私など半分も働いておりません。大方は鵜飼様のお力でございます」

実際その通りだった。ラボの分析については別だが、それは江戸では話せないことである。だが、久兵衛は謙遜と受け取ったようだ。

「何をおっしゃいます。見事なお働きでございますとも」

「は……恐れ入ります。ですが藤屋さん、この一件はまだ半ばでございます。闇薬と阿片を直に扱っていた辰蔵一味が皆殺しになったことで、後ろにまだ誰かいることは明らかです。その誰かを突き止めてお縄にしない限り、藤屋さんへの疑いは晴れません」

「はあ。おっしゃる通りでございますな」

おゆうの話を聞いて明るくなっていた久兵衛の顔に、また影がさした。

「そこでお尋ねいたしますが、附子をこのように使うというのは、やはり薬の扱いや医術に相当心得のある者でございましょうか」

久兵衛は頷き、少し考える素振りをしてから答えた。

「左様でございますな。附子そのものはトリカブトの根を干して作るものですから、山に暮らして毒草などに詳しい者であれば、使えるでしょう。しかし江戸の町中では簡単に手に入りませんし、五人もの人間を確実に殺すとなると、分量の加減など考えねばならぬこともいろいろ出てまいります。薬種商か医者であるという疑いは強うございますな」

「やはりそうですか」

思った通りではあるが、藤屋もその範疇《はんちゅう》に当然含まれることになる。

「ところで藤屋さん、これをご覧になってください」

おゆうは巾着袋から例の阿片を出した。

「おや、これは……」

久兵衛は阿片の入った袋に当惑した目を向けた。

「手前どもの薬袋ですが、これが何か」

「一昨日の晩、吉原で見つかったものです。中身は阿片でした」

「阿片？」と、久兵衛は眉をひそめた。

「お確かめ頂けますか？」

久兵衛は袋を取り上げ、中身を少し手に振り出すと、匂いを確かめてからほんの少し舐《な》めてみた。そして一呼吸置いてから、納得したように頷いた。

「いかにも阿片です。ただ、断言はできませんが手前どもで扱っているものではないと思います。なかなかの上物で、少なくとも津軽ではありません。おそらく唐物、清国からの抜け荷でしょう。吉原で見つかったと？」

「はい、左様でございます。ご存知の通り、吉原では阿片は厳に禁じられております。

それを持っていた女郎は、闇の売人から買ったようです」

「なるほど。申し上げるまでもございませんが、手前どもでは阿片は他の薬よりずっと厳重に取り扱っております。万が一にも手前どもから直に闇の方へ流れたりはいたしません。確かに袋だけは手前どものものに間違いございませんが、中身は違います」

久兵衛は顔を上げ、きっぱりと言った。長い年月老舗の薬種商としてまっとうに商いを続けてきた自負が、そこに表れていた。

「はい。よくわかっております。奉行所の方でも、この袋を額面通りには受け取っておりません」

「おお、それはありがたいことでございます」

久兵衛はいくらか安堵したようだ。

「それで、どう思われますか。やはり藤屋さんに疑いを向けさせるため、このようなやり方をしたんでしょうか。手口としては少々雑な気がいたしますが」

「ふうむ」久兵衛は腕組みをして、黙考の構えになった。おゆうも黙って待った。

「一つ考えられるとすれば、信用、信用、でしょうか」

「信用、ですか」

しばらく経って口を開いた久兵衛の言葉に、おゆうは首を傾げた。

「はい。こう申しては何ですが、手前どもには長年培った信用がございます。闇で買う阿片となると、そのような信用は何もございません。物が物だけに、初めて買う者はそれが確かな阿片なのかどうか、大変心配することになります。闇の阿片には粗悪なものも多いですから。ですが藤屋から流れた品物ということになれば、初めての客でも信用して買うのではないかと」

「ああ、そういうことですか。それは充分考えられますね」

要するに、闇売り阿片に藤屋のブランド価値を利用したわけか。

「その藤屋さんの袋で客からは信用を得て、奉行所には決め手にはならないまでも疑いを植えつける。一石二鳥ですね」

稚拙なやり方だと思っていたのが、実はよく考えられた手だったのかも知れない。

やはり、黒幕は侮れない奴だ。

「藤屋さん、この一件、初めに思ったよりも根が深いものになってまいりました。これを全て仕組んだ相手はずいぶんと狡賢《ずるがしこ》いようですから、まだ何か手を打って来るかも知れません。辰蔵たちが死んだので闇薬はこれ以上出回らないとは思いますが、向こうの本当の狙いが何なのか、それがはっきりしていないのです。そもそも藤屋さんにこのような疑いをかけて陥れようとする相手に、本当にお心当たりはないのですか」

「はい、それについてはずっと考え続けております。商いを続けておれば、やはり勝ち負けは出てまいりますから、手前どものことを面白くないと思っておられる方もないではございますまい。しかしそれはあくまで商いの上でのこと、商いで取り返せばよい話です。でなくては商人など続けられるものではございません。これほど大掛かりなことをされるような恨みを受ける覚えなど、とんと思い当たりませんのです」

「そうですか。わかりました」

まあ、そうだろうとおゆうも思った。これほどの事件を起こしてまで藤屋を陥れるような恨みを抱いた人物がいれば、人の噂に上らないはずはない。奉行所も藤屋の周辺を一応は調べているのだ。結果はもちろん、該当なし、であった。いったい何のために藤屋を陥れようとしているのか。それとも、目的は全く別な所にあるのか。

「とにかく、私は調べを続けます。藤屋さんもどうかご用心なすってください」

おゆうは阿片の袋をしまうと手をついて頭を下げた。

「ありがとうございます。なにとぞよろしくお願い申し上げます」

藤屋は廊下に出て、辞去するおゆうを丁重に見送った。

廊下を表の方に向かうと、途中でこの前おゆうを迎えに来た手代の佐助が、三人の客を案内してくるのに行き会った。おゆうは脇によけて道を譲った。佐助と三人の客は、おゆうに黙礼して奥へ進んで行った。

（誰だろう？）

おゆうは、廊下を進む一行の後ろ姿を目で追いながら思った。客は、着ている上等の着物と物腰から察するに大店の主人らしい。取引先か同業者だろう。しかし三人も揃ってというのは、何事なのか。季節の挨拶という雰囲気ではないし、相当重要な話に違いない。おゆうは少なからず興味を引かれた。

店頭に回り、番頭たちと挨拶を交わして表に出た。一旦は往来の人通りに交わったものの、そのまま帰る気はなかった。おゆうは斜め向かいの店の脇に身を寄せ、藤屋の様子を窺った。間もなく佐助が店頭に戻って来た。そのまましばらく見張っていると、小半刻近く経ったかと思う頃、佐助が表に出てきた。どこかへ使いに出るらしい。おゆうは物陰から出て、その後を追って行った。

藤屋から充分離れたと思ったところで、おゆうは佐助に追いつくと「佐助さん、佐助さん」と声をかけた。振り向いた佐助はおゆうの顔を見てちょっと驚いたようだが、すぐ愛想笑いを浮かべた。

「ああ、これはおゆうさん。先ほどは御無礼いたしました」

「いいえ、こちらこそどうも。いま、お急ぎですか?」

「急ぎというわけではございませんが、ちょっと店の所用で木挽町《こびきちょう》の方まで参ります」

「よかった。お急ぎでなければ、ちょっとお聞きしたいことが。立ち話も何ですから、あちらへ」

　そう言っておゆうはすぐ先の茶店を指差した。佐助は戸惑ったようだが、おゆうも店にとって大事な客だと考えたのか、承知しましたと言って従った。

「先ほど、私が帰るときにご案内されていたお客様ですが、どなたですか」

　長床几《しょうぎ》に座って茶を頼んでから、おゆうが訊いた。

「ああ、あれは同じ薬種問屋のお仲間で、大松《だいまつ》屋さん、上総《かずさ》屋さん、相州《そうしゅう》屋さんです。皆さん本町の大店ですよ」

　佐助は隠そうとする様子もなく、愛想良く答えた。

「そんな風に大店の旦那衆が三人もご一緒にお越しになるなんて、よくあることなんですか」

「いえ、寄合いでもなければ、そうたびたびあることではございませんね」

「では、今日は何かよほど大きなご用事があったのですね」

「さあ、それは手前のような下の者には……」

　ここで初めて、佐助はためらう素振りを見せた。おゆうは直感した。やはりこの男、見かけよりはいろいろ知っている。単なる好奇心か、店でうまく立ち回ろうと常に目と耳を働かせているのか。どちらかと言えば後者だろう。

「教えてくださいな。どんな用事かご存知なんでしょう？」

正面からおゆうに見据えられて、佐助は困った顔をした。が、おゆうなら話しても差し支えあるまいと踏んだのか、すぐ愛想笑いを取り戻した。この男、おゆうが藤屋に頼まれてやっていることの中身もおおよそは知っているのだろう。

「はい。実はあのお三方は、和薬種改会所というものをまた新たに作るご相談に来られているのでございます」

「和薬種改会所？」

おゆうは記憶を探った。確か、藤屋久兵衛の話に出てきていた。薬に紛いものが多かった頃、江戸に入る和漢の薬種をまっとうなものかどうか検査していたところだ。

「ああ、享保の頃にはあったというあの改会所ですね。薬の紛いものが減って役割は終わったとして廃止になったとか。それをまた作り直そうというんですか」

「はい、そうです。あのお三方が言い出されまして、薬種問屋仲間の方々に説いて回っておられるようです。近頃また闇薬が出回っているのが目に余る、ということで」

「つまり、紛いものの闇薬をもう一度改会所を作って防ごうという話ですか」

なるほど、闇薬については奉行所任せでなく、問屋仲間の方でも何か対策を打たねば格好がつくまい。辰蔵たちが死んで闇薬は当面出回らないだろうが、辰蔵と闇薬の関わりはまだ公にされていない。公になったとしても、今後闇薬が出ないようにする対策はやはり必要だろう。

「それで、藤屋さんも新しい改会所に加わることになるのでしょうか」

藤屋の立場は微妙である。本町でも最大の薬種問屋である藤屋を除外して改会所の話はできないが、藤屋自身が闇薬を流した疑いをかけられたままなのだ。

「それが、旦那様はどうも改会所には反対のご様子で。それであのお三方が、旦那様に心変わりするよう何度か説きに来られていますので」

「藤屋さんは反対なんですか？　どうして？」

これはおゆうには意外だった。闇薬に関わっているとの噂を理由に藤屋が参加を拒まれる、というのならわかる。しかし逆に藤屋の方が改会所に反対するのはなぜだろう。闇薬について潔白なら、むしろ積極的に改会所の後押しをしそうなものだが。

「どうして反対なされているのか、それはわかりかねます」

おゆうは佐助の目を見た。どうやら本当に知らないらしい。

「あの、もうよろしいでしょうか。急がないとは申しましたが、あまり遅くなるわけにもまいりませんので……」

「ああ、はい。すみません、すっかり足止めしてしまって。ありがとうございました」

佐助は立ち上がり、お辞儀をして去って行った。おゆうは今の話が気になった。調べの本筋からは外れるが、改会所に反対する理由を後で藤屋に聞いてみなければ。

その晩、おゆうは優佳に戻って東京の自分の部屋に居た。伝三郎が江戸の家に訪ねて来るかも知れなかったが、留守にして焦らせてやるつもりだった。向こうが踏み込んで来ないのなら、焦らせ合いの駆け引きを続けるまでだ。それに、こっちに戻って調べておきたいこともあった。

優佳はパソコンを立ち上げ、ネットに接続した。ヤフーに「和薬種改会所」と打ち込み、検索する。すぐに多数のサイトが見つかった。何せこちらは二百年後だ。向こう側、江戸で起きたことの結末も、これから何が起きるかも、それが歴史上に記録されるほど大きな出来事なら全てわかる。

今回の事件については、検索してもヒットしなかった。それはそれでよかった。歴史に残る大事件なら、介入すれば歴史が変わってしまう可能性がある。それは可能な限り避けなくてはならない。その点、向こう側が二百年前の江戸なのは非常に幸運だったと優佳は思っている。

二百年前、文化・文政の頃の江戸は町人の時代、いわゆる化政文化が花開いた時期だ。幕府はすでに金属疲労を起こし、様々な問題を抱えていたが、政権としてはまだ安定していた。江戸は世界でも例を見ないほどの平和と繁栄を享受している。そんな状況なら、市井に紛れ込んで平穏に暮らすことも可能なのだ。これが戦国や幕末などの動乱期なら、そうはいかない。それと知らずに木下藤吉郎や坂本龍馬などと接触してしまったら、現代にどんな影響が出るのか誰にもわからない。

優佳は、最初にヒットしたサイトを開いて和薬種改会所について調べ始めた。改会所の内容については、当り前だが藤屋の話の通りだった。大坂《おおさか》にもあったことは、ここで初めて知った。記録によると改会所ができたのは享保七年、一七二二年である。そして廃止が元文三年、一七三八年だった。つまり十六年しか存在していなかったのである。

（あれ？　それだけなの？）

一七三八年以降、改会所が復活したというような話はどこにもなかった。ということは、あの三人の薬種商が画策している新しい改会所の設立は、実現しなかったことになる。

（なぜだろう。改会所再設立は、合理性のある話だと思うのに）

藤屋の反対が功を奏したのだろうか。しかし藤屋は立場上、強く反対しにくいはずだ。他にも反対する薬種商がいたのだろうか。どうも引っかかる。

（明日、もういっぺん藤屋に行ってみるか）

優佳はそう決めてパソコンを閉じた。

二日続けて現れたおゆうを見て藤屋久兵衛は不思議に思ったかも知れないが、特に変な顔もせず応対してくれた。

「昨日に続いてお越し頂き、ありがとうございます。また何かお役に立てることが?」

「はい。藪から棒のようで恐縮ですが、和薬種改会所を復活させるというお話について、伺いたいのです」

久兵衛の眉が上がった。

「和薬種改会所ですか。これは恐れ入りました。あの話をご存知とは」

「昨日お見えになっていた大松屋さんと上総屋さん、それに相州屋さんのお三方が進めておられるそうですね」

「ああ、なるほど。昨日帰りがけにお見かけになったのですね」

久兵衛は、佐助が話を漏らしたのだと感づいたかも知れなかったが、おゆうは別に構わなかった。

「左様でございます。大松屋さんも上総屋さんも相州屋さんも、闇薬が横行していることを大変心配されておりまして、これは薬種商が皆揃って取り組まねばならないことですから、昔あった改会所を作り直して、闇薬のようなものが出回らないよう縛りを設けようというお考えなのです」

なるほど、やはり理に適《かな》った提案のようだ。しかし、久兵衛の言い方は外交辞令のような響きがあった。

「悪い話ではないようですが、藤屋さんはこれには賛同されないのですか」

ズバリと聞いてくるおゆうに、久兵衛は困った顔をした。どう答えたものか考えているようだ。やがて腹を決めたのか、本音を語り始めた。

「実はですな、和薬種改会所を閉じる話になったとき、それを強く言い出したのは手前の三代前の藤屋主人でございました。怪しげな薬が出回ることがほとんどなくなり、役目を終えたというのが理由でございましたが、本当のところは、改会所を通さないと薬の売買が思うようにできないため商いの流れが滞りまして、それを皆が嫌がったのです」

「ああ。そういうことがあったのですね」

改会所がボトルネックになって流通が阻害されたというわけか。

「では、今度も同じことになってしまうと？」

「その恐れは充分ございます。しかも今度は、闇に薬が流れないよう取締りの仕方を強めることを考えておられるようで」

「では、むしろ以前の改会所よりも害が出るかも知れないのですね」

「はい。もともと改会所は、まっとうな薬屋が薬種のことをよく知らないまま、怪しげな薬種を摑まされて売り出してしまうのを防ぐためのものでした。ですがそれだけでは、薬種商から横流しされた薬に混ぜ物をしてこっそり売るようなことは止められません。ですので、今度は薬種商を互いに見張るような仕組みを取り入れるおつもりのようです。そうなると、やはり商いは相当やりにくくなるかと」

「そんな不都合があるのに、お三方は敢えて改会所を作ろうとされているのですか」

「闇薬の一件が薬種商の信用を落としておりますので、御上に対しても世間様に対しても何かせねばならない、ということがございますし……」

「闇薬の一件に対処するためとなれば、こう申し上げては大変失礼とは存じますが、藤屋さんとしても正面切って反対しづらいところがおありでは？」

闇薬に関わっているという疑いが晴れぬままでは、藤屋としても真っ向から反対すれば余計な勘繰りをされる恐れが強い。久兵衛は苦渋の表情になった。

「おっしゃる通りです。手前どもとしましても苦しい立場で。改料のこともありますから本音では賛同したくないお店《たな》も多いはずですが、あちらには名分がございますし。相当な利もあることなので、奉行所の方でも後押しをされるご様子で……」

久兵衛の話は歯切れが悪かったが、おゆうにはピンと来るものがあった。相当な利？

「藤屋さん、単刀直入にお伺いしますが、この改会所ではかなりのお金が動くことになるのでしょうか」

久兵衛の表情が動いた。どうやら核心に入ったようだ。

「はい。改会所で薬種を通すには改料を支払うことになりますが、全ての薬種商があらゆる薬種について支払うとなると、相当な額になります。それも困ったことなのです。改料が高ければ、当然薬の値段に跳ね返ってきます。薬の売値が上がれば、却って安い闇薬が出回るのを煽ってしまうのではないかと」

「それは、いかにも具合が悪いですね」

「それだけではございません。大きな声では言えませんが、このような仕組みを作ると手心を加えてもらうために裏金をやりとりする者が、当然のように出てまいりましょう」

検査を早めてもらったり手抜きしてもらったり、監視を緩めてもらったりするための賄賂か。当世は、老中首座の水野出羽守忠成《みずのでわのかみただあきら》を筆頭に上から下まで賄賂の花盛りだ。これはあり得るというレベルではなく、確かにあって当然だわ、とおゆうも思った。

「それでは、あのお三方もそういう利の方をお考え、ということでしょうか」

「いえ、同業の信用ある大店の方ばかりです。手前の口からそのようなことは……」

久兵衛は慎重に言ったが、そうだと言っているのも同然だった。

「ただ、新しい改会所ではあのお三方が頭取になるおつもりのようです」

「やはり、そうですか」

発起人である以上、大松屋と上総屋と相州屋が頭取になるのは自然である。普通なら藤屋も頭取に加わるべきだが、今の状況では、頭取どころか改会所から締め出されてしまう。

「それで……頭取になられる方々には、どれほどのお金が動くのでしょう」

ここが一番肝心なところである。久兵衛は、手を顎に当てて思案する様子を見せた。

「それは……改料をいかほどにするかにもよりますが、まず少なく見ても年に五千両、多ければ七、八千両ほどになろうかと存じます」

(わぁお)

おゆうは叫びそうになるのをこらえた。平成の金に直せば、三億円から五億円というところだろう。大企業の売上からすれば大したことはないが、江戸では大店と言っても個人商店に毛が生えた程度である。これは相当な利権だ。

「それは大層ですねえ。お役人は、どのように思っておいでなのでしょう」

「御上には改会所から千両単位の運上金が入りますから、願ってもないことでしょう」

なるほど。幕府にとっては、財政の苦しい折から多額の運上金が入れば万々歳だろう。一部の薬種問屋が大儲けしようが薬の値が上がって庶民が困ろうが、大した問題ではないのだ。腹立たしい話だが、今に始まったことではない。

「おゆうさん、もしやあのお三方をお疑いなのですか?」

さすがに久兵衛も気が付いたようだ。

「先ほども申しましたが、いずれも信用ある大店のご主人方です。いくらなんでもそんな大それたことは……」

「わかっております。関わっているのかそうでないのか、それを調べるのが私の仕事と心得ております」

おゆうはそう言って丁寧に頭を下げた。久兵衛は疑心暗鬼になったのだろうか、何か複雑な表情を浮かべている。


（ようし、重要なネタを摑んだぞ）

表に出たおゆうは、空を見上げた。今日もよく澄んだ青空だ。テンションが上がってきた。どうやらこの一件の黒幕とその目的が見えた、と思った。解決の目処《めど》がついてくると、自然と気分は昂揚《こうよう》する。

（こんな気分、ＯＬ時代には一度も味わえなかったなあ）

経理部ＯＬとして働いていたときは、仕事の単調さもあってモチベーションがなかなか上がらなかった。それでも五年も勤めていれば周りからもある程度頼りにされていると感じられるようになったので、それを支えに何とかやる気を保たせていたのだ。なのに江戸で暮らすため辞表を出したとき、上司は少しだけ困ったような顔をしたものの、すぐに受理された。一般職の女子は何年か経てば必ず辞めていくものと認識されていたようだ。自分に自負があったとしても、結局そんな程度だったんだ、と思えば未練はない。佑菜と真由美はびっくりして引き留めてくれたが、後戻りはしなかった。

今は、本物の捜査をしている。江戸の役人と協力して重大事件の容疑者を追い詰めようとしている。ＯＬの単調な仕事からは想像もつかない、愛読したミステリーの世界に入り込んだような状況に身を置いているのだ。何よりも、世の中に貢献できているという手応えが感じられるのが素晴らしかった。もちろん冷静に考えるなら、自分などいなくても時間さえかければ八丁堀の面々だけで大抵の事件は解決できるだろう。自分が迷宮入りを防いだ可能性はあるが、それは証明のしようがない。しょせんは自己満足に過ぎないのだ、とは自分でもわかっていた。しかし自己満足であったとしても、満足できるかできないかでは人生に大きな違いがあった。

（さて、次はどういう手を打っていこうか）

おゆうは、浮かれ過ぎにならないよう自分を抑えながら、軽やかな足取りで日本橋通りを進んで行った。

第三章　本所林町の幽霊

七

「それで、俺はいったい何をしてりゃいいんだい」

番屋でおゆうの頼みを聞いた源七は、要点が摑めずに戸惑っていた。

「何もしないでもいいんです。十手をちらつかせて一緒に座ってて頂ければ。話は私がしますから。お願いしますよ」

源七はまだ要領を得ないようで、ふうん、と言ったきり腕組みしていた。

おゆうが源七に頼んだのは、大松屋と上総屋、相州屋に話を聞きに行きたいが、見ず知らずの女がいきなり訪ねて行っても取り合ってもらえないだろうから一緒に行ってもらえないか、ということだった。目明しが御上の御用で話を聞かせてほしいと言えば、ほとんどの人間は従うはずである。どんな話を聞くのかという源七の問いには、込み入った話になるので自分に任せてくれ、と答えていた。

「ふん、しょうがねえな。そうまで言うなら、付き合うよ」

源七は面白くなさそうだったが、好奇心の方が勝ったらしい。

「ありがとうございます。それじゃ、家へ戻って仕度をしてまいりますから」

安心したおゆうは、そう言い置いて番屋を出た。話を聞くだけなのにどんな仕度が要るんだい、と源七が訝《いぶか》る声が背中越しに聞こえた。

小半刻ほどで戻って来たおゆうは、三段重ねの重箱を収納する取っ手の付いた大きな箱を手に提げていた。源七は、ますますわからない、という表情を浮かべた。

「何だいそりゃあ。まさか弁当持参かい？」

「ご冗談を。確かに重箱ですが、食べ物は入っちゃいませんよ。では参りましょうか。まずは大松屋さんから」

おゆうに従って源七は「おう」と腰を上げたが、どうにも合点がいかない様子であった。まったく、このおかしな女は何を企んでやがるのか。鵜飼の旦那も、とんだ女に惚《ほ》れちまったもんだ。そんなことをぶつぶつ呟いていたが、おゆうは聞こえないふりをしていた。

大松屋の店は、本町の東南《たつみ》の端にあった。立派な大店だが、藤屋に比べると一回り小さい。それでも主人はやり手と評判が高く、近いうちに藤屋と肩を並べるのではと噂されているらしい。店頭の様子を見るに、噂に違《たが》わず商売は繁盛しているようだ。

おゆうと源七は、早速店へと入って行った。

「おう、御免なせえよ」

源七の声に番頭が顔を上げた。源七はその前に立つと、羽織をめくって十手を見せた。

「御上の御用を預かる源七って者だ。ちょいと旦那にお会いして話を聞きたいんだが、取り次いでもらえやすかい？」

「これは親分さん、ご苦労様です。それで、主人に話とは、どのような？」

番頭は何事かと思っただろうが、愛想笑いは崩さずに言った。

「それは旦那に直に話しやす。居なさるんでしょう？」

「はい。では申し伝えてまいりますので、少々お待ちを」

番頭はそう告げてから奥へ向かった。店先に腰を下ろして待つ源七とおゆうに他の奉公人たちがちらちらと好奇の視線を投げてきたが、二人とも意に介さなかった。

そう待つことなく番頭が戻って来て、源七に告げた。

「お待たせいたしました。では、奥へどうぞ」

「それじゃ、邪魔しやすぜ」

源七が畳に上がると、おゆうも続いた。それを見て番頭は驚いたようだ。

「あの、こちらの方は……」

「ああ、こちらの姐さんも一緒だ。何かまずいことでも？」

「いえ、何もございません。ご無礼いたしました」

番頭は慌ててそう言い、座敷へ二人を案内して行った。

大松屋の主人は、四十を越えたくらいの恰幅の良い人物であった。鷹《たか》のように油断ない目付きをしているが、温和な表情を作って印象を和らげている。評判通りやり手の商売人といった趣だ。

「お待たせいたしました。大松屋惣右衛門《そうえもん》でございます」

「手間をとらせます。馬喰町の源七と申しやす」

「おゆうと申します」

互いの挨拶が済むと、大松屋の方から切り出した。

「さて、馬喰町の親分さん、お聞きになりたいのはどのようなお話でしょうか」

「いえ、旦那。話を聞きたいのはあっしじゃなくて、このおゆう姐さんです」

「ほう？　それはまた、どのような……」

大松屋は目を丸くしておゆうを見つめた。おゆうは大松屋を挑むように見つめ返してから、一礼して話に入った。

「私は、故ありまして八丁堀に出入りさせて頂いております。お伺いしたのは他でもありません、例の闇薬の一件でございます」

「ほう、あの一件で八丁堀から。それはそれは」

はったりに近いが、構うことはないだろう。藤屋に頼まれていることは言うつもりはない。

「大松屋さんは上総屋さんや相州屋さんと、和薬種改会所を再建するおつもりとか。そのお話はどこまで進んでいるか、お伺いしてもよろしゅうございましょうか」

「これはまた……いや、恐れ入りました。よくご存知で」

思わぬ方向から話が始まったので、大松屋は少したじろいだ。

「確かに上総屋さんと相州屋さんと私は、八代様《はちだい》の頃にあった改会所をもう一度作ろうと考えております。それと言いますのも、あのひどく質の悪い闇薬が出回って、私ども薬種問屋の信用に関わる話になっておりますのを憂えたからでございます。何としても私ども薬種問屋が力を合わせて信用を取り戻し、二度とこのようなことが起こらぬように手を打たねばならぬと存じました次第で」

「その薬種問屋の信用に関わる話とは、藤屋さんが闇薬に絡んでいるのではという噂のことでしょうか」

あまりに直截《ちょくさい》的な言い方だと思ったのか、大松屋は一瞬顔をしかめた。が、すぐもとの穏やかな顔に戻って話を続けた。

「そのような噂は、確かに流れております。しかし、藤屋さんはこの本町でも一番の老舗の大店、そのようなことに関わるとは信じられません」

模範的な答えだ、とおゆうは思った。だがそれは、原稿を読むような答えだとも言える。

「亡くなった久之助さんが小遣い稼ぎにやった、と見るむきもあるようですが」

「はあ……亡くなった方のことをこのように申し上げるのも何なのですが、久之助さんについては良くない話も取り沙汰されておりました。遊び好きのお方でしたから。しかしながら藤屋さんの跡取りがこのようなことに手を染めるとは、やはり信じ難いものが」

「そうですか。正直、私もそう思います。では、いったいどこからそんな信じ難いような噂が出たのでございましょう」

「さて、それは……いつの間にやら薬種問屋仲間の間で囁かれていたのですが、始まりはどこかとなりますと……」

大松屋は、唸《うな》って考え込んだ。まあ、噂の出所なんて大抵はっきりしないものだ。ただし、意図的に流された噂なら話は変わってくる。

「大松屋さんはどなたからお聞きになったのですか」

「さて、どなたかと問われますと……やはり薬種問屋仲間の誰かだったと思いますが」

「上総屋さんか相州屋さんということは?」

「そうだったかも知れませんが、申し訳ございません。しかとは覚えておりません」

「そうですか。いえ、お気になさらずとも結構です。では、これをご覧頂けますか」

おゆうは、持ってきた重箱入りの箱を開けて、三段重ねの一番上の重箱を取り出した。

「ほう、これは……ずいぶん立派な容れ物でございますな」

重箱は金箔《きんぱく》の模様入りの塗り物で、なかなか良い品だった。だが、中に入っているのは皺の寄った紙袋だ。

「中のものは何です？」

容れ物と釣り合わない中身に、大松屋は不思議そうな顔をした。源七も興味津々で覗きこんでいる。

「件《くだん》の闇薬でございます」

おゆうはそう言うと、紙袋をつまんで重箱の中に袋の中身をあけた。白、黒、茶色の混ざった粉末が重箱の真ん中に山を作った。

「どうぞよくご覧になってください」

おゆうは重箱を大松屋の方に差し出した。

「拝見いたします」

大松屋は重箱を受け取り、持ち上げて目を近付けた。ひとしきり眺めて粉に指をつけ、口に運んで舐めてみてから、「ふむ」と言って重箱を置いた。

「闇薬そのものは一度か二度、見たことがあります。確かにこれは、そのときのものとほとんど同じようなものですな。薬になるものはほんの少しで、これには桂皮《けいひ》などが入っているようですが、あとは草の根を干したものや雑穀をすり潰したものを混ぜてあります。配合は異なるようですが、要するにいい加減に混ぜて作ってある、ということでしょう。いやはや、これを薬などと呼んでは罰があたります」

大松屋の答えは薬屋らしく明快であった。怪しげな態度は微塵《みじん》もない。

「やはりそうですか。お見立て頂きありがとうございました」

おゆうは礼を言って重箱を引き取った。

「それで和薬種改会所の話に戻りますが、これについては薬種問屋の皆様はご賛同なさっているのですか」

「はい、大方は」惣右衛門はそう言って笑みを浮かべた。

「まだ何人かご返事をいただいていない方もおられますが、皆様のため、世の中のためになることでございますから、遠からずご賛同いただけると信じております」

ずいぶんきれい事を言うわね、とおゆうは思った。金が絡む話はおくびにも出さない。ならばこちらから聞いてやろう。

「でも、改会所を通すには改料がかかるのでございましょう？」

「はい、それもご存知でしたか。実際に膨大な量の薬種を改めるとなりますと、その費用も馬鹿になりません。そこは世のために必要な出費とお考え頂いて、皆様平等にご負担頂くことになります」

これまた用意されていた答えに違いない。やはりガードは固いようだ。

「でも、薬の売値がそのために上がってしまうのではありませんか」

「はい、その恐れはありますが、そうならないように力を尽くすのが薬種問屋の務めだと考えております」

この野郎、どこまできれい事を並べるつもりだ。おゆうは次第にむかついてきたが、そんな気分は一切顔に出ないよう気をつけながら先を続けた。

「奉行所のお考えは如何《いかが》でしょうか」

「はい、奉行所の方からも、大筋ではご賛同頂けております。私どもが自分たちで世のためになる仕組みを改めて作り直そうとするのは、大いに結構だとのことで」

伝三郎はこのことを知っているのだろうか。いや、同じ奉行所でも捜査畑とは管轄が違うから、たぶん知らないだろう。

「御上としましても、相当な運上金が入ることでしょうからねえ」

「はは、左様でございますね。おっしゃる通り、御上にとりましても決して悪い話ではございません」

皮肉めかしたつもりが、軽くかわされてしまった。やはりこの連中、かなり用意周到だ。このまま続けても用意された隙のない答えが繰り返されるだけだろう。突っ込む材料はもう持ち合わせていない。

「本日は急に伺いまして、大変お手間をとらせました。ありがとうございました。これで失礼いたします」

おゆうは話を打ち切った。源七は、どう解釈していいものか内心首を捻っている様子だ。それはそうだろう。源七から見れば、終始大松屋のペースで話が進んだだけだ。

「いえいえ。ご苦労様でございます。また何かございましたら、いつでも」

大松屋は思い通りに話が運べたと思って満足したらしく、随分と愛想のいい笑みを浮かべた。

「おゆうさん、あんな調子でいいのかい。すっかり大松屋の言いたい放題じゃねえか」

「あら、源七親分は大松屋さんの話がお気に召さなかったようですねえ」

おゆうは笑いながら言った。源七は憮然としている。

「そりゃあ、したり顔であんなきれい事ばっかり並べ立てられちゃ誰だって苛々《いらいら》するぜ。最初っから、こう聞かれたらこう答えるって決めてあったみてえだ」

確かに出だしでちょっとたじろいだ以外は、台本に従ったような受け答えだった。

「そのようですね。そう簡単に尻尾を出すとは私も思ってやしませんよ」

「何だって奴らに目を付けたんだい。その、なんとか会所ってのは？」

「まあ、それはおいおいお話しますから。今日のところは騙されたと思ってお付き合いくださいな」

「ふん。どうにも合点がいかねえや。その重箱入りの闇薬だが、杢兵衛長屋のお清から貰ってきたやつかい？」

「ええ、そうです」

「大松屋の奴、それを見ても顔色一つ変えなかったな。奴にわざわざ見せた甲斐はあったのかい？」

「ええ、ちゃんとありましたよ。ご心配なく」

「やっぱりよくわからねえな。何でそんな立派な重箱なんかに入れてあるんだ」

「ちょいと訳がありましてね。まあ、いいじゃありませんか」

おゆうはそう言ってまた笑った。源七は、さらに苛立ったようだ。こんな別嬪でなきゃ張っ倒してやりてえところだ、ぐらいは思っているのだろう。

「あんたも人が悪すぎるぜ。俺を子供の使いみたいにしやがって」

「そう怒らないでくださいな。ほら、上総屋さんが見えてきましたよ」

やれやれ、と源七は溜息をついた。

上総屋嘉介《かすけ》は、大松屋より幾つか若く、三十代の後半かと見えた。男盛りなのだが、その見かけは苦労知らずの育ちから来るものなのか、どこか緩くてぼんやりした印象を与える。

「はい、確かに改会所につきましては、近頃江戸の町に流れている闇の薬を薬種問屋として何とかしなければならない、と考えましてのことでございます。正直、私は享保の頃にそういう会所があったことをほとんど知らなかったのですが、大松屋さんや相州屋さんから会所について伺いまして、これは良い話だとすぐに賛同申し上げた次第です」

　改会所について聞かれた上総屋は淀みなく答えた。その説明自体にはやはりそつがない。

「その闇薬に、藤屋さんが絡んでいるという噂については、どうお考えになりますか」

「どう、と申されましても……。手前も、そういう噂が流れていることは存じております が、よもや藤屋さんのような本町でも一番の由緒ある大店が、そのようなことに関わるとは到底信じ難いことです」

　言い回しまで大松屋とほぼ同じであった。

「上総屋さんは、その噂をどなたから聞かれたのですか」

「ふうむ、さて、それは……。しかとは覚えておりませんが、どうも相州屋さんからだったような気がします」

「そうですか。相州屋さん、ねえ」

上総屋は記憶を辿《たど》るような格好をして見せたが、あらかじめ決まっている答えをしたようだ。そう見透かされてしまうということは、どうもこの男、大松屋ほどには面の皮が厚くないのだろう。やはり第一印象通りのボンボン育ちなのだ。

一通り大松屋のときと同じ質問をした後、おゆうは例の大箱から二段目の重箱を取り出し、上総屋に差し出した。中を検めた上総屋は、思った通り大松屋と同様の反応を示した。

「ひどい紛いものですな。こんなものを薬として売るなどとんでもないことです」

上総屋はそう言って、いかにも怪《け》しからんという風に眉を吊り上げた。おゆうたちの目には、これまた下手な演技に映った。

結局上総屋とのやりとりは、上総屋が誰かの書いた台本通りに喋っているような感覚が消えないまま終了した。どうも上総屋という男は、意思が弱くて周りに引きずられ、言いなりになり易《やす》い人柄ではないかと思えた。だが、一度の会見で断定してしまうのは禁物だ。おゆうと源七は、そんな腹の中を悟られないよう気をつけながら上総屋を辞した。

相州屋伊兵衛《いへえ》は、他の二人より年上で五十過ぎと見えた。痩せた面貌に苦労人らしい皺が刻まれている。一代でこの店をつくっただけあって、ボンボン風の上総屋とは対照的な、ストイックな印象を与えていた。

「はい、藤屋さんの噂につきましてはおっしゃる通り、私も耳にしておりまして、同じ薬種問屋のお仲間として心配をいたしております」

心配どころかつけ込んでるんじゃないの、とおゆうは思ったが、相州屋の表情は本当に憂慮しているように見える。やはり上総屋より役者は上のようだ。こちらの質問に対する答えも、大松屋や上総屋とほぼ同じ内容だった。ただ、悠揚迫らぬ風情だった大松屋に比べると、だいぶ神経質になっているように感じられた。とは言っても、もともとそういう雰囲気の人物であるがゆえなのかも知れないが。

「その噂は、どなたからお聞きになったものかご記憶でしょうか」

「はて、誰からか、となりますと……。確たる話ではございませんが、大松屋さんか上総屋さんではなかったかと思いますが」

「上総屋さんは、相州屋さんからだったように思う、と言われてましたが」

「おや、そうですか。では、大松屋さんから聞いたのでしたかなあ。どうもこういう噂と申しますのは、いつの間にやらあちらこちらに現れてくるものでございますからなあ」

相州屋は空とぼけてそう答えた。相変わらず神経質そうではあるが、動じる気配はない。

「そうですか。わかりました。それでは、こちらをご覧になってください」

おゆうは、大松屋と上総屋にしたのと同様に、闇薬の入った重箱を見せた。今度は一番下の段の重箱である。

「ううむ。これはほとんどが雑穀ですな。とても薬とは呼べない」

重箱に入っていた紙袋から出された闇薬を調べて、相州屋が言った。思った通り、仕草も答え方も先の大松屋や上総屋のそれと判で押したように同じであった。

「このような物を売る輩《やから》が出てくるのは、薬を商う者として許し難いことです」

相州屋は、そうとまで言った。これで自分たちがその首謀者であるなら、図太いにも程がある。おゆうは湧き上がる怒りを押さえつつ、必ずこいつらの尻尾を捕まえてやると誓った。


「三軒回ったが、みんな同じ話だったな。しかしこれだけ同じ答え方をされたんじゃ、示し合わせてるって勘繰りたくなるな」

相州屋を出てから源七が言った。さすがに手練《てだれ》の目明しらしく、おゆうから事情を聞かないまま場に臨んでも、話の内容からこいつらは臭いと見抜いたようだ。

「さすが源七親分。そうですとも。あの三人は、口裏を合わせてます」

「ふん。連中がこの一件にどう関わってるのか、もう教えてくれてもいいだろう」

「そうですね……まず一つ、藤屋さんが闇薬に関わってるという噂を流したのはあの三人です。今日の話でわかりました」

「今日の話で？　どうして」

「噂の出所について尋ねたとき、お三方の答えは曖昧でしたが、三人のお仲間以外の店の名は出ませんでしたよね。大松屋さんはよくわからないと言い、上総屋さんは相州屋さんと言い、相州屋さんは大松屋さんか上総屋さん、と言いました。三人の間で堂々巡りです。三人以外の店の名を出して私たちがそこへ聞きに行ったら、怒って真っ向から否定されるでしょうから面倒なことになります。三人ともそれを避けようとして、お仲間の名前を出したんだと思いますよ。そうすれば三人の間からこの話は外へ広がりませんから、たとえ三人の誰かが噂を流したのではと疑われても、うやむやになるでしょう」

　藤屋が改会所に賛同すれば、江戸一番の薬種問屋である藤屋がその頭取になるだろう。反対すれば藤屋のシンパの店が同調し、反対多数でお流れになるかも知れない。闇薬に藤屋が関わっていると疑わせる細工をすれば、藤屋を排除して改会所を三人の思うままにできるのだ。なかなかに巧妙である。

源七はおゆうの話を聞いてしばらく考え込んでいたが、やがて膝を打った。

「なるほど。三人の間であっちだこっちだ言ってりゃあ、証しは立たねえんだから逆に誰の仕業か決めつけられなくなるわけか。こいつぁ道理だな」

源七はとりあえず納得したらしくしきりに一人で頷いていたが、やがておゆうの提げている重箱のことを思い出して、指差した。

「で、大松屋を出たときにも聞いたが、その大層な重箱は結局どんな役に立ったんだい。中身の闇薬についちゃ、新しい話は何も出て来なかったじゃねえか」

揶揄するように言う源七の方を振り向いて、おゆうはにっこり微笑んだ。

「いえいえ、とっても役に立ってますよ。持ってきた甲斐はありましたとも」

「ふうん……」源七は何とも曖昧な表情を浮かべた。

「どうもあんたと喋ってると、狐《きつね》に化かされてるような気がしてくらぁ」

「あらあら、それはどうも。今日は尻尾は折り畳んで隠してますから」

源七は苦笑した。

「まったく、あんたにゃかなわねえや」

おゆうも笑いながら、改めて手に提げた重箱に目をやった。

（そう、肝心なのはこっち。噂の出所の話なんて、思いついただけの付録なのよね）

三段重ねの塗り物の重箱の表面には、それぞれ大松屋惣右衛門と上総屋嘉介と相州屋伊兵衛の指紋がくっきりと付いていた。

おゆうの家に帰り着いたときには、もう日が暮れかけていた。

「それじゃ、俺はこれで帰るぜ」

家まで送って来た源七は、そう言って背を向けようとした。

「あ、ちょっと待ってください。もう一つ頼み事があるんです」

「あァ？　まだ俺に何かやらせるのかい？」

呼び止められて源七は渋い顔になった。

「すみませんねえ。頼みというのは、あの三人の周りをちょいと探って頂きたいんです」

「探る？　大松屋と上総屋と相州屋をかい？」

「ええ。あの三人、三人ともお金に困っているはずです。それを確かめたいんですよ」

「え？　何でそんなことがわかるんだい。あの三人は本町でも指折りの大店だぜ。それが三人とも金に困ってるなんて……」

信じられないと言うように首を振る源七に、おゆうは畳みかけた。

「とにかく、お願いします。これをお使いになって」

おゆうは紙包みを差し出した。この前と同じく三両が入っていた。それを見た源七の顔が、ぱっと明るくなった。

「おう、そうかい。あんたがそう言うんなら本当かも知れねえな。よし、俺に任せてくんな」

源七は胸をぽん、と叩くと、じゃあ二、三日うちに、と言って玄関を出た。

(やれやれ、ほんとにわかりやすい親分さんだこと)

おゆうは肩をそびやかして帰って行く源七の後ろ姿を見送りながら、またくすりと笑った。


次の日、おゆうは朝から一人で家の座敷に座っていた。実はこの朝、ラボに重箱で採取した指紋を持って行って照合してもらうつもりでいたのだが、昨晩遅く東京の家に戻ってみると金曜日だったのだ。つまり今日は土曜日。ラボは休みで指紋照合は月曜日まで待たなくてはならない。江戸の暦には曜日がないから、東京へ戻ったときに感覚がズレてしまう。

(指紋照合できれば、三人の薬種問屋の誰が下手人なのか一発でわかるっていうのに……)

じれったい話だが、じっと月曜を待っていても仕方がないので、指紋以外の状況証拠をさらに集められないか考えることにした。どのみち江戸では指紋に証拠能力はないから、奉行所を納得させる何かが必要なのである。それで朝起きてから頭を悩ませているのだが、どうもいい案が浮かばない。これじゃあ、じっと月曜を待っているのと同じことじゃないの、と思い始めたとき、伝三郎がやって来た。

「おう、居たか。一昨日と昨日と寄ってみたんだが、留守だったな」

そんなことを言いながら座敷に上がった伝三郎に、おゆうはすました顔をして見せた。

「ええ、出かけてましたよ。私もいろいろありますから」

「そんな気取らなくたっていいじゃねえか。辰蔵たちから狙われる気遣いはなくなったとはいえ、これでも俺なりに心配はしてるんだぜ」

伝三郎はそう言って笑うと、大小を置いておゆうの正面で胡坐をかいた。

（そんなに気にしてくれるんだったら、こんな昼前じゃなく日が暮れてから来なさいよ、この野暮天め）

何かもう一つ嫌味でも言ってやろうかと思ったが、屈託のない笑顔の伝三郎に見つめられていると、もういいかな、という気がしてきた。結局いつもこうなるのだ。

「はいはい、心配してくれるのは嬉しいですけどね、私も大人の女なんですから。ちょいといい男をつかまえたら、一日二日消えちまうこともありますよ」

「おや、妬《や》かせようってのかい。よせよせ、お見通しだよ」

おゆうの戯《ざ》れ言《ごと》を軽く笑い飛ばしてから、伝三郎は腕組みして本題に入った。

「それで藤屋の方だが、どうだった」

「ええ、それなんですがね。阿片や附子のことだけじゃなくて、もっと面白いことが出て来ましたよ」

おゆうは伝三郎に、一昨日から昨日にかけて調べた全てを事細かに話した。和薬種改会所とその発起人の三人の話を聞くと、伝三郎の目の色が変わった。

「こいつはたまげた。そんなからくりが隠れてたとはなあ。阿片と闇薬の儲けなんか、小遣い程度の話だったわけか。その改会所が本当の狙いだったと見てよさそうだな」

「五千両、七千両の話ですよ。しかも一度きりじゃなく毎年入って来るんです。それほどのお金のためなら、六人どころか二十人が三十人でも平気で殺っちゃいますよ」

「物騒なことを言いやがる。だが、その通りだろうな」

「ねえ鵜飼様、この改会所にお許しを出すのは町奉行所なんでしょう？　鵜飼様はこの事を全然ご存知なかったんですか」

「奉行所だって、やってることは多いんだ。こんなのは定廻りの仕事じゃねえよ」

やはり捜査部門の方では知らない話なのだ。

「じゃあ、改会所について願い出があったらお許しを出すのはどなたなんです。御奉行様ですか」

「そりゃあ御奉行様の名前でお許しを出すだろうが、こういう話なら願い出を吟味するのは与力の真壁《まかべ》様だろう。あの方は古参だから、真壁様が吟味した結果、これこれこうでございます、と御奉行に申し上げれば、まずそのまま通るだろうな」

「それではお許しを出すかどうかは真壁様の腹一つ、というわけですね。それなら……」

「おう、言いたいことはわかる。大松屋と上総屋と相州屋が改会所の話を通したければ、当然真壁様に充分な袖の下を渡してるさ。事が成就《じょうじゅ》すりゃあ毎年何千両だろ？二百両や三百両の賄賂なんか安いもんだ」

「そうですよね。そうなると、このまま行けば三人の思惑通り改会所はできてしまいますね。でもそんなことになると、薬の値が上がって貧乏人はますます手が出なくなりますよ」

「だから、そうならねえようにしなきゃいけねえんだろうが」

「大松屋と上総屋と相州屋をしょっ引くんですか」

「そうはいかねえやな。その三人と闇薬と一連の殺しを結び付けるような証しはまだ手に入れてねえんだ」

「そうでした。この話、みんなこちらで見立ててるだけですもんね」

「ああ、そういうことだ。何でもいいから証しを押さえねえとな。とりあえず、三軒の店を張ってみるかな」

「それで何か出て来てくれたらいいんですがね……」

「考え込んでも始まらねえや。よし、早速手配りするか」

伝三郎はそう言うなり立ち上がった。やれやれ、またこうやって肩透かしで帰っちゃうんだ。おゆうは半分あきらめ顔で伝三郎の背中を見送った。せっかくいい情報を摑んで来たんだから、ちょっとご褒美くれたっていいじゃないの。そんなおゆうの気持ちを知ってか知らずか、伝三郎は振り向きもしないでさっさと行ってしまった。


翌日の昼、おゆうは日本橋本町の大松屋の前をぶらぶらと歩いていた。張り込みの様子を覗きに来たのだ。指紋以外の状況証拠についてはどうにもいい考えが浮かばず、やはり張り込みのような地道な作業を当てにするしかないと思ってのことだった。本町の表通りはいつものように賑わっており、おゆうが一人でちらちら左右に目をやりながら歩いていても気に留める人はいなかった。

間もなく、大松屋の斜《はす》向かいの店の二階の障子が細く開けられているのに気付いた。張り込みをしているとすれば、おそらくそこだろう。その下をゆっくり通り過ぎながら二階に目をやった。中は見えないが、それほど大人数を動員できないだろうから、下っ引きが交代で一人ずつ張り付いているぐらいだろう。

おゆうは納得すると、その三軒ほど先で長床几を出している茶屋を見つけて腰を下ろした。茶を頼んで大松屋の店先に目をやると、少し遠いが表の出入りはよく見えた。

（今日も繁盛してるみたいね。まっとうな店に見えるのに……）

大松屋たち三人が企んでいるらしいことを考えると、その繁盛が癪に障った。

（見てなさいよ。そうやってのうのうと商売できるのも今のうちだけなんだから）

奴らを一網打尽にして溜飲を下げるところを想像しながら、おゆうは運ばれて来た茶を啜った。

そうして半刻も座っていると、少し退屈してきた。大松屋の前では、さっきから同じように客が来ては帰って行く光景が繰り返されているだけである。張り込みとは相当な根気が要る仕事なのだと、改めて思い知らされるようであった。

茶屋にいつまでも座っていては迷惑がられるだろうと思い、おゆうは湯呑みを置いて立ち上がった。すると、大松屋の前に駕籠が着くのが見えた。駕籠で乗りつけるとは金持ちの客だな、と思って見ていると、誰も降りて来ない。客を運んで来たのでなく迎えに来たのだ、と気付いたとき、店先に大松屋が出て来た。どうやら駕籠で出かけるらしい。おゆうは急ぎ足で大松屋の店に近付いた。

斜向かいの店の前を通り過ぎるときに顔を上げると、開けた二階の障子から下っ引きの藤吉が首を出しているのが見えた。駆け降りて大松屋を尾行するか思案しているのだろう。そのとき視線を感じたのか藤吉が下を向き、おゆうと目が合った。あっという顔をする藤吉に、おゆうは自分が大松屋を尾《つ》ける、と目で合図した。藤吉は頷き、首を引っ込めた。おゆうは大松屋を乗せた駕籠が後ろを通り過ぎてから振り向くと、駕籠が二十間ほど先へ進むまで待って後を尾け始めた。

それほど長く尾行する必要はなかった。駕籠は七町足らず行ったところの料理屋で止まり、大松屋はその料理屋へ入って行った。おゆうは大松屋が店に入るのを見届けてから店の前まで行ってみた。高級そうな店だ。紺の暖簾《のれん》に「まつ繁」という屋号が白く染め抜かれている。これくらいの店なら、ただ昼食を摂りに来たわけではあるまい。誰かとの会合だろう。ならば誰と会うのか知りたいところだが、店に乗り込んで聞くわけにもいかない。出て来るのを待って確認するしかないか、と思っていると、ふと後ろに気配を感じた。びくっとして振り返ると、向かいの家の脇の路地で喜平次が手招きしている。

「あれ、喜平次親分、こんなところでどうしたんです」

おゆうは急いで路地に入ると、膨れっ面をしている喜平次に聞いた。

「どうしたも何もあるかい。手が足りねえってんで、相州屋の見張りに引っ張り出されたんだよ。そっちこそ何やってんだ。あんたも張り込みに加わるなんて聞いてねえぞ」

「様子を見に来ただけだったのに、成り行きでこうなったんですよ。てことは、相州屋さんもこの中に居るんですか」

「ああ。ちょっと前に駕籠で着いた。お前さんが尾けてきたのは大松屋か？」

「ええ、そうです」

「どうやら連中の会合らしいな。上総屋も来るかも知れねえ」

「源七親分は上総屋に付いてるんですか？」

「いや、あいつは何かその三軒の店の懐具合を探ってるらしい。どうもよくわからんが、おかげでこっちが張り込みやらされてるんだよ」

「そうなんですか」

源七はおゆうが頼んだ通り、大松屋たちが金に困っているかどうか調べに行っているようだ。だが源七の仕事がおゆうの頼みだと知れたら喜平次が怒りそうなので、そのことは黙っていた。

「お、ありゃ上総屋じゃねえか？」

喜平次に言われてまつ繁の玄関に目を戻すと、丁度新たな駕籠が着いたところで、見ていると思った通り上総屋が降りて、まつ繁の暖簾をくぐった。上総屋の姿が店の中に消えてから喜平次は路地から顔を出し、上総屋を尾けて来た岡っ引きを見つけて呼び寄せた。その岡っ引きはおゆうの知らない顔で、おゆうを見て妙な顔をしたが、余計な詮索はせずに路地に入った。そして三人はそのまま無言で待った。

間もなく、侍が一人角を曲がって通りに入って来た。供はいないが、鷹揚な足取りや身なりからするとそれなりの地位はありそうだ。年格好は五十くらいか。もしかしてあれが会合の相手なのかとおゆうが見ていると、近付いて来た侍の顔を見て二人の岡っ引きが「あっ」と声を出した。おゆうが驚いて問いかけようとするのを喜平次が手で制し、侍が店の奥に入るのを目で追った。

「どうしたんです。あのお侍は誰なんですか」

侍が暖簾の向こうに隠れてから、おゆうは明らかに侍の素性を知っている様子の喜平次に聞いた。喜平次は困ったような顔をしたが、仕方ない、というように口を開いた。

「ありゃあ、南町の与力の真壁様だ」

「え、あれが真壁様」

「何だ？　真壁様を知ってるのか」

喜平次が驚いて言った。

「いえ、ちょっと。鵜飼様にお名前は聞いてましたんで」

おゆうは慌てて取り繕った。和薬種改会所とその許認可の件は、まだ伝三郎と自分しか知らないはずだ。

「ふん、まあいいや。どういうからくりか知らねえが、あの三人と真壁様はツルんでるらしいな」

「はい、そのようですね」

おゆうは深く頷いた。昨日伝三郎と話していた通りのことが、これで裏付けられたと思っていいだろう。だが、それ自体は意外でも何でもない。

「だからと言って、あの三人が闇薬や殺しに関わっている証しにはなりませんよね」

おゆうは苛立ちを露わにして言った。今のご時世、袖の下などはごく普通の話なのだ。

「そりゃそうだ。連中も、真っ昼間から堂々と会ってるんだ。御定法に触れるようなことはやっちゃいませんぜ、てえことなんだろう」

喜平次も面白くなさそうに言った。

「まったく、昼飯をこんな高そうな料理屋で食うなんざ、結構な御身分だぜ」

「で、どうする。このまま張るか」

もう一人の岡っ引きが言った。喜平次は「そうだな」と応じた。

「まあ、せっかく役者が揃ってるんだ。もうちっと様子を見ようぜ」

それから半刻余りの間、三人は路地で立ったまま、まつ繁の表を見張っていた。だが、真壁の後には一人の客も来なかった。今日は貸し切りにしているのだろう。すっかり飽きてしまったおゆうは欠伸をしたり体操したりし始めて、喜平次にたしなめられた。

「何やってんだ。じっと辛抱できねえんならさっさと帰れよ」

「すいません。ちょっと足がくたびれてきて……」

言いかけたところで、もう一人の岡っ引きが「おい」と声をかけた。はっとして振り向くと、真壁がまつ繁から出て来るところだった。

「ふん、終わったようだな。あとの連中もじきに出て来るだろう」

まつ繁の女将らしいのが暖簾の前で真壁を丁重に送り出すのを見ながら、喜平次が言った。だが、すぐに「おや？」と首を傾げた。

「どうしたんです」おゆうが喜平次を見て聞いた。

「いや、真壁様が来たときと反対の方へ歩いてるからさ。奉行所へ戻るにしろ八丁堀の役宅へ帰るにしろ、来た方角に行かなきゃならねえはずなんだが」

三人は反対の方角へ歩き去る真壁の背中を追いながら、顔を見合わせた。尾けるべきか、このまま大松屋たちが出て来るのを待つか、決めかねる様子だ。

「よし、ちょっと後を尾けてみます」

おゆうは決心して言った。

「大松屋の方はどうするんだ」

「大松屋一人が何か変わったことをするとは思えません。今日のところは上総屋と相州屋を押さえておけば大丈夫と思います」

喜平次は無言で頷いた。喜平次も真壁の動きが気になるようだ。おゆうは喜平次に頷き返すと、路地を出て真壁の後を追った。


真壁は大川の方へ向かい、やがて新大橋《しんおおはし》を渡って深川に入った。八丁堀からはどんどん遠ざかっている。行き先は明確なようで、足取りに迷うようなところはない。周囲を気にする様子もないため、後を尾けるおゆうにも気が付いていない。振り向きもせず堂々と、歩調を変えずに歩いている。

（どこまで行くつもりなんだろう）

常盤町《ときわ》から南に折れ、小名木川《おなぎがわ》を渡ったところで裏通りに曲がった。どうやら目的地が近付いたようだ。やがて真壁は路地の一つに入り、塀のある一軒の家の前に来ると、勝手知ったる様子で戸を開けて中に入った。おゆうは路地の入口から真壁が家の中へ姿を消すのを確かめて、誰かの家を探すようなふりをして路地に入った。

真壁の入った家は、塀と格子戸のあるあたりがおゆうの家と似た感じだったが、こちらは二階建てであった。誰の家なのかはわからない。だが、おゆうの家を思わせる雰囲気から、どういうことなのか見当はついた。

（こりゃあ、真壁の女の家だな）

こんなところに女を囲っていたとは。奉行所の与力と言えば禄高《ろくだか》は大したことはないが、江戸市中各所からの付け届けが懐に入るので年収は相当なものになる。女の一人ぐらいは充分養えるだろう。だが、真壁が女を囲っているのがわかったところで、こちらにとってはあまり意味はない。

（しょうがない。引き揚げるか。でも、どんな女か興味はあるなあ）

おゆうが家の前で思案していると、路地の反対側にある表店の裏口から、その店のおかみさんらしい中年の女が出て来た。裏に置いてある竹箒《たけぼうき》を取りに来たようだが、おゆうに気付くと不審げな目を向けた。これは何か対応した方がよさそうだ。

「こんにちは」

おゆうは愛想のいい笑みを浮かべて一礼した。おかみさんも一礼したが、不審そうな目つきは変わらない。思い切って話しかけた。

「あのう……このあたりで三味線のお師匠さんのおりくさんという方を探しているんですが、こちらは違いますかしら」

真壁の入った家を手で指して、口から出まかせを言ってみた。

「ああ、そちらは三味線を弾くけど師匠じゃないようだし、名前は確かお篠《しの》さんですよ」

おかみさんは、少し警戒心を緩めたらしくちゃんと答えてくれた。どうやら当たらずとも遠からずでうまくいったようだ。

「そうですか。ありがとうございます。他をあたります」

そう言ってからおゆうは、せっかくだからもう少し踏み込んでやろうと思った。

「今、立派なお侍様が入って行かれたようなので、てっきりお弟子さんかと……」

おかみさんが、この一言に食いついた。どうやら噂好きのオバサンらしい。

「いえいえ、お弟子さんなんかじゃありませんって」

それから声を潜めて親指を立てた。

「お篠さんの旦那の一人ですよ。このふた月ほど、ああして今時分に通って来られるんです。どうも奉行所の与力様らしいんですけどね」

「まあ、そうなんですの。与力様、ねえ」

やはり真壁の女に間違いなさそうだ。いや、待てよ。

「あの、今、旦那の一人っておっしゃいました？」

おかみさんは、得たりとばかりに続きを語った。

「そうなんですよ。実はもう一人いるんです。こっちはもっと以前からの旦那で、お篠さんが芸妓《げいぎ》をやってた頃からの馴染《なじ》みだったらしくて」

「じゃあ、その方が身請けを？」

「ええ。この家もその旦那が買ってやったようですよ。だのに二人目の旦那なんて、いったいどういうつもりなのか」

どうやらこのおかみさんは、お篠とかいう女にあまりいい感情を持っていないらしい。それで誰彼なく彼女の噂話を流しまくっているのだろう。こちらとしてはもっけの幸いだ。

「あらあら、それはまた……。その二人目の旦那さんというのは、どんな方なんです？」

「それがね、本町の薬種問屋の旦那さんらしいんですよ。何屋さんかは知りませんけど」

おっと。これは面白くなってきた。

「じゃあ、大店の旦那さんなんですね。今でもここに来られるんですか」

「ええ。与力の旦那さんのことを知ってか知らずか、今もちょいちょい来られますよ」

「あらまあ、いっぺんにお二人の旦那のお相手をされてるんですねえ」

愛想笑いを浮かべて相槌《あいづち》を打ちながら、おゆうはこの噂好きのオバサンの情報提供に感謝していた。大筋は読めた。あの三人の薬種問屋のうちの誰かが、金銭だけでなく自分の女を賄賂として真壁に差し出したのだ。その上で今も出入りしているということは、お篠と愛人関係を保ちつつ真壁の寝物語を逐一聞き出しているに違いない。

（まったく、自分の女をこんな風に使うなんて）

江戸時代では珍しくないのかも知れないが、女を道具みたいに扱っている。おゆうは不快になった。あの薬種商たちに天の裁きを下してやる理由がまた一つ増えた。

おゆうの胸の内には全く気付かないまま、おかみさんは噂話を聞いてくれる相手が見つかって調子に乗ったのか、それからしばらくお篠とやらの行状について滔々《とうとう》と語り続けた。さすがにおゆうも辟易《へきえき》して、適当なところで「三味線の師匠のおりくさん」を探さなくてはと言ってなんとか切り上げた。

（やれやれ、あんなのが隣にいたんじゃお篠さんて人も大変だね）

苦笑しながら表通りに出て、とりあえずの収穫に満足しながら、日が傾くまでに家へ帰らなくてはと北の方角に足を向けた。すると、お篠の家の方から三味線の音がかすかに聞こえてきたので、ちょっと振り向いた。神社でもあるらしく、立派な銀杏の木が聳《そび》えているのが屋根越しに見えた。そこがお篠の家の裏手なのだろう。

（あれ？）

おゆうは、ふと立ち止まった。

（例の血染めの手拭いを分析したとき、宇田川の奴、銀杏がどうしたとか言ってなかったっけ?)

八

待ちに待った月曜日。優佳は阿佐ヶ谷のラボで宇田川の横に立ち、重箱から三人の指紋を採取した透明シールを机の上に一枚ずつ丁寧に並べていった。それぞれのシールには、E1、E2、E3とマジックで記号が書いてある。

「これをこの前の指紋と照合するのか。どうやら大詰めらしいな」

優佳の興奮が伝わったのか、宇田川が言った。宇田川の方は興奮というより、優佳の持って来る分析のネタがこの後しばらく途切れそうなのを残念がっているように見える。

「そう。これをこの前のAグループ、Bグループの指紋のうちDグループのと一致していたやつと照合して。今日中にやれる?」

Aグループは林町の家の引出しから、Bグループはその家の柱から、Dグループは辰蔵一味殺害現場にあった徳利から採った指紋である。Cグループは辰蔵一味の手形なので、今回は必要ない。

「今日中? 一つの指紋サンプルと他の三つの指紋サンプルに一致するものがあるか

どうか見るだけだぞ。二十分もかからんわ。今やってやるからそこで見とけよ」

宇田川はそう言うと優佳が机に並べたシールを取り上げ、スキャナーにかけ始めた。

「あともう一つ確認させて」

興奮を抑えながら優佳が聞いた。

「はァ？」宇田川が気のない返事を返す。

「前に分析してもらった手拭いだけど、銀杏の花粉が付いてたってのは間違いないよね」

「間違いないよ。分析結果のプリントアウト、渡したろ？」

振り向きもせずに答える宇田川に、さらに畳みかけた。

「その解釈だけど、手拭いを洗濯して干してた場所のすぐ近くに銀杏の木があって、そこから降って来た花粉が干してる間に付いた、ってことで間違ってないかな？」

「間違ってないよ。手拭いで頰かむりして銀杏並木の下を歩いたというんでもない限り、それが一番合理的じゃないか」

「わかった。ありがとう」

宇田川は面倒臭そうに言ったが、優佳にはそれが重要だった。この一件に関わりのある場所で銀杏があるのはお篠の家の裏だけである。お篠の旦那である首謀者がお篠の家に泊まったとき手拭いを洗って干したのか、お篠の手拭いを持って行ったのか、そのどちらかだろう。そしてその手拭いには人間の唾液と血が少量付着していたのだ。つまり、久之助は首謀者である人物が直接手を下して殺したとみて間違いないだろう。

「よし、スキャンできた。データ化してからこっちで照合するぞ」

宇田川は自席に戻るとパソコンを操作して、前に取り込んだ指紋データから問題のBグループとDグループの両方で見つかった唯一の指紋を画面に呼び出した。整理番号はBD01と付けられている。それを画面の左半分に表示した。そのまましばらく待っていると、右半分にデータ化を完了した指紋E1の画像が現れた。どちらも親指なのを確認し、縮尺を合わせる。

「さて、これで左右の画像を比べて見れば概略一致するかどうかはすぐわかるが、それだけじゃ照合とは言えん。指紋には照合のポイントになる特徴点ってものがあってな。紋様の線の分岐点とか終点とか接合点とか、まあそういったところだ。その特徴点の形の具合を数値データ化して比べるんだよ」

「何だかよくわからないけど、二つの指紋の画像を重ね合わせて見るだけじゃダメなんだ」

「簡便法で重ね合わせて見ることもあるが、裁判の証拠としちゃ不足だな。指紋は押捺の具合で歪んだりするから」

「その特徴点とかいうのが一つでも合ってればいいわけ？」

「いや、国際標準で十二個、と決まってる。パソコンの方で特徴点を自動抽出して照合するから、後は待ってればいい」

　そう言って宇田川はパソコンの画面を指先で叩いた。すると、それに合わせたように画面上の指紋に赤や黄色の四角いマークが次々に現れた。これが特徴点らしい。

「うん」

　固唾《かたず》を飲むという表現が今ほどぴったりのときはないだろうな、と優佳は思った。

「よし、サンプルE1の結果が出るぞ」

　宇田川は、右側のE1の画像に、左のBD01に付けられたのと同じカラフルな四角いマークが次々に表示されていくのを確認して言った。優佳が食い入るように画面を見ていると、下に小さなウィンドウが開いて、結果が表示された。「二個　一致しました」指紋の画像に並んだたくさんの四角いマークのうち、二個だけがグリーンになっていた。

　結局、一致した特徴点はその二個だけだった。並べて画像を見ているときは似ているように見えたのだが。

「これ、不一致だった、ってことよね」

「見てのとおり」宇田川が優佳の興奮を完全に無視する味気ない口調で答えた。

「警察の鑑識でも、こんな風にやってるの?」

「この照合ソフトは俺がセキュリティ用の指紋認証ソフトをカスタマイズして作ったヤツで、ここでしか使えない代物だからな。警察で使ってるAFISって言うシステムはもっと精密だろうけど、原理は同じだ」

「よし。次、いってみて」

「はいよ」

E1の画像が消え、E2の指紋が画面右に現れた。

「あ、こりゃ明らかに違うな」

E2の指紋は、素人の優佳が見てもはっきりわかるほどBD01の指紋と異なっていた。BD01が標準的な渦巻状なのに対して、E2は渦巻にならないタイプだったのだ。

「特徴点を見るまでもなさそうね」

「そうだな。三つめ、いくか」

三度目の正直。容疑者の指紋はこれで最後。優佳の手に力が入る。一瞬で画像がE2からE3の指紋に切り替わった。

「あ」「おう」

二人は一緒に声を出していた。並んだ二つの指紋は、ほとんど同じに見えた。

「どうやらこれが当たりらしいな。特徴点出すぜ」

　E3の指紋画像に、E1のときと同じように次々と四角いマークが現れた。続けて照合結果のウィンドウが開く。「十二個　一致しました」二つの指紋画像の上で四角いマークが十二個、グリーンの表示になって輝いていた。

「ビンゴ」宇田川が親指を立てた。優佳は、声も出さずに画面上で並んだ二つの、同一の指紋を見つめていた。主犯が、割れた。

（捕まえたわよ、相州屋伊兵衛）

　優佳は宇田川に聞かれないよう、心の中で快哉《かいさい》を叫んだ。


　さて、また翌日の昼過ぎである。おゆうは日差しを避けつつ、川沿いに橘《たちばな》町から馬喰町へと歩いていた。他人の目からはぶらぶらと散歩でもしているようにしか見えないだろうが、頭の中は懸命に回転していた。宇田川のおかげで主犯は割り出せたものの、ここからが面倒なのである。指紋の話をお白州に出せないからには、伝三郎たちが相州屋をお縄にできるよう何らかの方策を考え出さねばならない。それで昨夜から家でずっと悩んでいたのだが、頭が煮詰まりそうになったので気分転換のつもりで外に出て来たのだ。

（ああもう、じれったいなあ）

こうなってみると、単純に犯人を見つける方がよほど簡単かも知れなかった。

(そうだ。番屋に寄ってみるか)

そう言えば、そろそろ源七に頼んだ調べの結果が聞ける頃だろう。頭を切り替えるには丁度いい。おゆうはそのまま馬喰町の番屋に足を向けた。

源七が居るかと思って番屋の障子を開けてみると、中では源七の代わりに伝三郎と境田が並んで座り、茶を啜っていた。

「あら鵜飼様に境田様。お揃いでご休息中ですか」

「油売ってるみたいに言うなよ。今、左門に例の和薬種改会所の話をしていたところさ」

伝三郎はそう言って、腕組みしたまま境田の方を目で示した。境田はうんうんと頷きながら、いかにも感心した風に伝三郎とおゆうを交互に見やった。

「つまるところ、あんたらはこう睨んでるわけだ。この一件はその和薬種改会所の利権を獲るために仕組まれた。辰蔵を使って闇薬や阿片をばら撒き、それの取締りを口実に改会所を作り直す。で、そこの頭取におさまってたっぷり稼ぐ。久之助はそのからくりに気付いて消された、久之助殺しで辰蔵に足がつきそうになったんで、これも口封じに始末した、と。なるほど、それなら合点がいくよ」

さすがに切れ者だけあって、たちどころに全体の構図を正しく理解したようだ。

「しかし本町の大店が三人も関わってるとなると、浅川様から御奉行に話を通してそいつらをしょっ引くのは簡単にはいかねえな。まして、改会所には真壁様も嚙んでるわけだろ。よっぽど足元を固めて、有無を言わせぬ証拠を出さねえと」

「ああ。そいつがちいっと骨だな。奴らも毎年何千両の儲けを取れるか、でなきゃ打首獄門だっていう危ない橋を渡ってるんだ。簡単に尻尾を摑ませるような真似はしねえだろう」

伝三郎はそう言って苦い顔をした。そのとき、番屋の戸が開けられて源七が入って来た。

「おう、おゆうさん、ここにいたか。あ、旦那と境田様も」

源七は二人に礼をすると、下座に腰を下ろした。

「何だ。おゆうに用があったのか」

「へい。実はおゆうさんから調べを頼まれてたことがあるんですが、おおよそ調べがついたんでおゆうさんを捜してたんですよ。家に行ったらいねえんで、とりあえず番屋へと思って来てみたんですが、丁度よかったようですね」

「まあ、ありがとうございます。ほんとにいいところに来てもらいました」

おゆうの顔を見て、伝三郎が源七を促した。

「何だいその調べってのは。俺たちにもわかるように話せ」

「へい。おゆうさんに頼まれたのは、大松屋と上総屋と相州屋は金に困ってるはずだから探ってみてくれ、ってことで。それでこの三日、連中の周りを嗅ぎまわってみたんですが……」

「本当に金に困ってたのか」

「あんな大店が、と思ったんですが、驚きやした。おゆうさんの言った通りでしたよ。大松屋は、隠れて一万両を貸してた御大名の台所が火の車になって、踏み倒されちまったんです。上総屋は今の旦那が商売下手で、ここ何年かは赤字続きのじり貧らしいです。このままだとあと二、三年で潰れるかも、なんて番頭がうっかり漏らしました。相州屋は相場に手を出して失敗したそうで、こっちも八千両ほどの穴を開けちまったようです。外にはひた隠しにしてますがね」

「ふうん、羽振りが良さそうに見えても、裏側はわからねえもんだな」

いずれも信用を害するので外には知られたくない話だ。それなら、和薬種改会所から得られる年間数千両の利益は喉から手が出るほど欲しいだろう。闇薬という手段まで使って無理にでも改会所を立ち上げようとしたり、それを守ろうと殺しまでするような強引なやり方をせざるを得なかったのには、そういう事情があったというわけだ。

「おゆうさんはその辺を見抜いたのか。さすがだな。なあ伝さん、俺たちより八丁堀の仕事に向いてるかもしれねえぞ」

境田はおゆうに笑みを向けながら軽口を叩いた。伝三郎は鼻を鳴らし、こいつをつけ上がらせると尻の毛まで抜かれちまうぞ、などと言い返した。何なのよ、失礼な。

「大松屋は百年続いてる老舗で、大名家への出入りも多いからそういうことも確かにありそうだな。上総屋はそこまで古くない。今の主人は三代目だ。周りの評判じゃあ、出来はあんまり良くねえらしい。唐様で書く三代目、って奴だな。相州屋の方は今の主人が一代で大きくした店だ。自分一人の才覚であの店を作り上げたぐらいだから、自分を過信して読み違える、なんてこともいかにもありそうだ」

境田は続けて、それぞれの店の事情を一気に解説してみせた。境田のこういった知識量はどこに詰め込んであるのか、伝三郎よりもずっと上を行っている。

「へえ、やっぱりよく知ってるなあ。そうか、みんな老舗かと思ったがそうでもねえんだ」

「あの、相州屋さんは昔から本町にあったわけではないんですね？」

おゆうはこの機会を捉えて何とか相州屋に伝三郎たちの注意を向けようと、口を挟んだ。

「え？　そうなのか」

うまい具合に伝三郎が反応した。

「何だ、伝さんも知らなかったのか。まあ、相州屋が本町にあの店を出したのはあんたが同心になるよりずっと前だからな」

「じゃあ、前は他所《よそ》で商売してたのか」

「ああ。確か、深川の方でずっと小さい薬屋をやってたらしい。才覚はあったようで、相場の方でもひと山当てて本町に大店を構えられるまでになったんだ。もしかしたら、相場商売がうまくいって本町に大店を構えられるまでになったんだ。もしかしたら、相場の方でもひと山当てたかもしれねえな」

「なるほど。相場で当てたことがあるなら、その味が忘れられずに手を出して今回は失敗した、ってことはあり得るわな」

そう言ってから、伝三郎は何か思いついたのか考え込むような顔つきになった。境田が気付いて、何か気になるのかと声をかけようとしたとき、伝三郎が不意に顔を上げた。

「なあ左門、相州屋の深川の店って、どこにあったんだ?」

「うん? 深川のどのあたりって……そう言われてもなあ。俺も詳しくは知らねえよ」

伝三郎の急な問いかけに当惑しながら、境田は源七の方を向いた。

「源七、お前さん知らねえか」

源七も首を横に振った。

「あっしも知りやせん。だいぶ前ですからねえ。喜平次なら知ってるかも知れませんが」

「そうかい。あとで深川の方を回ってどこかの番屋で聞いてみるとするか。伝さん、何が気になってるんだい」

「うん、まあ、ちょっとな。深川へ行ってからでいいや」

曖昧に答えて伝三郎は腰を上げかけた。すると、それまで奥に座ってじっと煙草《たばこ》をふかしていた木戸番の爺《じい》さんが、煙管《きせる》を置いて「あのう、旦那」と声をかけた。

「おう、何だ」

伝三郎が振り向くと、爺さんは腰をかがめた。

「へえ。相州屋さんの深川の店なら、昔行ったことがありますが」

「ほう？　深川まで薬を買いに行ってたのかい」

「弟が森下町に住んでましたんで。もう十五年も前になりますか。評判がいい店だってんで、弟の所へ寄ったついでに何べんか行きました。確かに客あしらいが上手で薬も値段の割に良かったんで、流行《はや》ってましたね。本町の大きな店に変わったときは、やっぱりいい商売をする店は大きくなるんだ、ってみんな言ってましたっけ」

「ふむ。それで、店はどこにあったんだ」

「ええっと、こっちから行くと両国橋を渡って、竪川沿いにしばらく行ったところの右手の並びで……そう、弥勒寺《みろくじ》の近所ですよ」

伝三郎の目がぱっと輝いた。

「そう、そうか。やっぱりな」

そこで境田も気付いて立ち上がった。

「おい爺さん、そいつはもしかして本所の林町か？」

「さて、そいつは……ええ、林町だか松井町だか、そこらです」

境田と伝三郎は顔を見合わせた。

「伝さん、こいつは……」

「おう、どうやらそうらしいな。確かめようぜ。源七！」

「へい」まだ呑《の》み込めていない源七が慌てて返事した。

「久之助殺しのあった林町の家、前は小間物屋だったと言ってたな」

「へい、そうですが……」

「喜平次をつかまえて、あの家は小間物屋の前は誰のものだったのか調べろ。すぐ行け」

「へっ……へい、承知しやした。喜平次はずっと相州屋を見張ってますが、そっちはもういいんですね」

「それは誰かに代わらせろ。とにかく急げ」

ようやく源七も話が読めたようで、急いで番屋を飛び出して行った。

伝三郎は唇を噛んでおゆうの方を向いた。

「覚えてるか？　林町の家には、小分けした引出しの並んだ棚があったよな。小間物屋が商品を小分けして仕舞う棚を、薬の取り扱いに便利なので闇薬の一味が利用したんだと思ったが、逆だ。もともと薬屋が使うための棚だったのを、小間物屋が利用してたんだよ。畜生、なんでそんなことに気付かなかったのかなあ」

いかにも口惜しそうな伝三郎だったが、おゆうの方は拍手したい気分だった。（瓢簞《ひょうたん》から駒だわ。こんな形で相州屋が一気に最重要容疑者に格上げされるなんて）

昨日からずっしりと重かった肩の荷が、一気に軽くなった。

「どうも簡単には運ばねえなあ」

おゆうの家の座敷に座り込んだ伝三郎は、浮かない顔で言った。昨日は本所林町のあの家が昔の相州屋の店だったということがわかって、一気に話が進むかと思ったのだが、今朝奉行所で伝三郎と境田が浅川に報告して、相州屋を奉行所に呼んで詮議しようと言ったところ、浅川がいい顔をしなかったのだ。

「浅はか源吾の奴、殺しのあった家がずいぶん前に相州屋のものだった、ってえだけじゃ足りねえと言いやがるのさ。殺しのあった晩に相州屋がそこに居たって話ならともかく、だとよ。冗談じゃねえや。そう都合良くいくもんかい」

「でも浅川様はこの前、同じぐらいの証拠で藤屋さんに手入れしようとなさったんじゃありませんか？」

「そうともさ。俺も喉まで出かかったんだがね」

「何で今度はそんなに慎重なんです？　もしかして、和薬種改会所のことで上から釘《くぎ》をさされてるとか？」

「そいつは、あるだろうな。改会所の運上金は御上としちゃ是非とも欲しいだろうし、奉行所も改会所を認める方向で動いてるようだしな」

確かに幕府としては、せっかくの運上金を邪魔されたくないだろう。伝三郎も末端とは言え幕府の役人である以上、逆らうのは難しそうだ。

「でもなあ、浅はか源吾に限って言やあ、あいつは自分の見立てた筋書きからこの一件がどんどん離れていきそうなのが気に食わねえんだよ。あいつは自分が気に入った話なら軽率と言われても仕方ないくらいさっさと動きたがるのに、気に入らねえ話だとさっぱり腰を上げねえんだ。つくづく困ったもんさ」

伝三郎はぼやきを続けた。鬼の同心もこうしてぐずぐずぼやいていると、何だかサラリーマンっぽくて可愛いなあ、などとおゆうは思っている。当人は笑い事ではないだろうが。

「真壁様の女のことは、言ってみたんですか？」

おゆうは思い出して尋ねた。お篠の住まいの家主が相州屋であることは、すでに調べがついていた。

「ああ、それも言ったよ。さすがに浅はか源吾も、えっ、という顔になったんだがな。結局、相州屋が真壁様に賄賂を贈ったってそれが殺しや闇薬と直に繋がるわけではなかろう、って片付けられちまった」

「うーん、そりゃまあそうですけど……それじゃ、どうしろって言うんです」

「まあとにかく、相州屋が臭いってのはわかるが、どうしても身柄を押さえたいなら何でもいいからもっとはっきりした証しを掴んで来い、だとさ。こっちは証拠が乏しいからこそ相州屋を奉行所へ呼んで取り調べたかったのによぉ。ああもう、飲まなきゃやってられないぜ」

「あ、ごめんなさい。すぐお酒、用意します……って、真っ昼間ですよ?」

「構うもんか。今日はもう仕事はやめだ」

　そう言うなり卓代わりの長火鉢に突っ伏した伝三郎に、おゆうは同情を含んだ笑みを送った。いやはや、どんな時代でも残念な上司というのは居るものだ。

九

「もっとはっきりした証しと言っても、なかなか出ねえもんだなあ」

今さらながら、という口調で伝三郎は言った。右手で頬杖をついて左手で頭を掻き、思案投げ首といった態である。前回この家に来て浅川のことをさんざんほやいてから、もう五日経っていた。

「そうは言っても、これだけの大事をやらかしたんですから、何か出そうなもんじゃないですか」

おゆうも苛立っていた。おゆうの手元には決定的な証拠がある。指紋だけではない。久之助の遺品からサンプルを採取できれば、DNA鑑定を実施して例の手拭いに付着していた血液と唾液が久之助のものだと確定できるだろうし、おそらく相州屋の汗も検出できるだろう。他の状況証拠と合わせれば、平成の検察官ならほぼ確実に殺人罪で起訴するはずだ。だが、ここは江戸。指紋鑑定も、DNAも、科学捜査と呼べるものは一切存在していない。人間の目と耳だけが頼りなのだ。

「そう思うから、ずっと相州屋を見張らせてるんじゃねえか。だのに七日前に、まつ繁で真壁様と会った以外、変わったことは何一つねえときてる」

「小石川の荒れ寺には相州屋が毎晩差し入れしてたのでしょう？　誰か姿を見た人はいないのですか」

「そいつはとうに調べた。もともと人通りのねえ場所だ。駄目だったよ。ついでに言うなら、久之助殺しのあった晩に本所林町のあたりで相州屋を見たって奴も、一人も出て来ねえ」

「それじゃ、殺しのあった晩に相州屋はどこにいたんです？」

「それについちゃあ、大松屋に聞いてみた。その晩は相州屋も入って寄合いをしてたんだと。場所は大松屋の寮だ。念のため、一緒にいたという上総屋と寮の女中にも確かめたが、その通りだと言いやがる」

「ひと月も前なのに、よく覚えてるもんですねえ。どうせ口裏を合わせてるんでしょう」

「わかってるさ。だが、嘘だって証拠もねえ」

「辰蔵殺しのときはどうなんです？」

「あれは仕込んであった毒で殺したわけだからな。差し入れを持ち込んだ刻限がわからなきゃあ、聞きようがねえ」

「ふうん……他に手掛かりはないんですか」

「いや、もう一つある。今言った辰蔵一味への差し入れだよ」

　おゆうは一瞬きょとん、としたが、すぐに膝を叩いた。

「あ、なるほど。相州屋が自分で握り飯を作ったりしませんよね。どこかで注文して作らせたんだ」

　どこかの女中か飯屋にでも作らせていたのなら、その人物が相州屋を知っているはずだ。

「相変わらず呑み込みが早えな。事が事だけに、店の者に作らせたりはしてねえだろうから、本町から小石川への道筋にある飯屋を片っ端からあたらせてるんだ。しかし、まだ何も見つからねえ」

「あら……そうなんですか」

「で、今はそいつが見つかるのを待ってるしかないのさ。もう他の手は思いつかねえや。お前、何か考えはねえか」

そう言われても、おゆうにも次の代案が浮かばない。伝三郎の顔を見ると、眼のあたりに疲れが滲みだしているようだ。

「あんまり時が経つと、和薬種改会所復活の御沙汰が出ちまうな。改会所ができちまうと、たとえ相州屋をお縄にしても、いったんできた改会所をすぐ潰すなんて御上の御威光にかかわるからなあ」

「え？　それじゃあ、改会所ができちまったら相州屋を捕まえても私たち江戸の町人は、この先ずっと値の上がった薬を買わされるんですか」

「そうだな。そして御上の懐には何千両もの運上金が入るって寸法だ。御上にとっちゃ、この運上金がふいになる、ってのは面白くねえから、このまま波風が大きくならねえうちに改会所を作っちまいたいだろうぜ」

「そんな。闇薬の仕掛けは改会所を作るための相州屋たちの仕業だと見えてるのに、詐欺みたいな改会所のおかげで江戸中の人たちが迷惑するなんて、許せませんよ」

むかっ腹を立てたおゆうは、伝三郎に嚙みついた。

「わかってるさ。だからこうして頭を絞ってるんじゃねえか」

伝三郎はそう言い返すと、独り言のように付け足した。

「浅はか源吾がはっきりした証しを探して来いって言うのは、その間に改会所を立ち上げちまおう、って上の方の思惑が働いてるのかもな。いや、それは考え過ぎかな……」

伝三郎も本当に悩んでいるようだ。おゆうは伝三郎に嚙みついたのを後悔した。薬の値上がりで江戸の庶民が苦しむようなことは、伝三郎こそ最も防ぎたいと思っているはずである。こんなときこそ、自分が手助けしなくてはならないのに。

（指紋さえ、お白州で証拠に使えたらなあ……）

おゆうは伝三郎に寄り添って抱きしめたい衝動に駆られた。だが、今日はできない。上がり框に源七がどかりと腰を据えて、こちらも憂鬱そうに思案を続けているのだ。

（まったく、どこまでも無粋な親分さんだねえ）

おゆうは、何もできないまま溜息をついた。

「何かこう、一発で相州屋が恐れ入って何もかも吐いてしまうような、そんなものって見つかりませんかねえ」

「そんな都合のいいものがありゃあ、苦労はしねえや。久之助の幽霊でも呼んで来るかい？」

「幽霊はちょっとねえ……」

そう言いかけたおゆうの頭の中に、はっと閃《ひらめ》くものがあった。おゆうは言葉尻を飲み込み、その閃きを大急ぎで形にしようとした。

「何だ？　どうしたんだい」

言葉を途中で止めて固まってしまったおゆうを見て、当惑した伝三郎が声をかけた。おゆうはそれを手で制し、そのまましばらくじっとしていた。

たっぷり一分間ほどそのままの姿勢でいるうち、どうやらおゆうの頭に計画のアウトラインが組み上がってきた。よし、これはやってみる価値はある。

「鵜飼様、ちょっと思いついたことがあります。一両日で用意ができると思いますから、それまでお待ち頂けますか？」

おゆうは、獲物を捕えた猫のような笑みを浮かべて伝三郎に言った。伝三郎は居心地悪そうに体を引いたが、仕方なく「ああ、いいよ」と、わけもわからないまま頷いた。

本所林町の家は、奉行所の捜索があった直後こそ何人もの野次馬の姿が見えたが、今はどこにでもある空き家の一つに戻ってひっそり静まり返っていた。まだ日も高く、通りにはそこそこの人通りがある。だが空き家にわざわざ目を向ける人は誰もいない。

おゆうは家の前に来ると、他の通行人の注意を引かないよう気を付けて、さっと裏木戸の方へ回った。勝手はもうすっかりわかっている。裏の戸を開けて家の中に入るまで何秒もかからなかった。そうして殺人現場の板の間に上がると、手に提げていた風呂敷包みを解いて病院などでよく見る大型のプラスチック製ボトルを出した。宇田川のラボで用意させたものだ。

（ようし、仕掛けにかかるか）

おゆうはボトルの蓋を開け、ちょっとした作業に取り掛かった。ここでの仕事は一時間ほどで終わらせ、次には相州屋の店に向かうつもりだった。その他のとりあえずの段取りは済ませてある。この作戦が思い通りに運べば、伝三郎の悩みも解決するはずだ。

本町のはずれの相州屋の店は間口十間を超える立派な構えであるが、夕闇が迫る頃ともなれば、昼の賑わいも消えて客の姿も一人二人というところだった。表通りを行き交う人も、次第にまばらになってきている。もう間もなく暮六ツの鐘が鳴るだろう。

手代と丁稚は、そろそろ店じまいの仕度にかかるようだ。

おゆうは向かいの蠟燭屋の陰からその様子をじっと見ていた。頃や良し、そろそろあの男が現れるはずだ。

間もなく、通りの西の方から妙な風体の男がふらふらと歩いて来た。ひどくくたびれた着物に頰かむりをして顔を伏せており、物乞いの類に見える。すれ違った人々が嫌悪の表情を向ける中、男は相州屋の店先に入って行った。気付いた番頭が露骨に嫌な顔をして、手代に何か指図しようとした。おおかた、追い出せとでも言おうとしたのだろう。

すると男は懐から折り畳んだ手紙か書付《かきつけ》のようなものを出し、番頭の方へぐっと差し出した。番頭がぎょっとして顔色を変えるのが見えた。男は番頭に向かって何ごとかぼそぼそと話しかけている。番頭はかなり困惑しているようだ。薄気味悪くなったのか、残っていた客が急ぎ足で店から出て来た。

男は書付らしきものを持ったまま、さらに番頭に迫った。番頭は追い払う勇気をなくしたらしく、とうとう仕方なさそうに書付を受け取った。そのとき指先が男の手に触れたのか、番頭は大慌てで手を引っ込めた。男の方は番頭が書付を受け取ったことで満足したらしく、そろりと向きを変えると通りに出て、またふらふらと来た方へ戻り始めた。番頭はしばし呆然としてその姿を見送っていた。

男は相州屋を出て数歩ばかり覚束《おぼつか》ない足取りで進むと、突然身を翻して相州屋の脇の細い路地に駆け込んだ。その動きは、それまでの男とはまるで別人だった。その直後、相州屋の手代が店から飛び出して来た。おそらく我に返った番頭から、男の後を尾けろと命じられたのだろう。だがもう男は姿を消している。手代の目からは幽霊の如く消えてしまったように見えたろうから、薄気味悪さもいや増したに違いない。

ずっと様子を見ていたおゆうは、くくっと笑った。

（上出来、上出来。番頭のあの顔からすれば、効果充分ね）

おゆうは満足して蠟燭屋の陰から出ると、男の後を追って小走りに路地へ入った。

相州屋の店のある表通りから一本北側にある乾物屋の店の裏で、源七が身を隠すように立っていた。路地から出たおゆうは、その姿を見つけて駆け寄った。源七の後ろから先ほどの薄汚い風体の男が顔を出し、おゆうに満面の笑みを向けた。下っ引きの藤吉だった。

「へへっ、どうです姐さん。なかなかのもんでしょう」

「ええ、大したもんですよ。あの番頭、書付をちゃんと受け取りましたものね」

「きっちり渡してきましたよ。こいつは張り込みなんぞよりずっと面白えや。あの番頭、しまいには幽霊でも見るような眼でこっちを見てやしたね」

藤吉は源七とおゆうに向かって得意気に笑った。

「ちゃんと旦那様に渡すようにと言ってくれたんですよね」

「もちろんです。あっちはだいぶ嫌そうにしてましたけどね」

源七は頷きながら、改めて藤吉の扮装《ふんそう》を上から下まで眺めた。

「それにしてもお前、随分おどろおどろしく見せたようだな」

「へへ、そりゃもう。ガキの頃は役者になるつもりでしたからねえ。ほれ、手まで水で冷やして、それらしく作ってるんですよ」

藤吉は手を伸ばして源七の顔を撫でた。

「ええ、何しやがる。調子に乗るな。役目が済んだらとっとと帰って着替えて来い」

源七に怒鳴られたものの、自分の仕事に気を良くした藤吉は上機嫌で戻って行った。

「さて、これであんたの思惑通りになるのかねえ」

「なると思いますよ。なってくれなきゃ困ります」

源七はなおも半信半疑のようだったが、とりあえず伝三郎に報告するため、おゆうに手を振ってその場から去って行った。

（これで仕掛けは完了、と。後は相州屋次第か）

おゆうは源七を見送った後、もう一度相州屋の裏塀に一瞥《いちべつ》をくれてから踵を返した。

「本当に、相州屋は来ますかねえ」

本所林町の家を見張りながら、源七が聞いた。

「お前、さっきからそう聞くのは三度目じゃねえか。まだ戌の刻になっちゃいねえだろうが。辛抱が足りねえぞ」

伝三郎が苛立った声で言った。隣でしゃがむおゆうは、そんな会話を聞き流して暗い通りをじっと見つめている。

三人が隠れているのは、斜向かいにある店の陰である。そこからなら、件《くだん》の家の表だけでなく、路地とその奥の裏木戸も月明かりでよく見えた。隣の家の裏には喜平次と下っ引きたちも隠れている。そちらからは見通しが利かないが、合図があればいつでも飛び出せる構えでいた。

やがて戌の刻、即ち五ツの鐘が鳴るのが聞こえて来た。

「刻限だな」

伝三郎がぼそりと言った。おゆうは黙って頷いた。

今、おゆうや伝三郎たちがやっていることは、おゆうの思いつきで全て段取りしたものである。目的は相州屋を罠《わな》にはめることだ。やり方は単純だった。「お前のしてきたことは何もかも見ている　今宵《こよい》戌の刻　あの家で待っている　久之助」こう書いた書付を、芝居が得意だという藤吉にそれらしい扮装を施して相州屋に届けさせたのだ。それを読んだ相州屋伊兵衛は、誰か秘密を知った者が死んだ久之助を騙《かた》って強請《ゆす》ろうとしている、と思うだろう。少なくとも、久之助の名前の他、久之助殺しの行われた時刻の「戌の刻」と「あの家」という文句が入っている以上、事情を知っている者の仕業に違いないので、相州屋は不安に駆られて確かめようとするはずだ。そして林町の家に相州屋が現れれば、それは即ち「あの家」が何を意味するのか知っていると自分で白状したことになる。そこで、相州屋が林町の家に現れる現場を押さえよう、というのであった。

「そううまく行くかな。相州屋が書付を握りつぶしちまえばおしまいだし、林町に現れても元は自分の持ち家だったわけだから、何か言い逃れを思いつくかも知れねえ」

昨日おゆうから考えを聞いたとき、伝三郎はそれほど感心していない様子だった。

「大丈夫ですよ。この上にもう一つ、仕掛けを用意しておきますから」

「もう一つ仕掛け？　そりゃあ、どんなことだい」

「ふふっ、それは内緒です」

せいぜい可愛く見えるよう笑って誤魔化《ごまか》したのだが、伝三郎は疑いの目を向けたままだった。

（遅いなあ……）

傍目《はため》には動じていない風のおゆうだったが、内心は不安に駆られ始めていた。戌の刻は過ぎたというのに、相州屋はまだ来ない。

（もしかして、伝三郎が心配したようにスルーされちゃったかなあ）

思いついたときはすごくいい手に思えたのだが、こうして待っていると計画の粗さが見えて、自信がなくなってきた。怪しげな書付の文句に相州屋が食いつくかどうかは、考えてみれば希望的観測にすぎないのだ。却って警戒して動かない、ということも充分あり得る。駄目なら駄目で仕方ない、と割り切ればいいのだが、次に打つ手は考えていなかった。

（これで駄目なら、私が直接相州屋を揺さぶるしかないか……）

意気消沈しながらそんなことを思い始めたときだった。

「おい、あれじゃねえか？」

伝三郎がおゆうの肩をつつき、押し殺した声で言った。おゆうは慌てて通りに目を戻した。両国橋の方角から提灯が一つ、揺れながら近付いて来る。

「どうも、そのようですね」

源七も言った。提灯には家紋も屋号も付いていない。提灯を持った者の人相も暗くて見えないが、背格好は確かに相州屋に似ている。おゆうの胸が高鳴った。

提灯を持った人物は、やがて三人のすぐ前まで来て立ち止まった。あたりを窺っているようだ。近くに他の通行人はいなかった。こちらに気付いた様子もない。その人物は誰も見ていないと納得したのか、提灯を上げて例の家の表戸を調べた。それで提灯が顔に近付いたので、人相を見ることができた。

「相州屋に違いありやせん」

源七が耳打ちし、伝三郎が頷いた。

相州屋伊兵衛は表の戸締りを確認すると、路地へ入って裏木戸へ向かった。そしてちらりと後ろを確かめてから、慣れた様子で裏木戸を開け、塀の内へ姿を消した。見守る三人の耳に、家の裏の引き戸を開けてまた閉める音が聞こえた。

「入ったようですね。こっちも踏み込みますか」

乗り出しかけた源七を、おゆうは手で押さえた。

「待ってください。向こうから動くはずですから」

源七は振り返って何か言いかけた。そのときだった。

「うわぁーーーっ」

もの凄い悲鳴が上がり、家の中でどたばたと転げ回るような音が外まで響いてきた。仰天した伝三郎と源七が路地の方を見ると、裏木戸を跳ね飛ばすような勢いで、相州屋が転がり出て来た。そのまま表通りへ走ろうとしたが足がもつれたらしく、路地の中ほどで倒れると、座り込んでそれ以上動けなくなった。

伝三郎と源七はその有様を呆気にとられて見つめていたが、すぐに我に返って路地の方へ走り出した。喜平次もこの騒ぎに度肝を抜かれたらしく、子分ともども隣家の陰から飛び出して来た。

「やった！　うまくいったぞ」

おゆう一人だけは、この光景を目にして小躍りした。思わずガッツポーズが出てしまったが、みんな相州屋の有様に気を取られており、誰にも気付かれることはなかった。

相州屋は地面に顔を伏せ、家に向かって手を合わせてぶるぶると震えている。どうも必死で念仏を唱えているようだ。おゆうは源七に続いてそこに駆け寄った。

「おい、どうした？　いってえ何があったんだ。何か見たのか」

源七が相州屋の襟首を摑んで引き起こし、ほとんど怒鳴るように聞いた。だが相州屋は源七の方を見もせず、念仏を唱え続けている。その念仏も舌が回らないらしく、支離滅裂だ。

「源七、そいつを押さえとけ。逃がすんじゃねえぞ」

相州屋は逃げるどころか当分立ち上がれそうにもなかったが、源七は「へい」と答えて肩口を押さえつけた。伝三郎はそれを見て取ると、すぐさま裏木戸へ走り、相州屋が開けっ放しにした裏口から家の中に飛び込んだ。

「あ、ちょっと待っ……」

おゆうは伝三郎の背中に向かって声をかけたが、間に合わなかった。

(何も聞かずに入ったら、すごくびっくりすると思うんだけど……)

仕方ないので成り行きに任せた。すると数秒の後、家の中から突然伝三郎の派手な叫び声が響いた。

「うわあっ、何だこりゃ」

その声に源七が飛び上がった。一瞬どうしようかと迷ったようだったが、喜平次が駆け付けたのを見ると相州屋をそちらに押し付け、そのまま家の中へと走った。それから一拍置いて、今度は源七の悲鳴が聞こえた。

「ひゃああ、こりゃどうなってんだ!」

おゆうは天を仰いだ。喜平次は何がなんだかわからず、前後左右に首を振るばかりだった。


ほんの少しの間を置いて、伝三郎と源七が裏木戸から出て来た。おゆうが声をかけようとすると、伝三郎の方が先におゆうに気付いて怒鳴った。

「ありゃあ、お前の仕業か! いったい何をやらかしたんだ」

そう言う伝三郎をよく見ると、幽霊でも見て来たような顔をしている。源七の方はと言えば、目を見開いたまま歯の根が合わないようで言葉が出てこない。うろたえた喜平次が、急いで源七に声をかけた。

「お、おい、大丈夫か。どうしたってんだ。中はどうなってんだ」

「どうしたってお前……」

源七は真っ青になったまま、やっとのことで返事をした。

「へ、部屋中に血の飛び散った痕がついてるんだよ。殺しのあったときそのままに」

「血の痕？　あの部屋はすっかり掃除されて血なんか残ってなかったじゃねえか」

「それがそのまま浮き出してるんだよ……しかもそれが、赤でも黒でもねえ、青紫に光ってやがるんだ……ああ、くわばらくわばら」

「何ぃ？　血が青紫に光ってるだとぉ？」

それを聞いた喜平次も顔色を変えた。

「なっ……何だそりゃ。ま、まさか幽霊？」

横で聞いていたおゆうは、とうとう我慢できずに吹き出した。

「あッこの性悪女め、何を笑ってやがる。何をやったんだか、さっさと言っちまえ」

体を二つ折りにして笑っているおゆうを見て、伝三郎が怒鳴った。おゆうは何とか笑いをおさめて、顔を上げた。

「いえ、すみません、大笑いしちゃって。ちょっと手妻《てづま》を使いました」

「何が手妻だ。まったく……」

「それより鵜飼様」

おゆうは相州屋の方を手で示した。それで伝三郎も先にすべきことに気付き、喜平次が押さえている相州屋の傍らにしゃがむと、その首筋に十手を当てて言った。

「藤屋久之助をこの家で殺ったのは、お前だな」

相州屋は、体を震わせたまま頷いた。

「お前が手を下したのに相違ねえな」

伝三郎がさらに念を押した。

「相違ございません……」

相州屋が消え入りそうな声でそう答えた。伝三郎は頷いて立ち上がり、源七と喜平次に相州屋に縄をかけるよう指図した。

「さてと、いったいどんな仕掛けをしやがったのか聞かせてもらおうじゃねえか」

改めて向き直ると、伝三郎はおゆうを睨みつけた。

「あれはね、暗闇であんな色に光る薬を血の痕みたいな形に塗っただけですよ」

おゆうはニヤニヤしたまますらりと言ってのけた。

「それだけなのか?」

伝三郎は拍子抜けしたような顔になったが、言われてみれば、確かに見たのは青紫に光る「血の痕」以外に何もない。

「ふうん。なるほど。ちっ、肝が縮んだぜ、まったく」

「それは申し訳ありませんでした。鵜飼様も、案外肝っ玉が小さいんですね」

からかわれて、うるせえや、と返す伝三郎に、おゆうはまた笑った。

伝三郎に言ったことは、半分は本当で半分は嘘だった。確かに薬は使ったのだが、血痕の形に塗ったのではない。部屋中に撒《ま》いたのだ。おゆうが使ったのは、ルミノールと過酸化水素水を混ぜた試薬である。この試薬は血液中のヘモグロビンに反応して、暗い場所では青紫に光るのだ。刑事ドラマでお馴染みのルミノール反応である。おゆうは宇田川のラボから調達してきたルミノール試薬を昼のうちに忍び込んでたっぷりと撒き、久之助の血痕を浮き上がらせておいたのだった。もちろん江戸の人間にそんなことがわかるわけがない。警察の捜査でルミノール反応が使われるようになるのは、第二次大戦後の話である。

「まあしかし、俺たちがあれだけ肝を冷やしたぐらいだから、相州屋は久之助の怨霊の仕業だと思っただろうな。それですっかり怯えて殺しを白状しちまったわけか」

「相州屋はこれで何もかも白状するでしょうか。闇薬のことも」

「ああ、するだろう。あの様子じゃあ、締め上げるまでもあるまい」

振り向くと、源七と喜平次が縄をかけた相州屋を立たせるところだった。

「よし、俺はこれから相州屋を奉行所に引っ張って行かなきゃならねえ。お前は千太と藤吉に送らせるから、気を付けて帰れよ」

「あ、ええ。はい」

何だ、言うことはそれだけなの、とおゆうがむっとしかけたとき、伝三郎が顔を寄せて小声で言った。

「明日にでも寄るよ。奴が吐いたことを知りてえだろう。お前には、全部話すから」

それから、ちょっと咳払《せきばら》いして続けた。

「まあ、正直、こういう罠にはめるやり口は褒められたもんじゃねえが、他にどうしようもなかったからな。これでめでたし、としておくか」

何を勿体ぶったことを、とおゆうが言おうとすると、伝三郎の顔が優しげな笑顔になった。

「大手柄だったな。ほんとにお前は、大した女だよ」

「はい。ありがとうございます」

その短い言葉に込められた伝三郎の心を感じ、おゆうも微笑みを返した。その顔がぽっと赤くなったが、月明かりの下では伝三郎にはわからなかった。

第四章　深川蛤町の対決

十

「事の始まりは、阿片だったのさ」

おゆうの家の座敷で、羽織を脱いで胡坐をかいた伝三郎が話し始めた。今日一日、奉行所で相州屋の自白をとり、大筋を書面にまとめたところで勤務時間を終えて退出し、そのまままっすぐここへ来たのである。

「阿片ですか。辰蔵が持ちかけたんですね？」

伝三郎の盃に酒を注ぎながら、おゆうが聞いた。一件落着の祝いのつもりで、今日は酒肴《しゅこう》の膳を用意して伝三郎を待っていたのだ。ただし、その肴《さかな》のほとんどが二百年後のデパ地下で用意されたものだとは、伝三郎は知る由もない。

「ああ。ある藩が抜け荷で唐物を仕入れたとき、一緒に渡されたらしいんだが処分に困って、伝手《つて》のあった辰蔵にその藩の江戸屋敷の者が売り捌《さば》きを頼んだらしい。どこの藩かは、まあ言わねえでおくよ。どのみち、俺ら町方の出番じゃねえしな」

「相州屋と辰蔵は、前から知り合いだったんですか」

「相州屋もここまで成り上がる途中でいろいろあったろうからな。多少は知ってたようだぜ。辰蔵は相州屋が相場でしくじったのを聞き込んで、儲け話だと阿片の捌きを持ちかけたんだろう。ところが、相州屋の方はさすがに裸一貫から大店をこしらえただけのことはあって、頭の使い方じゃ辰蔵のずっと上を行ってた。奴は前から、和薬種改会所を再建してその上がりを吸い上げることができねえか、いろいろと思案してたようだ。そこで、この阿片に加えて闇薬を市中に流し、和薬種改会所を作る大義名分を仕立てあげることを考えついたわけだ」

「そうか……闇薬なんかを大掛かりに流すとなると、相州屋が自分でやるわけにいきませんよね。辰蔵一味にやらせれば、闇の事情に詳しい連中ですから蛇《じゃ》の道は蛇《へび》ですもんね」

「そういうこった。で、本所林町の昔自分の店だったところが空き家になったのを知って、こっそりそこを闇薬の隠れ家にしたんだ」

「その林町の家なんですが、久之助さんはどうしてあの家に行ったんでしょうね。そこだけがちょっとまだわからないんですが」

「うん、それなんだが」

　伝三郎は頭を捻るように、顎に手をやった。

「相州屋が言うには、あの晩、突然久之助が林町の家に乗り込んで来たそうだ。久之助があの家を知ってるとは思わなかったんで、相州屋は相当びっくりしたらしい。どうやら後を尾けられたようだ、って言ってたよ。でもって、久之助は相州屋を問い詰めたんだ。何のつもりでこんなことをしてやがるのか、ってな。何しろ、闇薬を仕分けてる現場に乗り込まれたんだから言い逃れのしようがねえ」

「それで、相州屋は口を塞ぐために久之助さんを……」

「いや、それだけじゃねえ」

伝三郎は苦い顔になって言った。

「久之助は、その場で相州屋を強請ったんだ」

「強請った?」

思わず鸚鵡返しにおゆうが言った。

「ああ。五百両ふっかけたらしい。辰蔵がどんな男か知ってりゃあ、そんな命知らずなことはしなかったろうけどな。ところが辰蔵が手を出すより先に、泡を食った相州屋が久之助を殺っちまったんだ」

「そうですか。強請りねえ……」

おゆうはふうっと溜息をついた。最初にこの一件を頼まれたとき、藤屋久兵衛は久之助について、自分なりに越えてはいけない線引きをしているのだ、と言ってたっけ。強請りは線引きの内側にあったのだろうか。

「久之助も頭はかなりいい方だ。和薬種改会所に賛同するよう相州屋たちが何度も来てたのは知ってたし、奴の頭の中でその件と闇薬が結び付いたんだろう。もしかすると、吉原へ遊びに行くふりをして相州屋を見張ってたのかも知れねえ。そうしてあの晩、相州屋の後を尾けて行って林町の家に行き着く。そこで様子を窺ってみると、まさしく闇薬の仕分けの最中だ。そこでしめたと思って、勢いで飛び込んじまったんだろうな」

「強請りなんか考えず、お役人か久兵衛さんに話していればあんなことには……」

「そうだな。藤屋はお前に久之助のことをまだ救いようがあるみたいに言ってたらしいが、結局倅のこととなると世間一般と同じく親の欲目で見ていたのかねえ」

久之助は最初から強請りを働くつもりで相州屋を尾け回したのだろうか。おゆうは何となく釈然としないまま、手を伸ばして伝三郎に酒を注いだ。

「相州屋はなんで匕首なんか持ってたんでしょう」

「辰蔵らと闇薬を始めてから、護身用にずっと持ってたらしい。辰蔵のことは、丸きり信用はしてなかったようだな。匕首は殺しの後、持ってるとまずいと思ってすぐ大川へ放り込んでそれっきりだそうだが」

「佐久間町の空き家の細工は、やっぱり辰蔵の考えですか」

「相州屋はそう言ってる。久之助を殺して相州屋はすっかり動転しちまったが、辰蔵は場慣れしてるだけあって、すぐにその場を片付けて始末するよう手下に命じたそうだ。とにかく林町の家を調べられちゃあ、足がついちまう。そのうち辰蔵が佐久間町に似たような空き家があったのを思い出して、そこへホトケを運び込んで細工することを思い付いたんだ。本当の殺しの場所を隠し、あわよくば、久之助に闇薬の疑いが向くことを期待してな」

「もうちょっとで、向こうの思惑通りになるところでしたねえ」

「浅はか源吾に任せきりにしときゃ、そうなったろうな。生憎《あいにく》俺とお前は、浅はか源吾なんぞとは頭の出来が違わあ」

伝三郎はそう言って額を叩き、ニヤリとした。

「あら、私も褒めてくれるんですね。嬉しいこと」

おゆうも微笑み返して、盃に酒を注ぎ足した。

「それで、辰蔵殺しの方は」

「うん。俺たちが林町の家に調べに入ったと聞いた辰蔵はすぐさま寺社地に隠れたんだが、相州屋は心配になった。辰蔵がもし捕まったら、奴には相州屋を庇《かば》い立てする義理なんぞねえからな。そこで毎晩差し入れを運んで様子を見てたんだが、これなら皆殺しにできると踏んで、毒入り握り飯を届けたってわけさ」

「それで、握り飯は誰に作らせてたんですか」

「神田小柳《こやなぎ》町に住んでる婆《ばあ》さんだ。昔、本所林町の相州屋の店で飯炊きをやってたらしい。道理で飯屋をいくら当たっても見つからねえはずだ。内緒で女のところへ持って行くとか何とか、いい加減な話で誤魔化してたようだが、婆さんは何にも気付いてねえだろう。毒は、婆さんから握り飯を受け取って持って行く途中で相州屋が自分で入れたそうだ」

「そうですか。でも、大松屋と上総屋はどこまで知ってたんでしょうね」

「殺しはともかく、闇薬の方は同罪だろう。相州屋の調べを固めてから、しょっ引いてじっくり絞り上げてやるさ」

おゆうは大松屋のふてぶてしい顔を思い浮かべた。大松屋も上総屋も、これで遠からず潰れるかも知れない。だが、金の亡者どもに同情する気は起こらない。

「結局のところ、和薬種改会所の話はどうなるんですか」

史実に残っていない以上、この話が立ち消えになったのは確実だが一応聞いてみた。

「そうさな。まだ御沙汰は出てねえが、この話の大義名分自体がイカサマだったとわかったからには、このまま通すわけにいかねえだろう。真壁様も、賄賂で丸め込まれた挙句にすっかり騙されてたんだから、面目丸潰れだわな。ま、今の御奉行様は公平なお方のようだから、けじめはしっかりつけるだろうよ」

おゆうはそれを聞いて深々と頷いた。今の南町奉行、筒井《つつい》和泉守政憲《いずみのかみまさのり》は今年の初めに長崎奉行から転任してきたばかりだが、学問に強く相当な切れ者との噂である。

「それじゃあ、これでもう江戸のみんなは変な闇薬を摑まされたり、薬の値上がりで苦労したりすることはないですね」

「ああ。とりあえずは安心していいだろうぜ」

伝三郎も笑顔を見せて頷き返した。

「それにしても、相州屋は今日一日で洗いざらい吐いちまったんですか」

「うん、まるで憑《つ》き物が落ちたみてえだったな。一気に全部喋ってくれたよ。何もかも白状した後、何だかほっとしたような顔をしてた」

「案外ですねえ。これだけの大事を仕掛けたんだから、もっと肝の据わった男かと思ってましたのに」

「そいつは逆だよ。むしろ相州屋は気の小さい男なんだ」

「え？」

「相州屋は行商から始めて一代であれだけの身代を築き上げたんだ。そりゃあ苦労したろうぜ。そうやって何十年もかけて築き上げたものが、ただ一度の相場の失敗で全部ふいになっちまうことにあいつは耐えられなかったんだよ」

「それじゃあ何もかも失うのが怖くて、それで殺しまでやったと？」

「そうさ。失うのが怖くて堪《たま》らねえほど気が小せえから、焦って口封じのための殺しなんかやっちまうんだ。これが辰蔵みたいに何度も修羅場をくぐってる奴なら、じっくり思案してもっと上手に立ち回ったろうさ。気が小せえ奴ほど気持ちに余裕がねえから、ついつい手っ取り早くて乱暴なやり口に手を出しちまうのさ」

「ふうん……」おゆうは溜息をつきながらしみじみと言った。

「相州屋も深川で店を出してた頃は、まっとうな、人のためになる商いをしてたのに、そうやって築いたものを守るためにこんな恐ろしい事をやっちまったなんて……皮肉なもんですねえ」

「まったく、人ってえのは業が深いよなあ」

伝三郎も気が重そうに言った。

「それにしてもおゆう、今回は大した働きだったな。お見事だ。恐れ入ったよ」

暗くなりかけた気分を切り替えようとしてか、ぱっと顔を上げて伝三郎が言った。

「えっ？　いえ、そんな。大手柄は鵜飼様じゃありませんか。私は大して……」

「何を言いやがる。あの林町のお化け屋敷の趣向なんざ、誰も思いつかねえや。見事にあれが効いて、相州屋を観念させちまったんだから凄《すげ》えやな」

あの細工にはどんな薬を使ったんだ、どこで手に入れたんだなどと追及されたら非常に厄介だぞ、とおゆうは一瞬緊張したが、伝三郎はありがたいことにそれ以上聞いてこなかった。

「いや、相州屋をお縄にできたのは本当にお前のおかげだ。ありがとうよ」

面と向かって真剣な眼差しで礼を述べられて、おゆうはまた赤くなった。

「そんな真面目に言われると、照れちまいますよ。さあ、もう一献」

照れ隠しをするように徳利を持ち上げた。

「これでとにかく、一件落着ですね」

「うん、そうだな。落着だ」

伝三郎は盃を差し出しながら頷いた。

突然、おゆうは伝三郎の態度に違和感を感じた。何か心の底から満足していないような、そんな感じがちらりと見えた気がしたのだ。

「鵜飼様、何か気になることが残ってるんですか」

思わずそう尋ねていた。

「え？」伝三郎は驚いたようにおゆうを見た。そのまましばらくためらうようだったが、やがて頷くと思いがけないことを口にした。

「うん……まあ、何と言うか、気になるというほどでもないんだが……。もともと気の小さい相州屋みたいな男が考えたにしちゃあ、今度の一件は随分と大胆で大仕掛けだな、と思ってさ。それだけのことなんだが」

「はあ……」

何となく言わんとするところはわかった。どうも伝三郎の頭の中では、事件の全容と犯人のイメージとにズレがあるようだ。

「ああ、まあ気にするな。この一件は片付いたんだからな」

迷いを打ち消すように伝三郎が明るい声を出した。おゆうはどう言っていいかわからず、徳利を持ったまま首を傾げていた。


「おゆうさん、このたびは誠に、まことにありがとうございました。見事に倅を殺した下手人を捕えて頂いただけでなく、闇薬の一件も暴いてくださいました。これで倅の汚名もすすぐことができます」

藤屋久兵衛は一件落着の報告に訪れたおゆうの前で、拝み奉るかのように額を畳に擦りつけた。

「いえ、そんな、私はそれほどのことは……相州屋をお縄にしたのは鵜飼様ですし」

おゆうは藤屋の態度に却って恐縮しそうになった。

「何をおっしゃいます。おゆうさんのお働きについては皆様から伺っております。特に相州屋をお縄にされたときの仕掛けは、並みの者にできる仕事ではないとのことで。やはり手前の目に狂いはありませんでした。あなた様は大したお方です」

「は、いやまあ、その、恐れ入ります」

おゆうは何とかそれだけ返して頭を下げた。まったく、相州屋を嵌《は》めた化け物屋敷のことまで吹聴《ふいちょう》しているのはどいつだろう。伝三郎か、源七か。あの仕掛けの話が世間に広まると、厄介なことになりかねないのに。

「それにしても相州屋さんが下手人だったとは。最初に佐助から相州屋さんがお縄になったと聞いたときは、本当に驚きました。あのお人がこのような恐ろしい企みをなすっていたなんて……。きちんとした商いをなさるお人でしたのに。人というのは、一度踏み間違えると後戻りできない深みにはまってしまうことがあるのですなあ」

久兵衛はそう言いながら深い溜息をついた。おゆうも「本当に、そうですねえ」と言いながら合わせるように吐息を漏らした。前にここへ来て相州屋たち三人への疑いを抱いたとき、それに気付いた久兵衛は、信用ある大店の主人がまさか、と言っていた。結局その疑いが正しかったことで、人の信用とは何なのか、久兵衛はこの年にして改めて考え直すことになるのだろうか。

「おお、そうだ、忘れていました」

久兵衛は沈んだ物思いから覚めた様子でさっと顔を上げると、障子の向こうに向かって「お持ちしなさい」と呼ばわった。その声に応えて、隣で待っていたらしい番頭が最初に藤屋の頼みを受けたときと同じように、袱紗をかけた盆を持って入って来た。番頭は「失礼いたします」と言って盆を久兵衛の前に置くと、おゆうに一礼してすぐに下がって行った。

「これは失礼かとは存じますが、心ばかりの御礼でございます。どうかお納めください」

　久兵衛は番頭が置いていった盆をおゆうの方に差し出し、袱紗を取った。おゆうは目を見張った。盆の上には切り餅が一つ鎮座していた。五十両である。

「これは……いくらなんでも過分でございます」

　最初に経費として貰った二十両と合わせて七十両、平成の金額に直せばざっと四百五十万円ほどになろうか。探偵料としては破格と言っていい。

「いえいえ、あなた様のお働きからすればこのくらいは当然でございます」

「はあ……それでもこれは……」

　おゆうは五十両と久兵衛の顔を交互に見比べたまま、しばし迷っていた。

（うーん、藤屋の身代から考えたら、まあいいかな）

　折角だし遠慮するのはやめとこうか。そう思ったとき、もう一度久兵衛の顔を見たおゆうは、おや、と思った。久兵衛の表情が、ほんの少し曇っているように見えたのだ。一瞬、遠慮しすぎて機嫌を損ねたかと思ったが、そうではないらしい。もしかして、相州屋のことをまた考えていたのか。

「あの、どうかなさいましたか」

　思い切って聞いてみた。久兵衛は、はっとしたような顔になったが、すぐ我に返って小さく溜息をついた。

「あ、いやご無礼をいたしました。どうにも相州屋さんのことが気になりまして」

やはりそうか。相州屋が信用を裏切ったことが随分とショックだったのだろう。

（いや待てよ。本当にそれだけか？）

おゆうはもう一度久兵衛の表情を覗き込み、微妙な何かを感じ取った。久兵衛は、何か思うところがあるのだろうか。このまま聞かずに帰るわけにはいかないような気がした。

「藤屋さん。相州屋さんのことについて、何か得心のいかないことがおありなのでしょうか」

久兵衛はおゆうの問い掛けを受けて身じろぎし、答えに迷うような素振りを見せた。それから、仕方ないなという様子で肩を落とすと、口を開いた。

「実は、少しばかりなのですが、腑に落ちないことがございまして……」

「ご不審な点が？　どうぞお話しください」

おゆうは居住まいを正した。促された久兵衛は、頷いて先を続けた。

「まずは和薬種改会所のことです。相州屋さんは、どうしてあの改会所のことを思い付かれたのかと」

「は？　おっしゃる意味がよくわかりませんが」

「はい。和薬種改会所は享保の頃にほんのしばらく存在しただけで、それはもう七、八十年も前のことです。近頃では、今度の一件が出て来るまで同業の間でも話に上ったことはありませんでした。手前どもは先日も申しました通り、三代前の主人が関わっておりましたので存じておりますが、相州屋さんは一代で作られたお店です。どこでこの昔の改会所について知る機会があったのでしょうか」

「あ……それは思い至りませんでした」

おゆうは正直に言った。その点について考えたことはない。だが、相州屋とツルんでいた大松屋と上総屋はそれなりの老舗だ。その二人から聞いていたのではないのか。

おゆうは指紋採取のため彼らに会ったときの会話を懸命に思い出した。大松屋は……特に何も言っていない。上総屋は？　確か、自分は改会所についてはよく知らなかったと言っていた。では、相州屋はどうだったのか。そう言えば改会所は自分が言い出したことだとは言っていなかったようだ。

「もしかして、大松屋さんから聞いたのでは？　あちらもかなりの老舗ですから」

とりあえず思いついたままを言ってみた。久兵衛は釈然としない様子だ。

「ふむ。確かに大松屋さんならご存知だったかも知れませんが……だとすると、大松屋さんがこの一件のお膳立てをした、などということがあるのでしょうか……」

久兵衛はなおも首を捻っていたが、おゆうには何とも答えようがなかった。

「ご不審の点は、他にもおありですか」

悩んでも答えは出ないので、話を先に進めようとおゆうは促した。

「はい。いま一つは、阿片のことでございます」

久兵衛もここで悩んでも仕方がないと気付いたのか、話を切り替えた。

「お調べでは、相州屋さんはさる藩が唐物の抜け荷の際に一緒に渡された阿片を捌くのを頼まれて、そこからこの一件が始まったとのことですが、そもそも阿片のようなものを他の品物の抜け荷のついでに少量だけ持ち込んで、その捌きを相手に押し付ける、などという事は、危ない橋を渡るだけの値打ちがないように思うのです」

「ついでで持ち込むような品ではない、と？」

「水夫が小遣い稼ぎに少量持ち込むということもなくはないでしょうが、それはせいぜい懐に入る一包みくらいのものでしょう。今回流れた量はもっと多い。しかし、ちゃんとした荷として持ち込むならさらに大量になるでしょう。阿片は清国においてはご禁制品だそうですし、御承知のようにわが国でも勝手な売り買いはできません。一般の抜け荷の品より危険だと承知の上で持ち込むなら、ついでのような形でなく、何千両も稼げるほどの量でなければ割に合わないのではないでしょうか」

「つまり、あまりにも中途半端だということですか」

「はい。一言で申しますと、左様な事です。これは御奉行所の方がお詳しいでしょうが、今まで御上の取締りに遭った阿片の抜け荷は、このたび闇に流れたよりもずっと大量のものであったと存じます。ましてこのたびは、小さいとはいえ一つの藩がやっていることとです。ある程度大掛かりになるのが当然ではないかと」

（なるほど……）

言われてみて、おゆうは思い当たった。リスクの割には量が少ない。これは今回の闇薬や阿片について調べ始めたときから、ずっと疑問として付いて来たことだった。和薬種改会所の数千両に達する利権に行き着いて、ようやく「割に合う」動機が解明されたと思ったのだが、考えてみれば最初の抜け荷の阿片は、改会所の利権とは関係ないはずだ。そんな「割に合わない」抜け荷がなぜ行われたのか。

ならば、どういうことだろう。おゆうは考えた。実際に阿片が久兵衛の疑い通りもっと大量に持ち込まれていたとしたら？　だとすれば、相州屋に渡されたのはそのほんの一部ということになる。だが何のために一部だけを相州屋に摑かせる？　そこでおゆうははっとして久兵衛を見た。

「藤屋さん、まさか……」

久兵衛はおゆうの顔を見て頷いた。

「はい。考え過ぎかも知れませんが、相州屋さんに託された阿片は、相州屋さんをこの一件に引き込むための誘い水だったのでは、と思えてならないのです」

おゆうは内心で呻いた。久兵衛の心配が杞憂《きゆう》でないとしたら、黒幕だと思っていた相州屋は上手に操られた実行犯にすぎず、さらに上の黒幕がまだどこかにいることになる。もし本当にそうなら、この一件はまだ七割がたしか片付いていない。

おゆうは意を決すると、目の前に置かれた五十両の盆をそっと久兵衛の方に押し戻した。

「おゆうさん、これは？」

久兵衛が怪訝な顔で問いかけた。おゆうは改めて座り直すと、畳に手を付いた。

「藤屋さん、ご不審の件、よくわかりました。相州屋さんが下手人であることには相違ないでしょうが、ご不審があるままで終わらせるわけにはまいりません。一旦お引き受けした以上、終《しま》いまでやらせて頂きます。全てのご不審に答えが出ましたら、改めて伺います」

久兵衛はちょっと驚いた様子を見せたが、やがて頷いて盆を引き取った。

「ありがとうございます。そこまでおっしゃって頂けるとは、藤屋久兵衛、望外の喜びでございます。では御礼につきましては、再度改めさせて頂きます」

久兵衛はそう言ってまたおゆうに深々と頭を下げた。

（やれやれ、こんな具合になるとはなあ）

おゆうは首を振りながら藤屋を後にした。一件落着と思ったのが、伝三郎は伝三郎なりに、藤屋久兵衛は久兵衛なりに、この解決に疑問を持っているのだ。聞いて考えてみれば、気にし過ぎですと聞き流せる話でもなさそうだった。こうなったら新たな疑問に答えを出さなければ、まずおゆう自身が納得できない。

（と言って、どこから再開しようか。大松屋と上総屋をもういっぺん洗うべきなのかな。でも、あの二人は相州屋との共謀を疑われて奉行所で取り調べ中だし……）

頭を悩ませながら日本橋通りを歩いていると、向こうから見知った顔がやって来るのが目に入った。

「あ、佐助さん」藤屋の手代の佐助だ。向こうも気付いて会釈した。おゆうはそのまま通り過ぎかけたが、ふとさっきの久兵衛の話を思い出して、佐助を呼び止めた。

「佐助さん、丁度いいわ。またちょっとだけ話を伺ってもいいですか」

「え？　お店に戻るところなんですが」

佐助は眉根を寄せた。どうもおゆうに捕まると面倒事ばかりだと思っているようだ。

「すぐ済みますよ。立ち話で」

相手の困惑など意に介さず、おゆうは佐助を道端に連れて行った。

「相州屋さんがお縄になったことは、佐助さんが藤屋の旦那様にお知らせしたそうですね」

「はい、そうです。私がたまたま先日の朝、番屋で源七親分に聞いたんです。その前の晩にお縄になったということで、お役人が相州屋のお店の方に出向かれる前でした」

つまり江戸の町の人々が相州屋逮捕のニュースを知るより前に、佐助は久兵衛にご注進に及んだというわけだ。

「そうですか。藤屋さんは大層驚かれたようですねぇ」

「はい、それはもう。私が相州屋さんが若旦那様を殺めた下手人としてお縄になった、と申し上げたところ、本当に相州屋さんなのか、間違いないのかと何度も確かめられまして。親分さんから直接伺いましたので間違いございません、と手前が申しますと、ようやく納得されました。それでも、そうか、相州屋の方だったのか、などと呟いておられましたから、よほど意外だったのでございましょう」

「そうですか。やはり藤屋さんにとっては相当思いがけないことだったようですねぇ」

「ええ。相州屋さんは実にまっとうなお方と褒めておられたこともあったぐらいで」

ここで喋り過ぎたと思ったのか、佐助は口を閉じて顔色を窺うようにおゆうを見た。

「どうもお引き留めしてすみません。それだけお伺いしたかっただけですので」

安心させるように微笑むと、おゆうは礼を言って佐助を解放した。佐助はその程度で済んでほっとしたらしく、一礼すると足早に去って行った。それきり佐助は振り返らなかったので気付かなかったが、佐助の後ろ姿を見送るおゆうの顔からは笑みが消え、何か考え込むような表情になっていた。

「へえ、藤屋がそんなことをねえ」

おゆうから話を聞いた伝三郎が言った。半日かけて相州屋の調書に取り組み、何とかそれらしく仕上げて奉行所を出たところで待ち構えていたおゆうに呼び止められたのだ。

「どう思います？　本当に相州屋の後ろにまた黒幕がいる、何てことがあるんでしょうか」

「そう言われてもなあ」

伝三郎は首を捻った。伝三郎自身もこの一件全てを相州屋一人で考え出したという解決には納得仕切れていないはずだ。とは言っても折角仕上げた調書を書き直すほどのことなのか、と悩んでいるのだろう。

「鶏飼様だって、相州屋みたいな気の小さな奴が考えたにしちゃ大掛かり過ぎる、って言ってたじゃありませんか」

「そりゃそうだが、お前自身もやっぱり何かおかしい、と思ってるのか」

「私が、これは変だ、って思ってることがあればとっくにそう言ってますよ。でも頼み主の藤屋さんがどこか変だと思ってるなら、放っておくわけにいかないでしょう」

「ふうむ……」伝三郎は額に拳を当てて唸った。

「調書は書き上げたがまだ上には出してねえしな。浅はか源吾は有頂天になっちまって、さっさと調書を吟味方に回したくてうずうずしてるようだが、あと一日二日は大丈夫だろう。明日伝馬町へ行って、相州屋にもう一度問い質《ただ》してみるか」

「本当ですか。よろしくお願いします」

おゆうの顔がぱっと明るくなった。


だが、そう期待通りには運ばなかった。

「おい、相州屋は駄目だぜ」

伝三郎はおゆうの家に入ると、上がり框に足を掛けるなりそう言った。今日は低く垂れこめた雲から時折り小雨が落ちてくる鬱陶しい天気だが、伝三郎の表情はその天気をそのまま映したように暗かった。

「えっ、駄目だったんですか」

迎えに出たおゆうは落胆した。

「あいつ、この三日ほどですっかりやつれちまってまるで別人だ。抜け殻みたいで、何を聞いてもぼんやりした返事しか返って来ねえんだよ」

伝三郎は座敷に座り込み、盛大に溜息をついた。

「それじゃ、和薬種改会所のことは……」

「それだけは何とか聞き出せた。大松屋から聞いたと思う、ってことだ」

「阿片とか、その他の話は聞けなかったんですか」

「ああ、後は何を聞いても、はあ、はあ、と生返事するだけだ。聞かれてることがわかってるかどうかも怪しいもんだ。あれじゃ廃人だぜ。もう埒《らち》があかねえや」

「牢に入ってほんの二、三日でそんなになっちまうなんてねえ……」

生涯かけて築いてきたものを全て失った喪失感に加え、六人もの人間を手にかけたことの重みが相州屋を押し潰してしまったのだろう。おゆうも気が滅入ってきた。

「だがな、相州屋のことだけじゃねえんだよ。もっと面白くねえ話があるんだ」

伝三郎は、苦虫を噛み潰したような顔をおゆうに向けた。

「何ですって？　大松屋と上総屋が、お咎《とが》めなしで放免される？　そりゃいったいどういうことなんです！」

おゆうは、思ってもみなかった話に気色ばんだ。

「どういうことって言われても、上で決めたことなんだからしょうがねえだろうが」

伝三郎はますます苦り切った顔で、吐き出すように言った。

「だって大松屋と上総屋は、相州屋が久之助殺しをやったときのアリバ……いや、その、そのときに一緒に会合してたと嘘の申し立てをしたんでしょう？　だったら、相州屋の悪事に深く関わってたと疑われても当然じゃないですか」

「それはそうなんだが、大松屋が言うには、相州屋からはあの晩は例のお篠とかいう女の所に行ってたと聞いたんだと。で、相州屋に、お篠とまだ切れてないってことが真壁様に知れるとまずい、久之助殺しは自分と関わりないが、その疑いで調べられてお篠とのことが真壁様の耳に入ったりしたら、和薬種改会所の立ち上げに大いに差し障りが出る、だからここは真壁様の目をごまかすため口裏を合わせてくれと、そう頼まれたって言うのさ」

「言うのさって……それを奉行所の皆様は額面通りに信じたんですか」

「一応は筋の通った話だからな。上総屋の話も同じだった」

「それじゃ大松屋と上総屋は、闇薬のこととか阿片のこととか、一切知らなかったとでも言うんですか」

「実はその通りだ。まったく預かり知らないことだとよ」

「そんな馬鹿な」

「うん。まさしくそんな馬鹿な、って話だ。しかし、奴らが相州屋の企みを全て知ってたという証拠もねえ。相州屋も、大松屋と上総屋が闇薬に関わっていたとは言ってねえんだ。殺しも闇薬も、全部相州屋一人の仕業ってことになる」

「そんなことでいいんですか」

「いいわけないさ。殺しのあった日の相州屋の居場所について偽りを言ったことについちゃ、きつく叱りおく、ってことになった。しかし、相州屋に加えて薬種問屋の大店をさらに二つも、疑わしいってだけで潰すことになるのは如何なものか、と上の方にどこからか話があったらしい」

「でも、それって早過ぎないですか。大松屋と上総屋を呼んでお調べになったのは、昨日か一昨日でしょう？」

「ああ、昨日の朝だ。それが今朝、浅川様が御奉行に呼ばれてこんな話になったんだ」

「え？　上の方っていうのは、御奉行様が直々にお指図なさったんですか」

「そうらしい。さすがにあの浅はか源吾さえも納得できないようで、不機嫌だったな」

「でも、今度の御奉行様は公平なお方だと鵜飼様もおっしゃってたじゃありませんか」

「うん。だが、その御奉行をこんなに早く動かせるとなると、相当上の方が絡んでるな。滅多なことは言えねえが、御老中様の周辺かも……」

「そんなことって……」

　おゆうは呆然とした表情になった。和薬種改会所は幕府にも数千両の運上金を保証する話になるので、幕府上層部の関係者が絡む大事件であってもおかしくはない。だが、この一件はネットで検索してもヒットしないので、歴史に残るほどの事件にはならなかったはずだ。これはどう解釈すればいいのか。結局事件はこれ以上発展せず、相州屋以外の関係者は逃げおおせたということなのだろうか。おゆうの悩みはますます深まり、伝三郎と向き合ってお互いに顔をしかめるばかりであった。

十一

大松屋の店は、先日と何も変わらず繁盛していた。主人が奉行所に呼ばれて尋問されたことを、客たちはまるで知らないかのようだ。店の者たちも動揺している様子はなさそうだった。大松屋惣右衛門の信用はそれほどに大きいということなのだろうか。

おゆうはこの前、張り込みの様子を見に来たときに寄った茶屋の長床几にまた座って、大松屋を眺めていた。無論、今はもう張り込みは解かれている。

それにしても、とおゆうは思った。闇薬の一件に関わったかどうかはさておいても、大名家相手に一万両も貸倒れになった店とは思えない活気だ。そのことは店の者も承知だろうから、もっと不安そうにしていてもおかしくないのだが。

(さっき見て来た上総屋とはえらい違いだわ)

上総屋の方は、大松屋に比べると雰囲気がかなり暗かった。客の数もだいぶ減っているらしい。上総屋の経営不振は主人の能力不足のせいであり、源七の話では番頭まで店の先行きを相当案じているようだ。そんな空気の中では、奉公人のやる気が出るわけがない。

（上総屋は和薬種改会所の利権を手に入れても、早晩潰れる運命なのかもね。大松屋は資金繰りに困ってる様子を微塵も外に出してないだけ立派なもんだわ）

相州屋が舞台から消えた以上、このままいけば美味しい所は全て大松屋が持っていくことになるかも知れない。大松屋惣右衛門のもっともらしい顔が浮かんで不愉快になってきたおゆうは立ち上がり、首を振りながらそのまま歩いて本町を後にした。

家へ帰る途中、ふと思いついて馬喰町の番屋に寄ってみた。

「御免くださいな」と言って戸を開けると、思った通り伝三郎と源七が上がり框に座って茶を飲んでいた。

「あら鵜飼様に源七親分。こんなところで油を売っておられましたか」

「ふん、この前はご休息と言い、今度ははっきりと油売りってか。随分な御挨拶だな。まだ見回りの途中だぞ」

おゆうの軽口に調子を合わせて伝三郎が言った。

「で、お前さんは何しに来たんだ」

「ちょいと上総屋と大松屋の様子を見てきたんですよ。どちらも主人が奉行所に呼ばれた後、無事放免されたことは一緒なのに、お店の景気は全然違いますねえ」

「そりゃあ、もともと主人の商売の腕が違うからだろう。相州屋や大松屋に比べりゃ、上総屋は木偶の坊だ。何も大きなことはしてねえのに店を傾かせちまうんだから」

「でも、大松屋は一万両の貸し付けを焦げ付かせてるのに表向きそうは見えない、っていうのは大したものですねえ」

おゆうは、さっき思ったことを口にした。

「そうだな。もしこのまま和薬種改会所ができちまったら、金繰りに開いた大きな穴を客に悟られずに埋められるだろう。大松屋の思惑通りにな」

「え？　和薬種改会所の話は、闇薬の件が相州屋の仕業とわかったので立ち消えになると思ってましたのに」

おゆうが驚いて言った。

「それがどうも、そう簡単にはいかねえようだ。相州屋の悪事は明るみに出たが、相州屋のような企みを防ぐためにも御上がきちんと改会所を作った方がいいんじゃないか、って声が出てるらしいんだ。同心部屋の噂だけどな。たぶん本音は改会所の運上金だろう。御上としても諦めるには惜しいんだな」

「そんな。それじゃ結局、私たち江戸の町人にしわ寄せが来るんじゃないですか」

「わかってるよ。面白くねえが、どうも思うようにいかねえな」

相州屋をお縄にしたときの高揚感が、日を追うごとにどんどん萎《しぼ》んでしまった。しかし、史実では改会所は再建されなかった以上、何かがあってこの話は潰れるはずなのだ。その「何か」はまだわからないが、江戸の町人がこの件で迷惑を被ることはない。ただし、それを知っているのはおゆうだけであった。

「まあ、ここで嘆いていてもしょうがねえ」

繰り言はやめだ、という風に伝三郎が言い、おゆうも「そうですね」と応じた。そこで伝三郎は話を変え、思い出したように源七に声をかけた。

「そう言えば、大松屋が貸した金を踏み倒したのはどこの藩だ。まだ聞いてなかったような気がするが」

「ああ、それですか」源七が、ぽんと膝を打った。

「まだ言ってませんでしたっけ。すいやせん。何せ店の信用に関わる話なんで、番頭も手代も口が固くて。でも、出入り商人を使って何とか聞き出しておきやした。柏崎《かしわざき》藩だそうです」

「何、柏崎藩？　越後《えちご》の柏崎か？」

伝三郎の目が見開かれ、源七とおゆうはその反応に驚いた。

「旦那、どうしなすったんです。柏崎がどうかしたんですかい」

「相州屋に抜け荷の阿片を流したのも、その柏崎藩なんだよ」

パソコンの横に置いたままのコーヒーは、もう冷めてしまったようだ。優佳はマグカップを持ち上げたが、口をつけずにまたデスクに置いた。もう二時間もパソコンの前に座って検索を続けているのだが、大した成果は出ていない。

「あーあ、もういいや。今日はもう終わり」

優佳は一人で声を上げると、大きく伸びをして「シャットダウン」をクリックした。柏崎藩と抜け荷と阿片について、キーワードを入れ替えて何度も検索して見たものの、望むような解説は出て来なかった。それぞれについてバラバラの解説が羅列されていくだけで、全てを関連付けるような記述は見つからない。

（柏崎藩は、本当に抜け荷なんかやってたのかな）

調べた結果、財政的に困難だった沿岸地域の藩が抜け荷に手を出すことは、それほど珍しい話ではないようだった。薩摩《さつま》藩など、半ば公然と大々的にやらかしていたのだ。柏崎藩二万石は日本海に面していて清国船の寄港も可能だったし、大松屋から一万両借りて踏み倒すぐらいだから相当窮乏していたのだろう。抜け荷をやってもおかしくない条件は揃っているが、抜け荷で摘発されたようなことは特に書かれてない。

（抜け荷の阿片、というの自体が相州屋を嵌めるためのペテンだったのかな。いや、それも変だよね。南町奉行に圧力かけてきた「上の方」が上手に蓋しちゃったのかな。この事件が結局解決できなくてうやむやになった、ってのは勘弁してよ……）

考えは頭の中をぐるぐる回るが、目の前のパソコンは助けにならない。優佳は天井を見上げて、ほうっと大きく息を吐いた。一旦解決したと思った事件は、ますます混迷を深めていくばかりだ。

（科学捜査を使えば、江戸の事件なんてみんなソッコーで解決できると思ったのに）

今まで江戸で扱ったちょっとした事件、単純な盗みや失せ物ぐらいならそれなりの効果はあった。しかしこれほど大掛かりで複雑な事件は初めてだ。

宇田川のラボで遺留品を分析すれば、確かに江戸では不可能なスピードで証拠が得られる。だが、それを繰り返してもパーツが集まるだけで、そのパーツを組み合わせて事件全体の構図を解き明かすのは、人間の洞察力と論理的思考力に拠《よ》るしかないのだ。今、優佳はそれを思い知らされていた。

（やっぱり最後は捜査員の資質かあ。素人の私じゃ限界あるかなあ）

科学捜査もパソコンのデータ処理も、人間の頭脳が事件を解き明かすのを補助する手段であって解決の主体にはならない。事件を解決するのは伝三郎や境田のようなプロの捜査員なのだ。なのに途中で気分がハイになって、相州屋を捕えるあたりでは自分が捜査の主役のスーパーヒロインであるかのように振る舞ってしまった。これじゃまるで中二病だ。優佳は自分で自分に苦笑した。

（さてと。気を取り直して、これから何するか考えなきゃ。やっぱり鍵は大松屋かな）

上総屋は難しい事を企む頭はなさそうだし、どう見ても員数合わせに引っ張り込まれた端役だ。仕掛け人が務まりそうなのは、大松屋しかない。

(大松屋については、どう言ってたっけ)

相州屋を捕える前に大松屋を見張っていた下っ引きたちの話では、例の「まつ繁」での会合以外、特に変わった動きはなかったようだ。ただ、二度ばかり深川の小梅《こうめ》にある寮に行って泊まっていた。寮とはつまり別邸であるから、そこへ泊まりに行っても何も不思議はない。調べるとそこには大松屋の妾《めかけ》が住んでいて、大松屋は月に数度そちらへ泊まっているとのことだった。寮まで尾けて行ってそのまま見張らなかったのか、と伝三郎は不満そうに言っていたが、下っ引きにそこまで機転を求めるのも気の毒だろう。

(店の方は、大松屋を奉行所に呼んだときに境田さんがざっと家宅捜索したんだよね)

捜索はしたものの、無論怪しいものは何も見つかっていない。

(寮の方はどうだろう。常識的には、そっちも捜索されるのを見越してヤバいブツは置いてないだろうけど……)

いずれにせよ家宅捜索は奉行所の仕事だ。まさかおゆうが忍び込んで家捜しするわけにもいくまい。だが、時代劇などではよく大店の寮で賄賂のやりとりとか黒幕との密談をするシーンが出てくるではないか。

（大松屋はおそらく「上の方」と繋がってる。とすると、目立たずに密談するのは、やっぱり時代劇みたいに寮を使うかも）

それに、大松屋は奉行所で受けた取り調べの内容や今後の行動について、早急にその「上の方」と相談しようとするのではないか。

伝三郎のことだから、大松屋の見張りは再開させるだろう。今度は下っ引きたちも、寮まで見張るに違いない。だが、もし「上の方」が現れても、外で見張る以外何もできない。

優佳はふと窓の外を見た。ビルの間から見えるスカイツリーが、ライトアップでピンクに染まっている。二百年前、大松屋の寮はちょうどあの手前あたりにあったはずだ。

（ようし。当たりを引くかどうかわからないけど、ここは近代兵器を使ってみるか）

優佳は椅子から立ち上がって腰に手を当てると、そこに大松屋がいるかのようにスカイツリーをきっと見据えた。

江戸深川と隣接する小梅村や押上《おしあげ》村の界隈は、もともと近郊農村だったのがいつ頃からか寮や船宿などが建ち始め、田畑はまだちらほら残っているものの、今では江戸の市街地に半ば飲み込まれていた。それでも大川の向こう側の市中の喧噪《けんそう》に比べれば、まだ遥かに落ち着いた風情があり、今も多くの大店がこのあたりに寮を構えている。それらの寮には妾を住まわせているところもあり、大松屋の寮もそうした妾宅兼用の寮であった。

おゆうは横川《よこかわ》に面した船宿の二階から、その大松屋の寮を眺めていた。船宿は逢引《あいびき》の場としてもよく使われるため、逢引の相手を待っているふりをすれば女一人の客でも怪しまれることはない。大松屋の寮の少し先にこの船宿があったのは、おゆうにとって幸運だった。

二階のその部屋からは数軒の隣家の屋根越しに寮の裏庭と廊下、裏木戸と、表通りから玄関に向かう道の入り口が見えた。もっとも室内は見えないし、距離があるので人の顔もはっきりとはわからない。だが、双眼鏡を用意しているおゆうにはそれで充分だった。

(どうも船宿の部屋に一人っきり、ってのはつまんないわねえ)

また退屈してきたおゆうは、窓敷居に右手で頬杖をつきながら欠伸をした。

(伝三郎をここへ呼びつけたら、どんな顔をするかな)

平成の感覚に直せば、ラブホに呼び出すようなものだろう。ここで伝三郎にぐいぐい迫ってやったら、奴はどう出るか。想像しておゆうは、くすくす一人笑いした。

(部屋へ入ってきたら目を白黒させて引いちゃうかな。そこを抱きついて捕まえて、押し倒してやるか。大小は邪魔だから抜き取って、それから、ああして、こうして……）

何だか体が火照りだしてきた。知らぬ間に甘美な想像はどんどん広がっていく。手が自然に体の下の方に伸びた。こんなときにこんなところで、と思ったが、どうせ誰も見てはいない。着物の裾を開き、腿の間に手を這《は》わせる。腰巻の下に手が入り、濡れている部分に触れた。指先からの刺激に、思わず吐息が漏れた。

そのとき目の端に、大松屋の寮で小さな動きがあるのが映った。おゆうは慌てて身を起こし、着物を直すのも忘れて寮の方へ目を凝らした。誰かが障子を開けたようだ。

（あーもう、私ったら何やってんだろ！）

大急ぎで袂から小型の双眼鏡を引っ張り出して目に当てた。焦点は既に寮の裏廊下に合わせてある。すると、寮の女中が廊下に出て右に左にと動いているのが見えた。どうやら掃除しているらしい。何だ掃除か、と思ったが、ふと考えるともう午後になっており、掃除の時間としては遅い。それによく見ると、廊下のすぐ後ろの奥座敷を念入りに掃除しているようだ。これは今夜大松屋が来るための準備かな、と思って双眼鏡から目を離すと、寮の裏手で煙が上がっているのが目に入った。下男が風呂を沸かしているらしい。なるほど。妾の女が、旦那が来る前に風呂に入って身ぎれいにしておこうというのだろう。やはり今夜、大松屋はこちらへ泊まるらしい。

(今夜ここで大松屋が「上の方」の人と会うのならありがたいんだけど)

それは幸運を期待するしかないが、奉行所から放免されて以来大松屋がこの寮へ来るのは初めてであり、大松屋の見張りを再開した目明したちが調べたところによると、昨日までに「上の方」らしい人物と接触した様子はない。とすれば、期待値は小さくない。おゆうは伝三郎との逢引の妄想を頭から叩き出すと、窓辺に張り付いて監視を続けた。

おゆうの期待は、夕方近くなってさらに高まった。寮の裏に番頭風の男が二、三人の男衆を連れて現れたのだ。男衆は、何やら大きな包みを運んでいる。そちらに焦点を合わせると、その包みには見覚えのある料理屋まつ繁の屋号と紋が付いていた。彼らは裏木戸を開けるとそのまま奥へ、たぶん台所の方へと進んでいった。夕餉《ゆうげ》の仕出しだわ、とおゆうにもわかった。わざわざ料理屋の仕出しを頼んだとすると、今夜は重要な来客があるのだ。「上の方」のお出ましと見て間違いないだろう。

(ラッキー。昨日のうちに作業だけ済ましといてよかった)

昨日おゆうは大松屋の寮に裏木戸から忍び込み、奥座敷でちょっとした作業をやっていた。裏木戸の閂は出入り商人などのため昼間は開いたままだし、寮には普段、妾とその世話をする女中と、年老いた下男が一人ずつ居るだけだ。隙を見て侵入するのはそう難しいことではなかった。

大松屋は七ツ半頃、駕籠でやって来た。玄関はこちらからは見えないのだが、まだ明るかったので裏廊下に出たところを双眼鏡で確認できた。妾が寄り添っている。この妾の顔は監視中に何度か双眼鏡越しに見ていたが、江戸の基準に照らしてもさほど美人とは思えなかった。まあ、大松屋がどこに惚れて囲っているのかはこちらの知ったことではない。

障子が閉まると、その後の様子は見えなくなった。後は「上の方」の到着を待つだけだ。長丁場になるな、と思ったおゆうは、厠へ行くため立ち上がった。窓の向こうで、大松屋の寮のひと際立派な屋根瓦が、夕陽を浴びて光っている。

待ちに待った来客が現れたのは、既に暗くなった六ツ半少し前だった。表通りを中《ちゅう》間《げん》に担がれた立派な乗物が進んで来て、寮の玄関への道に曲がったのだ。提灯を持った小者が先導し、供侍が二人付いている。乗っている人物は見えないが、乗物の様子からすると相当身分の高い侍のようだ。まさしく「上の方」に違いない。家紋は乗物にも提灯にも付いていなかったので、何者なのかは今のところ知る由もなかった。

（真打ち登場ってとこか。待った甲斐あったわ）

やがて行灯でぼんやり明るい障子を背景に、廊下に人影が動くのが見えた。大松屋が来客を奥座敷に案内しているらしい。が、やはり行灯の明かり程度では顔はわからない。

奴の正体は後から調べりゃいいや、と割り切り、双眼鏡を下ろして表通りに目をやると、寮の玄関に通ずる道の入り口の角に人影が立っているのに気付いた。大松屋を見張っている目明しの一人に違いない。あのまま暗い中でじっと張り番か、と思うと、船宿の座敷で優雅に見張りをしている自分が少しばかり申し訳なく思えた。

（さて、仕事にかかるか）

おゆうは懐からイヤホンを引っ張り出して耳に押し込むと、一人で呟いた。

「さあ盗聴器ちゃん、出番ですよ。きっちり仕事して頂戴ね」

イヤホンからはすぐには何も聞こえなかったが、三十秒ほど息をつめて待っていると襖の開く音がして、畳を歩くような気配が伝わって来た。よしよし、感度良好。そう思って笑みを浮かべたとき、また衣擦れの音が小さく聞こえた。どうやら大松屋と「上の方」が座についたらしい。間を置かず、会話が始まった。

「菅原様、このたびは大変にご心配をおかけしまして、誠に申し訳なく存じます」

これは大松屋の声だ。

「ふむ。まあ、相州屋があのようなことになったのだ。そのほうと上総屋が奉行所に調べられるのはやむを得まい」

低い中年男の声。いかにも偉そうな物言いは、まさしく「上の方」だろう。

「恐れ入りましてございます」

「店の方も調べられたようだな」

「はい。しかし、店の方をいくら調べられましても、不都合なものは何もございません」

「それについては、さほど心配はしておらぬ。町方が調べておるのは藤屋の倅とあのやくざ者一味の殺し、それに闇薬についてなのであろう。そのほうも上総屋も、それには直に関わっておらぬではないか」

「仰せの通りでございます。あれは皆、相州屋さんがなさったことで。闇薬につきましても、御承知の如《ごと》く手前どもは、和薬種改会所のことと同様、一つの考えとして相州屋さんにお示ししただけでございます。それを実際の企みとして組み上げられたのは相州屋さんお一人のお仕事でございます」

「相州屋自身もそう思っておると？」

「左様にございます。辰蔵らと図って闇薬の仕掛けを作られたのはまさしく相州屋さんです。闇薬をどう調達して、どんな売人を雇ってどこで誰に売った、というような詳しいことは、手前も本当に存じませんので」

「ふむ。そうか。で、おぬしは奉行所で何を聞かれた」

「はい。やはり、闇薬の流れについて手前どもがどこまで関わっていたかについて、厳しく御詮議を受けました。もちろん、知らぬ存ぜぬで通しております。それはまったくの嘘ではございませんし」

「では、町方も相州屋が全ての下手人ということで納得しておるわけだな」

「その筋でお考えのようでございます。手前への調べも、あくまで相州屋さんが主、手前と上総屋さんが従、という形になっておりましたようです」

「上総屋の方はどんな様子であった」

「はい、お調べの間は顔を合わすことはございませんでしたが、終わってからお会いすると、すっかり意気消沈されたようで。このような疑いをかけられてはもはや店も立ちゆかぬ、何としたことだ、などとぶつぶつ繰り言を呟いておられました」

「しょせん、あの男はその程度だ。言う通り、上総屋はそう長くは保《も》つまい」

「情けない話です。せっかく菅原様のご尽力で早々に御放免となりましたのに」

「要《い》らぬことを口にするでない」

「これは、御無礼申しました」

「それにしても相州屋め、まさか殺しに手を染めるとは」

「まったくでございます。まずそのような軽はずみなことをしないお方と思って引き入れましたのに。ほんに、人というのは難しいものでございますな」

「他人事のように申すな。相州屋を選んだのはそのほうではないか」

「左様でございました。手前の不徳の致すところでございます。申し訳ございません」

「相州屋のせいで町方が本腰を入れて介入することになったのだ。一歩間違えば、一切合財が吹き飛んでいたのだぞ」

「誠にもって、仰せの通り。危ないところでございました。手前と上総屋さんが殺しの場に居合わせるようなことがなくて幸いでした。これればかりは、本当に思いもしないことでございましたから」

「重ねて聞くが、町方はおぬしと上総屋は殺しには関わっておらぬと思うておるのだな」

「はい、それにつきましては間違いございません。お調べを受けましたのは闇薬のことばかりで。ああ、もっとも藤屋久之助殺しのときに相州屋さんと手前どもが会合を持っていたと申し上げた件については、きつくお叱りを受けました」

「存じておる。奉行所の与力に世話した女のところに行っていた云々《うんぬん》の言い訳を、町方は信じたと思うか」

「正直に申しますと、半信半疑という態《てい》かも知れませぬ。しかしながら、それも嘘だと決めつけるほどの証しもございませんから、お役人としても致し方なかったと存じます」

「ふん、まあよかろう。そのほうらの受けた調べの様子では、殺しと闇薬、それ以上のことには町方は触れておらぬのか」

「はい。和薬種改会所については無論御承知でした。改会所を作って相州屋さんがその頭取に収まり、大儲けしようと企んだのがこの一件の根元だとお考えのようで。ですが、改会所そのものに触れることには慎重になっておられるご様子です」

「さもあろう。改会所から入る運上金には御老中も大いに期待しておられる。いくら改会所に認可状を出すのが町奉行所とは言え、幕閣の御意向を慮《おもんぱか》らざるを得まい」

「では和薬種改会所は、この度の一件にも拘わらず目論見《もくろみ》通りに進む、ということでございますか」

「うむ。それについては案ずることはない。儂《わし》に任せておけ」

「ありがとうございます。よろしくお願いいたします」

「だがこれだけの大事になった以上、この先は慎重に運ばねばならぬ。町方が、これ以上この件には裏がない、と思うておるならそのままでよいが、まだ何かあると疑わせるような動きをすれば、全てが崩れかねん」

「それはもう、重々承知しております」

「柏崎からの品物は、まだ一切動かしてはおらぬだろうな」

「はい。手前の蔵の一つに収めたまま、厳重に封印しております」

「よし。まず何事も和薬種改会所ができてからだ」

「どのくらい先になりましょうか」

「まず三月《みつき》というところだろう」

「上総屋さんは、それまで保ちますまい」

「だとしても、それは上総屋の才覚が足りぬからだ。我らの知ったことではない」

「御意にござります。菅原様には、大変にお世話をお掛けいたし、恐縮至極にございます。何とぞ、土方《ひじかた》様にもよしなにお伝えくださいませ」

「相わかった」

「それでは、あちらの方にささやかではございますが、御料理と御酒を用意してございます。どうぞ御移りくださいませ」

大松屋が立つ気配がして、襖の開く音が小さく聞こえた。それから誰かが手を叩き、遠くで「はあい」と返事があった。さらに何人かが歩いて来る音。大松屋が妾と、たぶん芸者か何かを呼んだのだろう。続いて菅原と呼ばれていた侍が「うむ」と一声唸った。

「ふうん。やっぱりそういうことか」

船宿の二階で、おゆうは耳からイヤホンを外しながら笑みを浮かべた。菅原と大松屋が隣の部屋に移ってからは断片的にしか声を拾えなくなったが、聞くべきことはほとんど聞けたと思った。寮とこの船宿の間は五〇メートル近く離れているが、金属もコンクリートも干渉電波もない環境では、盗聴器の性能は遺憾なく発揮されていた。電源のリチウムイオン電池は四日程度は保つが、仕掛けて二日目で目的を達成できたのはやはり幸運と言えるだろう。いくら侵入が容易とは言っても、何度も電池交換に忍び込むわけにはいかない。

（本当の主犯は大松屋。相州屋が手を染めた一連の殺しはいわばハプニングで、本来の目的から言えば、起きちゃいけないことだったのね）

菅原と大松屋の会話から、彼らが和薬種改会所を中心に据えた大掛かりな陰謀を仕掛けていたことがはっきりした。だが、これで何もかもがわかったわけではない。主な狙いは改会所の利権から入る巨額の金だろうが、それが全てだろうか。「柏崎の品物」とは柏崎藩の抜け荷を指すのだろうから、おそらくは阿片か。どうやら藤屋が疑った通り、相州屋に渡された以外にも大量の阿片があるようだ。それも、大松屋の蔵に。だがその阿片は、全体の構図の中にどのように収まるのだろう。そもそもあの菅原という侍は、いったい何者なのか。おゆうは腕組みした。まだまだ解かねばならない疑問はたくさんある。これは自分一人で考えているべき話ではあるまい。

（私は黒子に戻らなくちゃ。考えるのは、本来伝三郎の仕事なんだから）

大松屋の寮からは、芸者の爪弾く三味線の音が夜風に乗って、おゆうの座敷まで流れて来ていた。

次に動きがあったのは、五ツ半を過ぎてからであった。寮の方で少しざわつく気配があったので、菅原某《なにがし》が帰るのだろうと思ってまた双眼鏡を向けた。それから少しの間を置いて、思った通り菅原の乗物が表通りに出て来るのが、隣家の灯りと供侍の提灯に照らされてぼんやり見えた。菅原の正体を突き止めるには乗物を尾けていくのが手っ取り早いが、この時間では木戸が閉まって帰れなくなってしまう。第一、こんな暗闇を女一人で歩くなど危なくてしょうがない。残念だけど、あいつが何者かは別の方法で調べよう。

そう思ったとき、表通りの反対側から人影が動き出すのが微《かす》かに捉えられた。寮を見張っていた目明しが、菅原の乗物を尾けて行くことにしたらしい。おゆうは向こうから見えないのは承知でその後ろ姿に手を上げて、頼んだわよ、とエールを送った。

結局その夜は船宿に泊まった。本来、船宿は宿泊施設ではないのだが、夜の四ツ近くなって女の独り歩きはまずいだろうと船宿の方で気を利かせてくれたのだ。船宿の女将《おかみ》は、おゆうが逢引の相手に待ちぼうけを食わされたと思っているらしい。そう思ってくれれば好都合なので、翌朝、おゆうはがっくりと肩を落とし、よろめくような足取りで帳場に降りた。捨てられた哀しみに打ち沈む憐れな女を演じながら、女将と目を合わせる。

「お世話をおかけしました。どうやら振られちまったようです」

寂しく笑ってそう言い、我ながら名演技だと思った。

「まあ、お気を落とさないでくださいな。お客さんほどのきれいな方なら、すぐにもっと良い御縁に巡り合えますとも」

人の良さそうな女将は、そう言って慰めてくれた。おゆうは少し罪の意識を感じつつ、部屋代を支払うと女将に深々と頭を下げて船宿を出た。

船宿から見えない位置まで背を丸めてとぼとぼと歩いて行き、見られていないのを確かめてから背筋をしゃんと伸ばした。それから小走りになって、大松屋の寮の裏木戸の方へ駆け込んだ。船宿を出る前に座敷から寮を覗いて、妾が外出し、女中と下男は台所で仕事を始めたようなのを確認してある。

おゆうは音を立てないよう注意して裏木戸を開けると、庭をさっと横切り、庭に面した障子を滑らせて奥座敷に入った。まっすぐ床脇棚に行き、天袋を開けて鴨居の後ろにテープで留めた盗聴器を引き剝がし、袂に放り込む。踵を返してそっと障子を開け、裏木戸まで一気に走り、木戸を細めに開けて通行人がいないのを見て取ると、素早く裏通りに出た。この間、一分足らず。仕掛けたときと同じく、完璧だ。おゆうはにんまりとして、怪しまれないようゆったりした足取りで表通りに向かった。

両国橋を渡ってから思い立ち、家へ帰る前に馬喰町の番屋に寄ることにした。誰か居合わせるかどうかわからないが、うまい具合に源七あたりがいれば、昨夜萱原の乗物を尾行した目明しの報告内容が聞けるかも知れない。

番屋の前に来ると、中で話し声がした。期待通り源七がいるのかな、と思って戸を開けると、そこに伝三郎と境田、源七と下っ引きたちが勢揃いしていた。

「おやまあ、朝から皆さんお揃いで。どうなさったんです」

「どうなさったって、お前こそ朝から番屋に何の用だい」

おゆうが入って来るのを見て、ちょっと驚いた様子の伝三郎が言った。

「えー、いえ、ちょっと野暮用で深川の方に行った帰りに覗いてみただけですよ」

「朝っぱらから深川に野暮用？」

「まあ、いいじゃありませんか。あれ？　源七親分、ご機嫌悪そうですね」

脇に目を移すと、源七が常よりさらにいかつい顔になって腕組みしていた。その隣で、千太が面目なさそうに突っ立っている。

「どうしたもねえや。ゆうべ、こいつに大松屋の寮を見張らせてたんだが、そこに結構な御身分らしいお方が供侍を二人連れて乗物でやって来たんだよ。かれこれ一刻ほどしてから帰って行ったんだが、何者かわからねえから後を尾けたんだと。そこまでは上出来だったんだが、吾妻橋《あづまばし》までも行かねえうちに供侍に見つかって、何で尾けるんだ、目明し風情が無礼ではないか、って、追い返されちまったのさ。まったく、昨日今日下っ引きになったわけじゃねえのに、あっさり見つかっちまいやがって……」

なるほど。昨夜、船宿から見えた見張りの影は、千太だったのか。伝三郎と境田は、その報告を聞きに来ていたわけだ。

「いや、お言葉ですが親分、何もドジったわけじゃありやせんぜ。下手な動きはしてねえし、あたりはもう真っ暗だし、簡単に見つかることはねえはずだったんです」

千太の弁解を聞いて境田が口を開いた。

「なら、最初《はな》っから気づかれてたんだろうよ。連中が寮に来たときに、お前が見張ってるのを目に留めてたんだ。その供侍、なかなかの手練だな」

「そんな手練を二人も連れてるってことは、やっぱり大物かも知れねえな。いったい誰なんだ」

境田の言葉を受けて伝三郎が言った。おゆうは困った。自分は少なくともそいつの名前は知っている。だが、それをどうやって知ったかの説明はまだ用意できていなかった。まさか盗聴器のことを知らせるわけにはいかない。かと言って、盗聴で得た情報を出さないわけにもいかない。この情報、つまり大松屋と菅原の会話は、伝三郎たちに伝えてその意味を解釈してもらわなくてはならないのだ。本来は平成の人間であるおゆうは、情報を解析するための江戸の知識が不足していた。

（ええ、もういいや。ストレートに言っちまおう）

悩んだ挙句に、おゆうは出たとこ勝負で行くことにした。

「あのお……。その大物さんのことですけど、菅原という名前にお心当たりは？」

「菅原？　さあ、知らねえな」

伝三郎も境田も首を傾げた。

「藪から棒に何だよ。その菅原って名は、どこで拾ってきたんだ」

「それはその……」

おゆうは俯いてもじもじし始めた。

「ゆうべ大松屋さんの寮で話してたのを……」

伝三郎は怪訝な顔でおゆうを見つめていたが、やがて「あッ」と叫んだ。

「お前、寮に忍び込んで盗み聞きしてたのか」

「えっ、えーと、はい、まあ、そのような……」

「馬鹿野郎！　またそんな危ない橋を渡ってやがったのか」

伝三郎に怒鳴られて、おゆうはしゅんとなった。

「たまげたな。あんたはそんな芸当までできるのか」

境田が呆れ顔で言った。

「いったいどうやって。床下にでも潜ってたのか」

忍者じゃあるまいし、と思ったが、そう考えて納得してくれるならありがたい。

「お前、本当にくノ一なんじゃねえのか。無茶にも程がある」

伝三郎はかなり頭に来ているようだ。ここは、しおらしくしているほかない。

「ごめんなさい……」

おゆうは胸元で左右の人差し指同士をつっき合わせながら、口をすぼめて上目遣いに伝三郎を見た。どうも漫画チックだなと思ったが、それなりに効果はあったようだ。

「まあまあ伝さん、せっかく盗み聞きまでしてくれたんだ。ここはおゆうさんの話を聞こうじゃないか」

境田がそう言って取りなしてくれた。伝三郎はまだ怒っていたが、渋々頷いておゆうを睨みつけた。

「さて。それじゃ、大松屋がその客人を菅原と呼んだ、ってことなのかい」

改めて境田が聞いた。

「そうなんです。菅原様、と呼んでました」

「うーん、官位も役職もなしの名字だけじゃわからんな。奉行所へ戻って武鑑を調べてみるか」

武鑑とは、上級武士の紳士録のようなものである。だが、それを調べても菅原という侍は何人もいるだろうから、特定は難しいかも知れない。

「あ、そうだ」おゆうは思い出して言った。

「その菅原様の上に土方というお方がいるようです。大松屋が、土方様にもよしなに、って言ってました」

「何ッ、土方？　間違いないのか」

伝三郎と境田が、同時に飛び上がった。

「え？　ええ、間違いないです。珍しいお名前だと思いましたので」

二人の反応に、おゆうの方が驚いた。土方と言えば、おゆうが思いつくのは新撰組の土方歳三《としぞう》ぐらいだ。もちろん、この時代ではまだ生まれてもいないはずだった。

「ご存知なんですか。どんなお方です？」

「どんなってお前……ああ、お前は知らないか。そうだろうな」

伝三郎がわかったような言い方をした。今の衝撃で怒りは収まったようだ。

「相応の大物で土方、と言やあ一人しかいねえ。土方縫殿助だ」

「ひじかたぬいのすけ？」そう言われても、やはりおゆうには心当たりがない。

「沼津藩《ぬまづ》の御家老だ。沼津の藩主は老中首座の水野出羽守《みずのでわのかみ》様だ。要するに土方様というのは、御老中水野出羽守様の一の家来、というわけさ」

「へえーっ」おゆうは素早く頭の中で考えた。老中首座の側近ナンバーワン。平成の世で言うなら、内閣官房長官に匹敵するだろう。これは確かに大物だ。

「それは御大層なお方ですねえ」

「ああ。菅原ってのは、土方の配下だろう。そこまでわかれば、武鑑を見れば何者なのかはっきりするな」

「もしかして、大松屋は沼津藩の出入り商人なんですか」

「ああ、その通りだ。しかし土方様の名前まで出るとはなあ。この一件、際限なく大きくなっていくじゃねえか。こいつは、ひょっとするとひょっとするかな」

境田が嘆息した。伝三郎も渋い顔になっている。さすがにおゆうにも、「ひょっとする」という境田の心配の意味はわかった。水野出羽守自身がこの一件に関わっていることもあり得るのだ。万一そうなら、これは到底町奉行所の手には負えない。

「ま、ここで余計な気を回しても始まらねえ。それより、おゆうさんがゆうべ盗み聞きした一部始終を聞かせてもらうとしようぜ」

境田は空気を読んでか、皆を元気づけるような明るい声を出した。

「承知しました」

おゆうは微笑み、聞いた会話を一から話し始めた。

「そうか。やはり、こいつを仕組んだのは大松屋だったか」

おゆうの話を聞き終えた伝三郎と境田は、顔を見合わせて頷き合った。

「いや、筋書きを企んだのは、その菅原某って奴だろう。相当頭の切れる奴らしいな」

「やはり目的は和薬種改会所から上がる運上金でしょうか」

「そうだろうな。何しろ、毎年何千両って額だ。もしかすると、万両ってことになるかも知れねえ」

「とすると、得をするのは御上ですよね。それだけの新しい実入りを作り出せば、大したお手柄ということになりますか」

「だろうな。上首尾に終わりゃあ、菅原って奴は御老中の覚え目出度く御出世あそばされるに違えねえや」

「御上が儲かるお話ならば、確かに御老中様が一枚嚙んでる疑いも強いですよね」

「滅多な事を言うもんじゃねえぜ」

伝三郎がまたおゆうを睨んだ。とはいえ、伝三郎も同じ考えでいるのは間違いない。

「ふうん。しかしな……」境田が口を挟んだ。

「運上金の額は確かに大きいが、改会所で一番儲かるのは何と言っても大松屋たち頭取に就く薬種問屋だ。何せ一軒あたりで年に数千両だからな。御上の金蔵に入る数千両とは、同じくらいの額でも重みが違う。一方で、菅原とその上の方の懐には何が入る？」

「何が言いたいんだ？」

伝三郎は思案する境田の顔を覗き込んだ。

「まあ、当然賄賂は入る。しかし、まあ上の方に千両ほど行ったとして、菅原の懐には何百両だろう。菅原も出世はするだろうが、しょせんは沼津藩の陪臣だ。御上の勘定奉行やら目付やら御側衆《おそばしゅう》、ってわけにはいかねえ。てことは、実入りも知れたもんだ。自分の作り上げた企みで大松屋たちが大儲けするのに、菅原の儲けはそれだけなのか、って話よ」

「ははあ。つまり、菅原の懐も大きく潤うような仕掛けがどこかに入ってるんじゃないか、と思ってるわけだな」

伝三郎が得心したように言った。

「そういうことだ。で、俺としちゃ柏崎の品物ってのがどうも気になる」

「阿片のことか？」

「そいつがこの絵図にどう収まるのか、だよ」

境田はそこで気合いを入れて頭を切り替えようとしてか、自分の頬をぱんぱんと叩いた。

「どうもややこしくていけねえ。いっぺんこの一件、一から並べ直してみようぜ」

「あっ、そうですね。それがいいですよ」

おゆうもぽんと手を打った。摑んだ事実を一覧にまとめ、全員で検討を加えて答えを探る。刑事ドラマや探偵もので必ずある捜査会議のシーンだ。ここにホワイトボードでもあれば言うことなしだが、生憎江戸にそんなものはない。と思っていたら、境田が巻紙と硯と筆を木戸番の爺さんに持ってこさせた。よしよし。おゆうは何だかわくわくしてきた。

「こんなのは奉行所でやる話なんだがな」

伝三郎が何やらぶつぶつと言った。

「まあいいじゃねえか。おゆうさんもいることだし」

境田は平然としている。

「さてと。まずは最初だ。この菅原某が、和薬種改会所を再建して御上が運上金を取ることを考えた。まあ、推測だけどな」

境田はそう言って筆を執《と》り、紙の右端に「一、菅原　和薬種改会所ヲ発案」と書いた。

「それからまず大松屋に話を持ちかけた。そして大松屋が上総屋と相州屋を引き込んだ。まあこれも推測だが、間違っちゃいねえだろう」

伝三郎が続け、境田はそれも記した。

「そうして、大松屋が和薬種改会所の話を相州屋に吹き込んだ、と」

「うむ。次は何だ？　闇薬かな。これは和薬種改会所再建の大義名分だ。とすると、菅原が考えたことなんだろうな」

「でも、闇薬の仕組みを作ったのは相州屋と辰蔵一味ですよね」

「そうだ。相州屋自身は全て自分が仕組んだと言ってるが、闇薬の方は辰蔵に持ち掛けられたんだろう。そいつを相州屋が前から吹き込まれていた和薬種改会所と結び付けて、大松屋たちが思い描いた通りの動きに出たわけだ」

「でも、何で自分たちでなく相州屋にやらせたんでしょう。そんな風に回りくどいやり方をしたんじゃ、確実に思惑通り動いてくれるかわからないでしょうに」

「闇薬についちゃ、遅かれ早かれ俺たち町方が気付いて探索を始める。そうなったとき、相州屋に全部の責めを負わせるために自分らは手を汚さなかったのさ。おそらく、思う方向へ動かすために、そうと気づかれない程度にやんわりそそのかしていたんだろう。実に巧妙だな」

境田は紙に「闇薬　相州屋ヲ唆シ是ヲ為サシム」と書いた。

「つまるところ、奴らは初めから相州屋を人身御供にするつもりで引き込んだわけだ」

うまく実行犯に仕立て上げ、いざとなったら主犯としてスケープゴートにする。何とも非情なやり口だった。哀れなのは相州屋だ。

「待てよ。そうすると、辰蔵は大松屋と繋がってたことになるな」

伝三郎が思いついて言った。

「おい源七！」

「へいっ」それまで口を挟まず三人のやりとりに感心したように聞き入っていた源七が、弾かれたように立ち上がった。

「大松屋の周りを洗え。辰蔵との繋がりを見つけ出すんだ」

「承知しやした」

そのまま下っ引きたちに合図して飛び出して行こうとするのを、伝三郎が押しとどめた。

「慌てるんじゃねえ。まだ調べなきゃならねえことが出てくるかも知れねえんだ。終いまで聞いてからにしろ」

言われて源七は、戸惑いながらも上がり框の隅に座り直した。伝三郎が先を続ける。

「さて、次は何だい。阿片かな」

「うん。相州屋の引き込みに使われた阿片だが、出元の柏崎藩は借金の件で大松屋と繋がってるのがわかってる。大松屋か菅原が、柏崎藩に辰蔵を通じて阿片を相州屋に流すように言ったんだろう。何せ一万両の借りだからな。柏崎は言われるがままだったろうよ」

「大松屋は、柏崎藩が抜け荷をやってることをどうやって知ったんでしょう。いくら借金があるからって、そんなことまで教えるんでしょうか」

「お前の盗み聞きした話じゃ、柏崎の品物が大松屋の蔵に収まってるんだろ。そいつは抜け荷の阿片と見てまあ間違いないから、当然知って……うん？　大松屋はいつ阿片を柏崎から仕入れたんだ？　そんなことより貸した金を返して……あ、そうか！」

伝三郎が膝を打ち、一同の目が伝三郎に集まった。

「どうした、伝さん」

「貸し倒れの一万両だよ。柏崎の品物ってのはその借金のカタだ。一万両を返せなくなった柏崎藩は、その代わりに抜け荷の阿片をごっそり大松屋に引き渡したんだよ」

一同が、ああ、と唸った。確かにそうであれば全部の辻褄が合う。大松屋が一万両も貸し倒れになったのに、店にそんな気配がない理由も納得できる。実際は貸し倒れではなかったということだ。

「一万両分の阿片って、いったいどの位の分量なんですかい。見当もつかねえや」

源七が啞然とした様子で聞いた。

「知るかい。俺だって見たこともねえ」

「しかし、そんな大量の阿片を大松屋はどうやって捌くつもりだったんだ。辰蔵にやらせた様子もないし、売り買いに制限がある以上、店先で全部売るわけにいかねえだろう」

「そうだな。まともに売るなら御上からお墨付きでも貰わねえと……」

そう言いかけて、伝三郎は口を閉じた。また何か思いついたようだ。おゆうがそれを見て、どうしたんですと声をかけようとしたとき、伝三郎がふいに言った。

「和薬種改会所だ」

「え？　何ですって？」

「和薬種改会所だよ。江戸へ入る他の薬と一緒に阿片も改会所を通す。改会所を通った阿片は改め済みの刻印の付いた薬になって、堂々と江戸市中に卸せる。お墨付きを貰った薬になるわけだから、薬屋だろうと裏の売人だろうと、誰を通しても売れる」

「いや、ちょっと待ってください」おゆうが慌てて言った。

「阿片は御上から勝手な売り買いは慎むようお達しが出てたんじゃないんですか」

「ああ、その通りだ。だが和薬種改会所ができれば、薬の売り買いの差配は改会所が握ることになるだろう。売り買いを制限したい薬は、改会所を通るときに止めちまえばいいんだから。逆に、改会所を通った薬は好きに売り買いできる。そうでなきゃ、改会所の意味がねえ」

「そ、それじゃ、改会所で頭取として薬の改めを行う立場になる大松屋は、自分の好きなように阿片を市中に流せるってことですか」

「そういうことになるな」

「おいおい伝さん、それじゃ何かい。あんたは、和薬種改会所は菅原と大松屋が阿片を捌くために考え出したんだと言いたいのか」

境田が目を丸くして言った。

「阿片にお墨付きを与えてきれいに捌く。儲けは大松屋と菅原の懐に入る。その一方で大松屋たち改会所の頭取連中は改料を貰って大儲け。さらに御上には運上金。一石二鳥、いや三鳥か。菅原も、阿片の儲けほどの実入りがあるなら働き甲斐もあるってもんだ。いやあ恐れ入った。実によくできた企みだ」

「恐れ入ってどうするんだ。しかし、あんたの言う通りかも知れんな。阿片でぼろ儲けするのが一番の目的だったとすると、この一件の様相がちいっと変わって来るぞ。こいつは書き直しだ」

境田はそれまで書きかけていた巻紙を破り取って捨て、新しく「一、柏崎藩抜荷阿片乃事」と書き付けた。

「菅原は、どこで阿片のことを嗅ぎつけたと思う？」

書きながら伝三郎に話しかける。

「そいつはわからんが、何せ御老中の側近くにいる奴だ。いろいろと耳に入って来る事もあるんだろうよ。俺は、柏崎藩と大松屋の貸借を取り持ったのが菅原じゃねえかと踏んでるんだが」

「なるほど。なら、柏崎藩に大松屋からの借金を阿片で返すよう入れ知恵したのも、菅原かも知れんな」

境田は「柏崎藩　大松屋ニ借財ノ返済トシテ阿片ヲ為ス」と書いてから、脇に「菅原某ノ入知恵成哉」と添えた。

一人で懸命に筆を振るう境田を見つめながら、おゆうの頭は目まぐるしく回転していた。伝三郎の推理通りだとすれば、これはとんでもない陰謀だ。阿片のロンダリング。一万両分もの麻薬が幕府公認の形で市中に流れたら大変な事になる。それだけではない。これがうまくいって大松屋たちが味をしめたら、さらに大量の阿片を柏崎から仕入れようとするだろう。江戸に阿片が蔓延すれば中毒患者が巷に溢れ、阿片の需要が途切れることはなくなる。

おゆうは急いで歴史の復習を始めた。柏崎への阿片の供給元である清国はどんな状況だったか。この時期の清国は、イギリスが持ち込んだ阿片が大量に国内に流れ、清朝政府が何度禁令を出しても抑え込めない有様だった。清国には膨大な阿片が流通しており、柏崎を通じて日本に流す阿片などいくらでも調達できるはずだ。イギリスも阿片の販路が拡大するなら大歓迎で、この件に気付けば大喜びで後押しするだろう。これを足掛かりに日本の開国まで迫ろうとするかも知れない。もしやこの一件、大英帝国が裏で糸を引いているのでは？　いや、いくら何でも考え過ぎか。

しかし、とおゆうは思う。清国は阿片対策の失敗から、二十年余り後にイギリスとの阿片戦争に突入する。そこから清朝滅亡のカウントダウンが始まるのだ。阿片の大量流入が起これば、この日本にも同様の事態が降りかかりかねない。何よりも、江戸の町民が阿片の害毒に侵されていくのを黙って見ているわけにはいかない。

「阿片なんかが大量に江戸の町に撒き散らされるなんて、絶対許せません！」

我慢できなくなって、おゆうは叫んだ。番屋の一同は、ぎょっとしておゆうを見た。

「何だ、どうしたんだい。そんなに血相変えて」

源七が変な物でも見るような顔で言った。

「どうしたんだいって、阿片なんですよ」

「そりゃわかってるが、何で急にむきになったんだよ」

言われて見回すと、誰もが意表を突かれた様子でおゆうの顔を見つめていた。境田も筆を止めてこちらを見ている。おゆうは気が付いた。今まで江戸には大量の阿片が出回ったことが一度もない。中毒性があることは知識として知られていても、重症の中毒患者を目にしたことのない江戸の人々は、阿片の本当の恐ろしさをまだ知らないのだ。であれば、おゆうが激しい反応を示す理由も理解できないに違いない。

「あ、いえ、ちょっと大松屋のことを考えて頭に来ちゃって。すいません」

落ち着け、落ち着け。おゆうはまだ納得しきれていない様子の一同の視線を浴びながら、座り直した。考えてみれば、そこまで焦ることはなかった。江戸に阿片が蔓延《まんえん》したなどという史実は、どこにもない。和薬種改会所が再建された記録がないのと同様である。この大掛かりな陰謀は間違いなくどこかで潰《つい》えるのだ。そう考えると気が楽になった。

「ほんとに、私ったらどうしちゃったんですかね。あはは」

最後は笑って誤魔化した。

「驚かすんじゃねえよ」

伝三郎が言い、境田も肩を竦めて作業に戻った。


「さてと。それじゃ、おさらいといくか」

書付を仕上げた境田が、体を起こして言った。

「まず菅原が柏崎藩の抜け荷を知る。その後、柏崎藩の借財に大松屋を斡旋《あっせん》する。そうして、一万両の借財が焦げ付いたときに阿片で穴埋めするよう入れ知恵した、と」

「それから菅原と大松屋は、その阿片を御上に目を付けられずに金に換えるため、和薬種改会所を再建して利用することを考えたんだな」

伝三郎が後を続けた。

「改会所を再建するにはそれなりの名分が要る。で、今度はその名分を作るため、闇薬を市中に流すという仕掛けを考え出した」

そう言いながら、「一、大松屋、相州屋ト上総屋ヲ引入ル事」と記された箇所を指す。

「次は相州屋の引き込みだ。辰蔵を介して少量の阿片を相州屋に流し、それをきっかけに相州屋が闇薬の仕掛けを作るよう言葉巧みに仕向けた」

「どうして相州屋を選んだのでしょう」

おゆうの問いには境田が答えた。

「柏崎藩にも出入りして、辰蔵とも面識があって、一代で大店を作り上げるほど頭の回る奴。だが、大松屋の真の思惑を見抜くほど老練じゃねえ。この役回りにはぴったりってわけさ」

「さて、これで用意は万端だ。万一、俺たち町方が闇薬の仕掛けを暴いて相州屋をお縄にしても、相州屋は自分で考えたと思い込んでるから、大松屋にはほとんど火の粉はかからねえ。世間は、こんな奴が出るなら和薬種改会所は必要だ、とより一層思うだけだ」

「本当にまあ、何ともよくできた話ですねえ」

源七が言った。腹の底から感心しているようだ。

「ところがだ。よくできた話ほど綻びが出やすいのさ。ここで大松屋たちが考えていなかった事が起きちまった」

境田は、「藤屋久之助　相州屋ニ強請ヲ働ク乃事　相州屋是ヲ殺害」と記された箇所を叩いた。

「大松屋と菅原は、ずいぶん慌てたろうな」

「うむ。六人も死人が出るなんて奴らの筋書きにはねえから、知らせを聞いて真っ青になったろうよ。けど、落ち着いて考えてみろや。相州屋はもともと闇薬で町方の手が入ったとき、罪を一人で背負ってもらう役割だ。その罪に殺しが加わっても、大筋は狂わねえだろう。何しろ殺しは本当に相州屋一人の仕業で、大松屋は関わりなしなんだから」

「その代わり、殺しということで俺たち町方を本気にさせちまった。正直、闇薬の件だけならここまで本腰を入れて取り組むことはなかったかもな。おゆうだって関わることはなかっただろうし。それだけは、大松屋の目算が狂ったわけだ」

そうして伝三郎はおゆうに顔を向けた。

「お前の話じゃ、菅原は和薬種改会所はそのまま段取りの通り進めるから任せろ、と言ったそうだな」

「はい」

「それでここへ至る、ということだ」

境田は書付の最後に記した「一、和薬種改会所　御裁可有也無也」との一文を掌で叩いた。

「御裁可されるかね」

「御老中の周りから指図されりゃ、御奉行も裁可するしかなかろう」

「ええ？　裏にこんな悪巧みがされてるのにですか」

おゆうはまた顔色を変えた。

「そりゃそうだが、書付をもういっぺんよく見てみろよ。奴らの書いた筋書きはこれで間違いねえだろうが、ほとんど俺たちの推測だ。証拠が足りねえ。御奉行に裁可を止めさせようというなら、ぐうの音も出ねえほどの証拠が要るぞ。何せあっちには、御老中の側近が付いてるんだ」

伝三郎が諭すように言った。

「でも証拠ってこれ以上……」

言いかけたおゆうを境田が遮った。

「大松屋の蔵の阿片を押さえりゃいい」

「それしかねえようだな」

伝三郎も賛成した。

「だが左門、大松屋の店の蔵は、奴を奉行所に呼んだときにあんたが調べたんだろ？」

「ああ。確かにあそこには阿片なんぞなかった。けどな、大松屋の蔵は店の中にあるだけとは限るまい。大松屋も、手前の蔵の一つ、って言ってたそうじゃねえか。あれだけの大店だ。他にもあるんだよ」

「なるほど……」

伝三郎は顎に手を当てて少し思案してから、「源七！」と怒鳴った。

「へいっ」源七が伝三郎の前に進み出る。

「全部聞いたな。お前は、大松屋と辰蔵の繋がりと、大松屋の蔵がどこに幾つあるか、その蔵に阿片が運び入れられたような様子があるかどうか、その辺を探れ」

「合点です」

指図を受けた源七は奮い立った様子で、下っ引きを引き連れて出て行った。

「ふうーっ、やれやれ」

腕組みしてもう一度書付を見直していた境田が、盛大な溜息をついた。

「十何年町方同心をやってるが、こんなに手の込んだ一件は初めてだぜ」

「俺だってこんな込み入った企みは聞いたことがねえや」

伝三郎も一緒に溜息を吐く。

「どうする？　浅川様には話しておくか？」

境田の問い掛けに、伝三郎はほんの一瞬考える素振りを見せたが、すぐ首を左右に振った。

「駄目だ。土方縫殿助の名前を聞いただけで腰が引けちまうに決まってる。足を引っ張られるだけだぜ」

「そうだな。阿片を押さえるところまで俺たちでやるか」

「私もやります」

おゆうは身を乗り出して言った。伝三郎と境田は顔を見合わせた。二人は苦笑し、伝三郎が「危ない真似だけはやめとけよ」と言った。

「大丈夫、もうご心配おかけしませんから」

おゆうは微笑んだ。伝三郎だけでなく境田も、自分をもう仲間だと思い始めているようなのが嬉しかった。

十二

伝三郎たちが奉行所で武鑑を調べた結果、菅原の正体はすぐに割れた。菅原頼母《たのも》。沼津藩の用人の一人で、家老の土方のすぐ下に位置する人物だった。この男なら、主君である老中水野出羽守とも直接話ができるだろう。正しく「老中の周りの人物」に違いない。

一方、大松屋の土蔵の方はそう簡単ではなかった。江戸の町中に土蔵がどれほどあるのかはおゆうにも見当がつかない。何千と言うより何万と言った方がいいくらいかも知れない。ちょっとした商家には必ずあるし、大名家の蔵屋敷もある。独立して建てられた蔵もある。しらみ潰しにする暇も人手もない中、源七ら目明しが聞き込みに回り、四日ほどで大松屋の持つ蔵は何とか突き止められたのだが。

「三つもあるのか」

番屋で報告を聞いた伝三郎が唸った。

「へい。寮の近くの横川沿いと、吾妻橋近くの南本所、それと永代を渡った蛤《はまぐり》町辺りです。どれも屋号は書いてありやせん。蔵番が毎日見回りだけしてるようです。いずれも塀で囲った中に蔵だけ建ってやして、他の建物は蔵番が使う小屋くらいです」

「何だか隠し蔵のような代物だな。できるだけ目立たなくしているような」

「へえ、確かにそんな感じで。ですが、阿片がどの蔵にあるのかは、どうも……」

「わからなかったのか」伝三郎が残念そうに言った。

「面目ありやせん。人通りが全然ねえような場所じゃねえんですが、近所の家から塀の中は見えねえし、それらしい荷が運び込まれるのを見た者もいません」

源七がすまなそうに頭を掻いた。

「どうする。三つとも開けさせて調べるわけにいかねえよな」

境田が伝三郎に言う。

「蔵の中を改める名分がありゃいいんだが。順番に開けさせてたら、忽《たちま》ち菅原が感づいて横槍を入れて来るだろうし」

「とりあえず、見張らせますかい？」

「うむ。いや、十手持ちが蔵の周りをうろついてると気付かれるのもまずいな」

そう言って、伝三郎は傍らに座っているおゆうをちらりと見た。おゆうは目を輝かせた。

「仕方ねえ。おゆう、その三つの蔵の周りをちょいと嗅ぎまわってみてくれ。怪しまれねえようにな」

「合点承知ぃ！」おゆうは跳ねるように立ち上がった。

「はしゃぐんじゃねえ！」

伝三郎がそれを睨みつける。その様子を見て、境田と源七がやれやれというように顔を見合わせて笑った。

絵図を開いて源七に場所を確かめると、三つの蔵は全て川べりに建っているのがわかった。三つとも船で荷を運び入れるための蔵であるようだ。どれも建て方はほとんど同じだと源七が言うので、北から順番に見て回ることにした。一番北は南本所である。

吾妻橋を渡って大川沿いの通りを南に歩くと、武家屋敷を一つ通り過ぎた先にそれらしい蔵があった。蔵の扉は川沿いの通りに面しており、通りを挟んだ川岸には小さな船着き場が設えてある。ここで船から荷を降ろし、通りを渡って蔵に運び込むようになっているのだ。蔵の脇には番小屋らしき小さな建物があり、蔵との隙間は塀で塞いである。裏や隣地との境には黒塗りの板塀が巡らせてあるようだが、表から全部は見えない。

おゆうはその前をゆっくり歩き過ぎながら、蔵の表側を観察した。扉は当然ながらぴったりと閉じられており、分厚く重そうな扉の取っ手には錠前が掛けられている。あの扉から侵入して内部を調べるのはまず不可能だ。隣もやはり蔵で、裏は普通の民家のようだった。源七が言っていたように人通りはないわけではないが、常時人の目に晒されている場所でもない。これなら、夜など誰にも見られないうちに荷揚げするのは充分に可能だろう。

一通り外から見られる部分を調べ終えたおゆうは、もう一度通りの左右を見渡した。この蔵を見張るとしても、身を隠せる場所が近くにない。このままぼうっと突っ立って蔵を眺めていても、通行人から変に思われるだけだ。さてどうしようかと思案しながら、何気なく番小屋の引き戸を触ってみた。思いがけず、簡単に開いた。おゆうは慌てて通りを振り返った。歩いている人は二、三人見えるが、いずれもこちらに背を向けている。やるなら今だ。おゆうはさっと戸を開けると、小屋の中に身を滑り込ませてすぐ戸を閉めた。

（びっくりした。ずいぶん不用心だねえ）

小屋は長屋の一間ほどの大きさだった。右手半分には畳を三畳ほど敷いてあり、小屋番が休むスペースと思われた。残りは土間で、隅に桶や竹箒が置いてある。その奥にも戸があった。おゆうは奥へ進んでその戸を開けてみた。そこは塀の内側の土蔵の敷地だった。

（なあんだ、中まで入れるじゃないの。こんなことでいいのかな）

敷地に入って左右を見回した。庭と言うにはあまりに殺風景で、剝き出しの地面の他は何もない。目の前はのっぺりした土蔵の白壁だった。考えてみれば、土蔵が厳重に施錠されているなら、番小屋の戸締りがされていなくてもさほど問題はないだろう。

敷地を囲む塀はずいぶん高く、土蔵の軒先近くまである。これなら、近所から敷地の中を覗かれる心配はまずあるまい。と言うことは、自分の姿も外からは見えないわけだ。おゆうは安心し、塀に沿って歩きながら土蔵の裏に回った。何か地面に落ちていないか目を凝らしたが、土と小石と苔以外に目に入るものはなかった。

かれこれ三十分ほど敷地内を調べてみたが、何一つ阿片の手掛かりになりそうなものは見つからなかった。おゆうは諦めて番小屋に戻り、そっと戸を開けて誰も見ていないのを確かめてから通りに出た。とりあえず一つ目は収穫なし、ならば長居は無用。おゆうは次の土蔵へと歩き出した。

横川沿いに歩いて行くと、大松屋の寮から二町ほどのところで、源七の言ったように南本所のものとそっくりの土蔵を見つけた。こちらは裏手が直接横川に面しているので、土蔵の扉は川に面した側にある。番小屋が付いて高い板塀に囲われているのは同様であった。

通りから様子を一通り眺めると、おゆうは番小屋に近付いて戸に手をかけた。やはりここの戸も戸締りされていない。誰も見ていないのを確かめ、小屋に入った。

番小屋の中は、南本所の蔵のものと全く同じであった。余分なものは何も置いていないようだ。蔵の管理簿のようなものでもあればいいのだが、帳面類など大事なものは全部店の方にあるのだろう。でなければ、戸締りもせず無人のままにしておくことはあるまい。

さっきと同じように、おゆうは奥の戸を開けて敷地に入った。土蔵を見ると、扉は横川に面しているものだけだった。荷の搬入も搬出も、船を使うことしか想定されていない造りだ。

ここでも三十分ほどかけて敷地を見て回ったが、やはり何も見つからなかった。おゆうは肩を竦めた。まあ、そんなにすぐわかる手掛かりを残すほど相手が間抜けでないことは承知している。とりあえず日が暮れるまでにもう一つの蔵も調べておきたい。おゆうは番小屋からこっそり抜け出すと、何事もなかったような顔で通りを歩き出した。

次の角で大川の方へ曲がろうとして、ふと蔵の方を見た。すると、小梅の方から商家の下働き風の初老の男が歩いて来るのが見えた。おゆうは気になって立ち止まり、物陰に入ってその男を眺めた。男は蔵の前まで来ると、番小屋に歩み寄って戸を開け、中に入った。どうやらあれが大松屋の蔵番らしい。

(わあ、危なかった。もうちょっとで鉢合わせするとこだったわ)

おゆうは胸を撫で下ろした。おそらく巡回だろう。だとすると、今から三つ目の蔵へ行けば蔵番に見つかってしまう。そのまましばらく留まって、蔵番が出て来るのを待った。

やがて八ツの鐘が鳴るのが聞こえ、それを合図に蔵番が小屋から出て来た。こちらに向かって歩いて来た蔵番は、そのまま物陰のおゆうには気付かずに通り過ぎた。やはり三つ目の蔵に向かうようだ。おゆうは物陰を出て、蔵番の後を尾けていった。こうすれば、探さなくても蔵番が三つ目の蔵に案内してくれるし、彼が見回りを終えて帰った後で忍び込めば、鉢合わせを気にせずに調べができるので好都合だった。

三つ目の蔵は、南本所の蔵と同じように前に通りがあり、その向こうが堀になっていた。だがこの堀は狭いので、あまり大きな船は着けられない。

（これはまた、一つ目の土蔵と瓜《うり》二つじゃないの）

一つ目の土蔵は表が西向きで、これは北向きという違いはあったが、それ以外は大きさも建て方も双方全く同じである。手抜きか節約か、同じ図面を流用したのだろう。

蔵番が仕事を終えるのを隣家の陰で待っていたおゆうは、蔵番が小屋を出て特段の戸締りをする様子もなく戸を閉め、歩み去るのを目で追った。蔵番が角を曲がって見えなくなると、おゆうは通りに出て番小屋に向かった。ここは前の二つの蔵のある場所より人通りが少なく、今も人影はない。おゆうは番小屋に入ると、先の二か所と同じくざっと中を見渡した。ここも全く変わらない。同じ構造で、桶や竹箒が置いてあるところまで同じだった。

価値なしと判断したおゆうは裏の戸から土蔵の敷地に出た。もう七ツ半を過ぎているので、ゆっくりとはしていられない。おゆうは塀の際から丹念に地面を見ていった。

土蔵の横手を調べた後、裏へ回った。やはり、小石と落ち葉以外には何も見えない。

失望しかけたとき、ふと違和感を覚えた。地面の色合いが、何かおかしい。その部分の上に顔を近付けた。塀の影のためちょっと見にくくなっているが、地面にわずかながら黒ずんだ所がある。おゆうはその場にしゃがみ込み、さらに詳しく見た。よく見ると、黒い小さな粒がいくつか落ちている。何かの燃えかすらしい。間違いない。何かを燃やした跡だ。

おゆうは懐からタッパーを出した。証拠品入れにしようと持ってきたものが役に立ちそうだ。それから番小屋に戻って、板切れを見つけて来た。その板切れを使って、地面の黒ずんだ部分を掘り取ると、崩さないようタッパーにそっと入れた。終わると、掘った跡をならして目立たないようにし、タッパーを大事に抱えて立ち上がった。どうやらしばらくぶりに宇田川の出番のようだ。

タッパーの中身がぐちゃぐちゃにならないように家まで運ぶのは骨が折れた。ひと晩机の引出しに保管し、今は手に提げたバッグになんとか水平を保ちながら収まっている。豆腐を運んでいるような感じでバッグを捧げ持つようにしながら、優佳はゆっくりとラボの階段を上った。事務員たちに笑顔で会釈し、宇田川のデスクに辿りつくと、挨拶も抜きでバッグからタッパーを出して恭しく宇田川の前に置いた。

「何だこりゃ？」

宇田川はタッパーを見て眉根に皺を寄せた。

「見た通り。土よ。地面の表面」

「確かに見りゃわかるが、どこの地面の何の土で、何を分析させようってんだ。放射能チェックならわざわざ俺のところへ来るまでもないぞ」

「今日はガイガーカウンターの出番はないよ。よく見て。表面に黒い点々が見えるでしょ」

言われて宇田川はタッパーを目の前まで持ち上げた。

「ふん、なるほど。何かの灰みたいだな。これを調べろと？」

「そう。正体が知りたいの。その他にもこの土に何か余計なものが混ざってないか調べてほしいんだけど」

「土そのものの成分とか特性とかはいいのか？」

「それは調べなくてもいいよ」

「ふうん。てことは要するに、土の上に落ちた遺留物を突き止めたいわけだな」

「その通り。よくわかってるじゃん」

優佳の言葉に鼻先でふん、と応じながら、宇田川は拡大鏡を出してタッパーの中身を調べ始めた。

「見たところ、灰と言うか燃えかすだな。たぶん木の燃えかすだと思う。だがそれ以外にも何かあるな。粉粒くらいのものが点々と。これは燃えてないようだ。燃え残りかな」

一人でぶつぶつ言いながら、宇田川は角度を変えて何度もタッパーを見直した。今回もうまい具合に興味を覚えてくれたらしい。

「二、三日かかるな。わかったら連絡する」

「よろしくね」

優佳は期待をこめて言った。優佳の想像通りなら、これは決定的証拠になるはずだ。

宇田川からの呼び出しは三日後の午後だった。「できたから来い」という味も素っ気もないメールからは結果を推し量ることもできないが、それはいつものことだ。だが今回は、思い通りの分析結果が出ているものと確信していた。三つの蔵で僅かでも違う点といったら、あの土だけだったのだ。絶対大丈夫。優佳は勇んで総武線電車に乗り込んだ。

ラボに着いて宇田川の所に行くと、待ち構えていたように優佳の方を向き、いきなり「ヤバそうなものが出たぞ」と言った。優佳は内心ニヤリとした。やはり確信していた通りだ。

「ヤバいって？」知らぬふりで聞いてみる。

「阿片？」

片粉末だ」

「正確にはちょっと違う。まず、燃えかすは普通の木片だ。雑木の枝を燃やした、焚《た》き火の残り物、って感じか。燃えてない粒、こっちが問題だ。こいつはすり潰した阿片粉末だ」

「麻薬だったの？」

「麻薬がらみだ」仏頂面の宇田川がひと言で言った。


胸の内では（やった！）と叫んでいたが、何とか表に出さずに聞いた。

「ああ。モルヒネでもヘロインでもなく、そういう薬物に精製してない、昔からある阿片だな。今どきこんなモンが見つかるとは、戦前じゃあるまいし」

「見つかったのは阿片だけなの？」

「ああ。あとは小さな虫の死骸とか、植物の種子とかそういう自然なものだけだ」

それから、宇田川は珍しく苦笑した。

「まったく、あんたには退屈させられることがないな。血液に毒物に、今度は麻薬か。いったいどこで拾ってくるのか知らんが、実に面白いよ」

「はは……まあ、どうもね」

それ以上追及されないことを祈りながら、優佳は何とか笑って誤魔化した。

「一応、分析結果はプリントアウトしてある。あんたは要らんかも知れんが」

宇田川はそう言ってA4判の紙を手渡した。一瞥したが、やはり優佳には何とかアルカロイドといったような見慣れぬ片仮名と数字の羅列にしか見えない。

「うん。ありがと。また何か変わったものがあったら持ってくるよ」

優佳はタッパーを受け取ってバッグに入れると、「じゃあね、助かったわ」とだけ言って、宇田川に背を向けて出て行こうとした。その背中に向かって、宇田川が唐突に声をかけた。

「奉行所には、どうやって説明するつもりだ」

「うん、大丈夫。その辺はうまくやっとくから」

優佳は軽くそう返事して、ドアノブを摑んだ。そして、硬直した。一呼吸の間を置いて、ゆっくりと振り返った。

「いま、何て?」

「担当が南町か北町かは知らんが、奉行所の連中にそのまま分析結果を見せるわけにいかんだろう。どう話すんだよ」

「ぶ……奉行所って、それは何の話?」

声が震えかけるのを辛うじて抑えた。

「やっぱりな。実にわかりやすい奴だな、あんたは」

宇田川はそう言ってニヤリと笑った。無愛想を絵に描いたような宇田川がそんな表情を見せるのは、苦笑するよりさらに珍しい。

「何が言いたいのよ」

「何が言いたい？」

宇田川の笑い顔が、小馬鹿にしたようなものになった。

「それじゃ、はっきり言おう。あんたは、どういう方法を使ってか知らないが、時間の壁を超えて現在の東京と、たぶん千八百年代前半の江戸とを行き来している。違うか？」

疑いでもブラフでも、誘導尋問ですらない。宇田川が既に確信しているのは、その目の光で優佳にもわかった。こうなれば、言い逃れは難しい。むしろ、どうやって確信に至ったのか、その方に興味が湧いてきた。

「……何でそんなことを思ったの」

宇田川の目を見据えて逆に聞いた。

「知りたいだろうな。説明してやろう」

そう言う宇田川はいかにも満足気だ。

「まず最初に持って来た手拭いだ。あのときもそう言ったが、あれには化合物の反応が一切なかった。合成洗剤、漂白剤、化繊の屑、化粧品の痕跡すら見つからない。現代の手拭いだとすると、あり得ないとまでは言わんが不自然すぎる。それでちょっと興味を覚えたんだ」

優佳は舌打ちした。手拭いの分析を頼んだとき、確かにまるで江戸時代から持って来たような手拭いだと言われていたのだ。宇田川は先を続けた。

「まあ、それだけならそう気にするほどの問題じゃない。以前からあんたが持ってくるものにはそういうものがあったからな。これは普通じゃないと思ったのは、次に持ってきた握り飯の残骸に付いていた紙切れだ」

「紙切れ?」

優佳は眉をひそめた。そう言えば、辰蔵殺しの現場で握り飯を回収したとき、あり合わせのちり紙に包んで持ち帰った。ラボへ持ち込む前にビニール袋に移したのだが、飯に破れたちり紙がくっついたままなのを、あまり気にせずそのままにしていたっけ。

「その紙切れには、よく見ると墨で書いた文字らしい痕跡が残っていた。紙質は低級な和紙だった。どうも変じゃないか。ティッシュや紙ナプキンじゃなく、そんなものが飯に付いてるなんて。それでちょっと手間暇かけてその紙切れを調べたんだ。結果、何だこりゃ、と思ったよ。それは浅草紙《あさくさがみ》っていう代物だった」

「浅草紙?」

「そうだ。江戸時代にちり紙なんかに使われた安物紙で、古紙を漉《す》き直して再生したものだ。製法が原始的だから、再生に使った古紙に書いてあった字の跡なんかがそのまま出てたりする。しかしこんな紙、現在はまったく手に入らない。紙の博物館にでも行けばあるかも知れんが、そんな紙がなんで握り飯を包むのに使われる？」

優佳には言うべき言葉がなかった。浅草紙。そこまでは考えていなかった。

「しかも、百何十年以上前に使われていた紙のはずなのに、ほとんど劣化していない。漉き直して作られたばかりだ。もちろん、今はそんなもの作る工房はない」

宇田川はいったん言葉を切って優佳の顔を見た。優佳は何も言えず黙っている。

「それでこいつはどう考えても変だ、と思ったわけだ。それで、一緒に持って来た手形を採取した紙も調べた。これまた純正の手漉き和紙だったよ。これは今でも手に入るが、ひと束いくらでスーパーで買えるもんじゃない。専門店を探さないと」

返事をしない優佳に構わず、宇田川はさらに続けた。

「それから、握り飯の米を調べた。これは俺もよくわからんから、毒物を除去して専門家に見せた。すると、やっぱりと言うか、現在一般的なコシヒカリだのヒトメボレなんかとは違う、はるか前、戦後の品種改良以前の米じゃないかということだった。そんなもの、どこで売ってるのか俺にも見当がつかん」

優佳は背中に汗が滲んでくるのを感じていた。

「とにかくあんたが持って来た品物は、どれもこれも現代の化学物質の痕跡が皆無のものや、今では手に入らんものばかりだ。一つ二つならともかく、こんなに揃うなんて考えられん。そして最後の大物がこの阿片だ。さっきも言ったが、こんなもんが二十一世紀の東京で地面の上に落ちてると思うか？　その土も、そうだろうと思って調べたが、やっぱり化学物質の痕跡ゼロだった。もはや確信するしかない」

「それで、全部が江戸時代から持って来たものだと言うわけ？」

「ああ。だいたい、血液に毒物に麻薬とくりゃ、それらしい事件の報道が一つくらいありそうなもんだ。それも見つからん」

「まだ発覚してないだけかもよ」

宇田川は、また小馬鹿にしたような顔で応じた。

「百歩譲って発覚してない事件だとしても、証拠物件が時代物ばかりなんてことがあるもんか」

「だからと言って、私が江戸時代に行ってるなんて飛躍し過ぎでしょう」

「不可能な事を全部除外していって、残ったものがどれほど奇妙なものであっても、それが真実だ」

優佳はぽかんとして、まじまじと宇田川の顔を見た。それから、急に破裂したように笑い出した。

「あっはっはー、恐れ入ったわ。まさか宇田川君がシャーロック・ホームズを引用するとはねえ。こりゃ、お見それしました」

「馬鹿にするな。俺だってホームズくらい読むわ」

「てっきり、分析以外のことには興味がないと思ってたのに」

「わかってないな。こいつは状況分析という名の立派な分析だぞ」

そう言ってから宇田川は真顔になった。

「で、どこへ行ってる？　江戸か？」

優佳は逡巡した。しかし、もう誤魔化しても無意味だと悟っていた。宇田川を甘く見過ぎていたようだ。観念して、口を開いた。

「文政年間の江戸。場所は言えないけど、そこに通じる通路がある」

宇田川は驚くこともなく頷いた。

「そこへ何しに行ってるんだ。まさか歴史を変えようってんじゃあるまいな」

「とんでもない。むしろ歴史に影響しないよう気を遣ってるのよ」

「じゃあ、何しに？」

そう重ねて問われて、優佳は答えに詰まった。説明できるほど明確な目的があったわけではない。ただ、そこに江戸への通路が開かれていたから。澱《おり》に沈んだような、息が詰まる自分の生活を変えたかったから。そんなことで、聞いた他人は納得するだろうか。あまりにも安易な動機で随分大それたことをやっているのではないか。

「自分でも、はっきりとは言えない。自分探しだと言って旅に出る大学生と同じようなもんじゃないかと思う。でもね、私、江戸に居るときは、ああ生きてる、って感じがするの。それだけは確か」

それで納得したかどうかわからないが、宇田川はただ「なるほど」とだけ言って、それ以上は聞かなかった。

「それで今、毒物やら阿片やらが絡んだ事件に首を突っ込んでるわけだ。向こうで探偵業でも始めたか？」

「江戸にそんな職業があるわけないでしょう。八丁堀の役人の手伝いをしてるうちに深みにはまっちゃって……」

「手伝いねえ」宇田川は首を捻った。

「よく役人が許してるもんだ。証拠で見る限り、結構大事件のようだな。けど結末はネットで調べてあるんだろ？　未解決事件を現代の捜査技術を使って解決しちまったら、歴史が変わるぞ」

「ううん。検索したけど見つからなかった。歴史に残るほどの事件じゃなかったんでしょ」

「ふん、そうか」宇田川はまた首を捻る。

「で、解決できそうなのか」

「たぶん。主犯と黒幕については、もう割れてる。あとは決定的な証拠を摑むだけ」

「それがあの阿片の付いた土、というわけだな。さっきも聞いたが、奉行所のお白州で通用する話に仕立てられるのか」

「そこはひと工夫要るけど、何とかなると思う」

「それじゃ、解決できるんだな」

そう言うと宇田川は、急に黙った。そして、優佳の不思議そうな視線を浴びながら一分余りも考え込むと、おもむろに口を開いた。

「なあ関口。あんたは歴史が変わるような大ごとには首を突っ込まないように注意してるようだが、考えてみるとそんなに簡単じゃない。タイムスリップ系のＳＦでよく出てくる、バタフライ効果って知ってるか」

「バタフライ効果？　チョウチョがどうかしたの？」

「蝶の羽ばたき程度の小さな出来事が、遠く離れた場所で台風みたいな大きな変化に繋がっていく、という理論だ。極端に言えば、あんたが江戸で饅頭《まんじゅう》を一つ買った結果、二〇三〇年に中国が全面核戦争を発動する、なんてこともあり得る」

「いくら何でもそんなアホな」

優佳が呆れて言った。

「極端に、と言ったろ。あくまで可能性だ。そういう理論なんだよ」

宇田川は大真面目らしい。

「それで、そのぶっ飛んだ考え方で何を説明するつもり？」

「あんたがしばらく前から江戸に行ってるなら、バタフライ効果の考えに基づけば、現代には何らかの変化が出ているはずだ。しかしあんたは、江戸とこの現代を問題なく行き来してる。江戸に行く前と別の世界に戻ってるわけではない。そうだろ？」

「うん。確かにこのラボも変わらないし、行きつけのスタバもちゃんとある」

「そんな細かい話をしてるんじゃないが、まあいい。現代にまったく影響がないとすると、あんたは歴史に髪の毛一筋ほどの変化も与えずに江戸の街を歩いていることになる。ならばバタフライ効果はどうなった？」

「言ってることはわからなくもないけど、ほんとにそんな効果があるの？　あったとしても私一人のせいで起きるなら、気がつかないほどの小さな変化なんじゃない？」

「そうかも知れん。だが、別の解釈もある」

「どういうことよ。勿体つけないで」

「ふん。つまり、あんたの江戸での行動は、初めからこの現代に繋がる歴史に組み込まれている、ということだ。逆に言えば、あんたが江戸に行ったことでこの現代は成立している、という解釈だな」

「え？　ちょっと待ってよ」優佳は戸惑った。

「じゃあ、私が江戸に行くのは歴史の必然だってこと？」

「あくまでそうかも知れん、という話だ。だがそう考えた方がすっきりするし、あんたもいつ歴史を変えちまうかってびくびくするよりいいだろ」

「それはそうかも知れないけど」

優佳はわかったようなわからないような顔をした。確かに饅頭を買うたびに核戦争の心配をさせられては、たまったものではない。

「はっ、まあそう難しく考えず、自然に振る舞えってことだ」

宇田川はそう言うと手を頭の後ろで組んだ。話は終わった、ということらしい。

「とにかく、分析結果は渡したぞ。おかげでこっちも妙な証拠品の疑問が解けてすっきりした。また江戸からどんどん面白そうなものを持ってきてくれや」

「あのさ……このこと、誰にも言わない？」

優佳は、最も心配なことを尋ねた。これが世間に知れ渡ったら一大事になる。

「言うって、誰に？　こんな話を他の誰かにして、信じる奴がいると思うか？」

もっともな話だった。江戸と行き来云々などということを真面目に考えるのは、宇田川くらいのものだろう。宇田川自身もそれをよくわかっているようだ。

「それもそうね……それじゃ、その……ありがとう。また来るわ」

「ああ。じゃあな。その気になったら、事件の結末を教えてくれ」

宇田川は軽く手を上げると、優佳に背を向けてまた机の上の現実世界に戻った。

ラボを出て阿佐ヶ谷駅へと歩きながら、優佳は宇田川の話を改めて考えていた。江戸のことがバレてしまったのは仕方がない。証拠の分析を依頼した以上、そういう危険も最初からあったのだ。考えてみれば、宇田川は疑問点を分析によって解明するのが仕事であり、趣味でもある。バレるのは必然だったと言うべきだろう。優佳が勝手に宇田川は余計な詮索をしない男だと決めつけていただけだ。

「とんだ見誤りだったわ」

優佳は口に出して思い込みを反省した。だが、口惜しくはない。むしろ、今まで誰にも言えなかった秘密を共有する人間ができたことで、ほっとしていた。秘密を一人で抱え込むのと、それについて話せる相手がいるのとでは、精神的な負担が格段に違う。本当はそれが宇田川でなく伝三郎なら、こんな嬉しいことはないのだが。

そしてもっと大事なのは、宇田川が最後に話したことだった。聞いたその場ではピンと来なかったが、今はわかる。自分は、大松屋と菅原の陰謀がネット検索しても史実として出て来ないことで、この陰謀は潰れるのだと考えて安堵し、どこか劇場の観客のような気分で事件を眺めていた。観客参加型の演劇。結末は見えているから安心してご参加を。だが、そうではなかった。陰謀が勝手に潰《つい》えるのではなく、自分が今やっていることの結果、潰えるのだ。誰かがやってくれるのではない。この私がこの陰謀を潰し、江戸を阿片の惨禍から救う。自分探しの旅なんかじゃない。こうなるのが自分の運命だったのだ。

優佳は祖母のことを思った。江戸で何をしていたのか、祖母は何一つ語りはしなかったが、日記を残して逝った。そこに書かれていたのは、取り立てて大事件もない江戸の日常の姿だった。祖母が江戸でしたことの結果が現代に続く歴史に何らかの意味を持っていたのか、そこからは読み取れない。だが、今優佳は信じていた。祖母はきっと江戸で、今のこの現代を作るための何かをした。それは取るに足りない小さなことだったのかも知れない。でもそれが、祖母に与えられた運命だった。そしてその運命は、江戸に通じるあの家を相続したそのときから、自分へと受け継がれたのだ。

間もなく阿佐ヶ谷駅が正面に見えてきた。駅へ向かう優佳の歩みは、来たときよりもずっと力強く、確かなものに変わっていた。

十三

次の日、頃合いを見計らって番屋に出向くと、伝三郎が源七と下っ引きたちを前にして座り、何事か話を聞いているところだった。

「おう、おゆう、いいところへ来た。今、大松屋と辰蔵の繋がりについてわかったことを聞いてるところだ」

伝三郎はおゆうの顔を見るなり手招きした。

「すまんが源七、おゆうにも話してやってくれ」

「へい」源七はおゆうの方に向き直ると、挨拶ぬきですぐ話を始めた。「大松屋が辰蔵とツルんだのは、三年ほど前が最初らしい。大松屋が卸した薬のことで難癖をつけてきた性質《たち》の悪い一家があって、それが辰蔵の顔見知りだったそうだ。大松屋が辰蔵を使って黙らせたんだよ。それ以来、大松屋が裏で何かやるときには辰蔵を使ってたようだ。裏の話に詳しい地廻りの一人から聞き込んだんだが」

「そうですか。やっぱり辰蔵は大松屋の指図で動いてたわけですね」

「相州屋は辰蔵を使ってたつもりが、実は辰蔵を通して大松屋に操られてたってわけだ。俺たちが考えた通りのようだな」

伝三郎は顎を撫でた。

「それでおゆう、大松屋の蔵の方はどうだった。何かわかったか」

「ええ、わかりましたとも」

おゆうは得意気な笑みを浮かべて、懐から折り畳んだ紙を取り出した。

「南本所、横川沿い、蛤町の順で、それぞれ塀に囲われた蔵の敷地の中に入って調べて来ました。もちろん、蔵の中は立派な錠前が掛けてあるので覗けませんでしたが」

「勝手に入り込んで大丈夫だったか」

「ええ。蔵番が日に一度見回りに来るだけで誰もいませんし、高い塀のおかげで近所からも中は見えませんから」

「そうか。で、どの蔵に阿片があるか見当が付いたんだな？」

「はい。南本所と横川沿いの蔵には何もありませんでしたが、蛤町の蔵の敷地の中でこれが見つかりました」

おゆうは畳んだ紙を差し出して、そっと開いた。開いた紙には、ごく小さな黒っぽい粒がいくつか載っていた。砂粒より小さいと思えるほどで、目を凝らさないと見過ごしそうだ。

「何だいこりゃあ」伝三郎と源七が紙を覗き込んで同時に言った。

「阿片の粉末です」

「何だって？」伝三郎が驚いてもう一度よく見た。

「小さすぎてよくわからねえや。どうやってこれを？」

「蛤町の蔵の裏側の地面に、何か燃やしたような跡がかすかに残ってたんです。それでそこの土を取って持ち帰って、細かく調べました。そしたら、これが見つかったんです」

「よくまあこんな小さなものを……」

源七が信じ難いといった顔付きで嘆息した。

「こんな小さな粒でも阿片だとわかるのか。藤屋にでも見てもらったのか」

「まあ、そんなところです」おゆうは曖昧に逃げた。

「ふむ。これは阿片の燃えかすかい？」

「いえ、木の燃えかすが少しと、燃えてない阿片の粒です。どうやら、薪《まき》を燃やしてその上で阿片を炙《あぶ》ったようですね。阿片の粒は、そのときこぼれたものでしょう」

「なんで蔵の裏なんかでそんなことをしたんだろう」

「柏崎から持ち込んだ阿片がちゃんとした物かどうか確かめるためか、阿片の効能を試してみるためか、或《ある》いはその両方だと思います」

「ふううむ、そういうことか」伝三郎は感服した様子で唸った。

「これ以上ない上首尾だな、おゆう。お見事だ」

「運も良かったんですよ。燃やしたのはここ数日の話でしょう。あと何日もしないうちに痕跡は消えちまいます。雨でも降っていればもう駄目でした」

照れ笑いしながらおゆうは言った。半分以上は宇田川の仕事なだけに、余計照れ臭い。

「で、旦那。これで阿片が収まってる蔵がわかったわけですが、次はどうしやす？」

「おう。たぶん八ツ頃に左門がここに寄るはずだ。次の一手は、あいつが来てから相談するとしようや。その時分にもう一度集まってくれ」

伝三郎の言葉に一同が頷いた。


「浅はか源吾がおかんむりだぜ」

境田は、番屋に現れるなり伝三郎の顔を見てそう言った。

「吟味方から相州屋の一件の調書はまだかと矢の催促だ。それであんたをつかまえようとしてるんだが、姿を現さないので頭に来てる」

「だからこうやってつかまらないようにしてるんじゃねえか」

境田は、しょうがねえなと呟きながら伝三郎の隣に腰を下ろした。

「で、何かわかったのかい」

「おうよ。阿片をしまい込んだ蔵が割れたぜ。おゆうの手柄だ」

伝三郎は、おゆうが見つけて来たことを境田に説明した。

「へええ、大したもんだ。やっぱり並みの同心より役に立つんじゃねえか」

聞き終えた境田が目を丸くしておゆうに言った。半ばお世辞だろうが、おゆうは微笑んでぴょこんと頭を下げた。

「さて、と。それじゃその蔵をどうやって開けさせるかだな」

「それなんだよ。まっとうな手続きを踏もうとしたら、証拠が足りねえとか何とかで浅はか源吾に止められるに決まってる」

伝三郎は腕組みして呻いた。

「匿名の垂れ込みがあったことにするか。番屋へ投げ文か何かで」

「その手は古い。見え透いてるよ」

境田が首を振った。

「だいぶ前に似たようなやり口が発覚してひと騒動あったことがある。駄目だな」

「盗人《ぬすっと》が入ったことにすりゃどうです？　盗人に入られた様子を仕立てりゃ、何が盗まれたか調べるってんで蔵へ入れますぜ」

源七が、さもいい考えだという顔で口を出した。

「それも駄目だな。盗人が簡単に入れるようなヤワな蔵じゃねえよ。だいたい、その盗人を捕まえられなきゃあ奉行所の失態、ってことになっちまう」

源七の提案は、境田にあっさり却下された。伝三郎は源七の残念そうな顔を見て何やら考えている。おゆうはその様子を口を差し挟まずに見ていた。

やがて伝三郎が何か思い付いたらしく膝を打った。

「火事はどうだ」

「火事？」鸚鵡返しに境田が言った。

「おいおい、確かに火事となりゃ火元を調べなきゃならねえから蔵には入れるが、火付けはまずいだろう」

「とんでもねえ、火なんか付けるもんか。それらしく見えりゃいいんだよ。ほれ、忍びが使うような、煙だけ出す玉みてえな道具があるだろう」

「ああ、そうか。煙玉とか煙花火とか、そんなものはあるな」

「風通しの小窓か何かからそいつを放り込んで煙を出す。蔵番が見回りに来るのに合わせて煙を出せば、蔵番がそれを見て動転してるうちに鍵を開けさせ、お調べだと言って阿片を運び出せる。どうだ？」

「いや、煙花火だって少しは火が出るんだぜ。蔵の中に紙とか燃えやすいものが積んであったらどうするんだ。本物の火事になりかねないぞ」

「ふむ、それもそうだな……じゃあ、蔵の外側で煙を出せばどうだ。要は、蔵から煙が上がったように表から見えりゃいいんだから」

「うーむ。まあ、それなら……」

境田は渋々ながら頷いたが、おゆうは首を傾げた。まあ、確かに蔵の敷地、塀の内側で煙を出せば火事に見えないこともないだろう。しかし、そんな子供騙しで蔵番や通行人を誤魔化せるだろうか。万一、町火消しが駆け付けて来たら収拾がつかなくなるのでは？　とはいえ、おゆうにも他に名案は思いつけなかった。

「ほれ、煙花火だ。花火問屋に頼んで幾つか貰ってきた」

翌朝、番屋に現れた境田は、懐から包みを出して言った。広げてみると、小さな炭《た》団《どん》のようなものが六つばかり出て来た。

「おう、ありがとうよ」伝三郎は礼を言って煙花火をつまみ上げ、しげしげと眺めた。

「こいつがうまく働いてくれりゃあ文句ねえんだが」

「でもやっぱり、狂言とは言っても町方役人が火事を仕立てるってのは、どうもなあ」

境田はまだ気乗りがしない様子である。

「これ一つでどれくらい煙が出るんですか」

おゆうが聞いた。

「花火問屋が言うには、人一人姿を見えなくするくらいの煙は出るそうだ。だが、あまり長くはもたないらしい」

「これ六個使えば、火事に見えるんでしょうか」

「まあそう思うが、正直やってみなくちゃわからねえ。今日は曇り空だから、煙が目立たないかもな」

境田は頼りない返事をした。

「他にいい手も見つからねえんだ。後ろ向きに考えてばかりでもしょうがねえだろう」

伝三郎が、今一つ意気の上がらない一同を叱咤《しった》するように大きな声で言った。

「それじゃ旦那、どういう段取りでいきやすか」

源七が問いかけた。

「おう。まずはだな、蔵のそばの橋を渡った先に見張りを立てて、蔵番の姿が見えたら合図をするように……」

伝三郎が言いかけたところで、外にバタバタと誰か駆けて来る音がして、番屋の戸が勢いよく開いた。

「あッ、皆さんお揃いですかい。丁度よかった」

駆け込んで来たのは下っ引きの千太だった。確か大松屋の見張りをしていたはずだ。

「何だ。大松屋で何かあったのか」

源七がぎょっとして尋ねた。

「へい。今朝は早くから店がざわついてるなと思ってたんですが、そのうち大八車と荷運びの駄馬が来たんでさあ。空荷だったんで何か運び出すのかと思ってたら、大松屋と番頭がその大八車を二台と駄馬を二頭に人足十人ほどを連れて店を出たんです。ちっとばかり後を尾けてみたら永代橋の方へ向かったんで、とりあえずお知らせをと思いやして」

「大八車と駄馬と人足を連れて永代の方へ向かっただと?」

伝三郎が顔色を変えた。境田とおゆうも事態に気付き、「しまった!」と声を上げた。

永代橋の方に向かったなら、行く先は蛤町の蔵に違いない。空の大八車や駄馬を伴っているということは、阿片をどこかに移そうとしているのだ。問題は移送先である。もし、町方の動きに気付いて阿片を隠すつもりなら、町方の手が出せない所を選ぶだろう。例えば、沼津藩の蔵屋敷。沼津藩用人の菅原が首謀者の一人である以上、その可能性が高い。そこへ運び込まれたら、一巻の終わりだ。

「蛤町の蔵へ行くぞ。千太、お前も来い！」

伝三郎を先頭に、境田とおゆう、源七と千太の五人は番屋を飛び出し、蛤町目指して一散に駈け出した。

蛤町に駆け付けてみると、大松屋の蔵は表の戸が開かれ、人足たちが代わる代わる出入りしては菰《こも》に巻かれた木箱を運び出し、表に並んだ大八車に積み込んでいる最中だった。駄馬も二頭、蔵の脇の杭に繋がれてこちらにも順に荷が積まれている。蔵の戸の横に立った番頭が人足を指図し、少し離れて大松屋惣右衛門が全体の動きを監督していた。

伝三郎が大松屋の姿を見つけて駆け寄ると、大松屋はそれに気付いて驚いた顔をしたが、すぐ愛想のいい笑みを浮かべて一礼した。

「これは八丁堀のお役人様。お役目御苦労様でございます。ええと、鵜飼様と境田様でございますね。おや、これは先日お越しの親分さんとお姐さんも。今日はまた……」

「いったい何をやってるんだ、大松屋」

大松屋の言葉を遮って伝三郎が詰め寄った。

「何をと言われましても……ご覧の通り、蔵から荷を運び出しております」

大松屋は本当に戸惑っているような顔をした。伝三郎がなおも詰め寄る。

「この荷は何だ。どこへ運ぼうってんだ」

「どういうことでございましょう。藪から棒に何なのです」

「この荷は何だと聞いている」

「手前どもは薬種問屋でございますよ。もちろん、これは薬です」

「何の薬だ」

「何のって……それは、いろいろとございますが」

「だからどんな薬なんだよ」

食い下がる伝三郎に、大松屋の顔も次第に強張《こわば》ってきた。

「これは何のお調べなのです。まずそれから伺いましょう」

境田がそこに割って入った。

「とにかく運び出しを一旦止めろ。話はそれからだ」

大松屋は不満そうな表情を見せたが、逆らうことはなく番頭に作業を止めるよう指示した。番頭はちらりとこちらを見てから、人足たちに向かって「運び出しを止めなさい」と叫んだ。人足たちは、えっという顔で動きを止めた。そこで初めて伝三郎たちに気付いたかのように一斉に顔を向けてくる。もともと役人嫌いの連中だ。伝三郎と境田に彼らの視線が突き刺さった。おゆうには、何でこんな場面に若い女が居るんだと言いたげな、好奇の眼差しが向けられた。

「運び出しを止めました。さあ、どういうことかお教えください」

大松屋は挑むような目付きになって伝三郎に迫った。後ろで見ているおゆうは、はらはらしてきた。

「闇薬の一件につき、この蔵の荷には疑いがある」

伝三郎が言い放ち、おゆうは目を丸くした。明らかにはったりだ。

「闇薬？　何を言われます。あれは相州屋さんお一人でなさったことです。先日、奉行所でもお調べでそう申し上げ、御納得頂いております。手前どもの店の方も、お役人様方にお調べ頂いたではありませんか」

「まだ全てが明らかになったわけではない。だからこうして調べているのだ。この荷を開けて中を見せろ」

「それはできかねます。今さら何のお疑いですか」

「できかねる？　なぜだ。何で荷を開けられない。何を隠してる」

噛みつくように責め立てる伝三郎に、大松屋は落ち着いた様子で答えた。

「何も隠してなどおりません。しかし、あれをご覧ください」

大松屋が示す方、蔵の横手を見た伝三郎と境田が、うっと呻いた。そこには、小ぶりの立て札のようなものが立てかけてある。車に積んだ荷の上に立てる札だ。その札には、墨痕黒々と「沼津藩御用」と書かれていた。

「あの通り、この荷は沼津藩からお預かりしている大事な荷でございます。手前の一存で荷を開けて中身をご覧に入れるわけにはまいりません」

大松屋は、どうだと言わんばかりの顔で開き直った。伝三郎が睨み返した。

「その大事な荷とやらを、どこへ運ぶんだ」

境田がさらに問い質した。

「はい、それはもちろん沼津藩の御蔵屋敷でございます」

やはり、恐れていた通りだったか。おゆうは歯軋《はぎし》りした。沼津藩御用、とされてしまっては町方が勝手に調べるわけにはいかない。それを承知している大松屋は強気で押し切るつもりだ。しかし、ここでこの荷を通してしまっては、二度と阿片には辿りつけない。伝三郎の顔が紅潮した。

「どうしても中身を見せないつもりか」

「はい。沼津藩からのお許しがない限りはどうともいたしかねます」

伝三郎と大松屋は、睨みあったまま対峙《たいじ》した。


おゆうは、そっとその場から後ずさった。荷運びの手を止めた人足たちは伝三郎と大松屋の間で始まった押し問答に興味を引かれてそちらに近付き、いつの間にかそれを囲んで人垣を作っている。いま、おゆうは杭に繋がれた駄馬の脇の方にすり寄っていた。他の誰もが伝三郎と大松屋に気を取られ、おゆうの動きに気付いていない。大八車と駄馬の背には、半分ほど荷が積んであった。そこで作業が中断し、大八車と馬の周りには誰も居なくなっている。おゆうは駄馬の一頭の横に立った。馬はおゆうに気付いているのかいないのか、大して気にする様子もなく、作業の再開を待つように穏やかな目をしてじっと立っていた。その馬を見ていると、おゆうは自分がこれからしようとしていることに強烈な罪の意識を感じた。だが、それしか方法がないこともわかっていた。

（ごめんね、馬さん。これも江戸の人たちのためなんだから、勘弁してね）

おゆうは心の中で懸命に謝ると、袂からスタンガンを出してそっと馬の横腹に当てた。

激しいいななきと共に、駄馬が棒立ちになった。背に載せられていた荷の綱が切れ、菰が解けて木箱が宙に舞う。その反応はおゆうが思っていたよりも強烈で、一瞬足が竦んだ。それがまずかった。僅かに逃げ遅れたおゆうの頭上に、跳ね上がった馬の前脚が襲ってきた。

（ヤバいっ！）思わず悲鳴が口をついて出かけたそのとき、「危ねえっ！」という叫び声がして何かが激しくぶつかり、おゆうはそのまま抱きかかえられて横の開いている戸口から番小屋に引きずり込まれた。

「ふうっ、危なかったぜ。怪我はねえか」

番小屋の中でしばし呆然としていたおゆうの耳に、伝三郎の心配そうな声が聞こえた。

「は、はい。大丈夫です」

おゆうは何が何だかよくわからないまま、目をぱちぱちさせて答えた。

（ああ、マジでヤバかった）

少し落ち着いてきたおゆうは、状況を思い返して震えた。暴れ馬に接触しそうになるところを伝三郎に助けられたんだ、と正確に把握するまで数秒かかった。

「申し訳ありません。私ったら……本当にありがとうございました」

「やれやれ、大事ないようだな。驚かせやがって」

伝三郎は、ほっとした様子で体を離した。外を見ると、人足たちが大わらわで暴れ馬を押さえようと綱を引いている。「ここから出るなよ」とおゆうに言い置くと、伝三郎は小屋を飛び出して人足たちの加勢に向かった。おゆうは、ぽうっとしてそれを見送った。


人足と伝三郎や源七たちが八人がかりで綱を引き、ようやくのことで馬を落ち着かせた。馬は杭に繋がれていたので、暴れたまま往来を走りだして通行人を傷つけるような事態には至らず、人足の二人が掌を擦りむいたのと、慌てた番頭が転んで足首を痛めただけだった。怪我人がそれだけで済んだのは、幸運と言ってよかった。

馬がおとなしくなったのを確認してから、おゆうは少しふらつきながら表に出た。見ると、すぐ前で大松屋が呆然とあたりを見回していた。積みかけていた荷が幾つか地面に転がっている。その一つを見て、大松屋がぎょっとしたのがおゆうの目に入った。

大松屋の視線の先で、駄馬から振り落とされた箱のうち一つが地面に叩きつけられていた。衝撃で蝶番が壊れて蓋が開き、こぼれ出た中身が地面に広がっている。大松屋が急いで駆け寄ろうとしたが、先に境田が気付いてしゃがみ込んだ。

「ほう、これはこれは」

境田はこぼれた中身に指で触れ、満足げな声を出した。それは、黒っぽくて細かい粒状のもので、まさに見つけたいと思っていたものとそっくりだった。境田はおもむろに懐から小さな包みを取り出すと、その包みの中身と地面にこぼれ出たものとをじっくり見比べた。そして充分に納得すると、伝三郎の方を見て頷いた。伝三郎はニヤリと笑い、大松屋に歩み寄ってその目の前に立った。

「おう、大松屋。えらい騒ぎだったな。大事にならなくてよかったぜ。ところで、ありゃあ何だい」

壊れて中身の出た箱を指差して言った。

「どうやら阿片のようだな。知っての通り、阿片の売り買いは御上から制限されてる。何か言うことはあるかい」

大松屋は一瞬青ざめた。が、すぐに立ち直った。

「はい、確かにその箱のものは阿片でございます。店で売り買いする品物ではございません。先ほど申しました通り、沼津藩にお納めしたものでございます」

「さっきは沼津藩からお預かりの品、と言ったじゃねえか。何で沼津藩がお前に阿片を預けるんだ」

「手前どもが沼津藩からのお求めに応じて一旦お納めし、藩の御蔵屋敷に移すまでの間、お預かりしたものでございます。何か不都合がございましょうか」

「ほう、抜け荷の阿片を沼津藩に納めたって言うつもりかい」

「抜け荷の阿片などと、とんでもない。これは津軽から仕入れた阿片です。何も怪しいことなどございません」

大松屋は自信たっぷりの態度に戻ってぬけぬけと言った。これを聞いた境田が進み出た。さっき懐から出した包みを、大松屋の前に突き出す。

「おい、これが何かわかるか。先だって吉原で見つかった阿片だ。こいつは、相州屋がさる藩から頼まれて捌いた抜け荷の品だ。清国から来た阿片だよ。あそこに散らばってるのとまったく同じもののようだぜ」

境田もまた、自信たっぷりに言った。だが、大松屋は怯《ひる》まなかった。

「大変失礼ではございますが、境田様。どちらも阿片は阿片です。唐物と津軽物、その微妙な違いは手前ども薬種問屋でも区別が難しいもの。境田様におわかりになりますか」

境田はそう言い返されて言葉に詰まった。

「そうかい。これが津軽物だと言い張るなら、奉行所に持ち帰って調べさせてもらうぜ」

伝三郎が代わって言った。これで恐れ入るかと思いきや、大松屋はまだ動じない。

「お断りいたします」

「何だと?」

「何度も申し上げております通り、これは沼津藩の御品です。奉行所へ持ち帰ると言われるなら、まず沼津藩のお許しを得てからにして頂きたく存じます」

あまりの厚顔に、おゆうは怒りを通り越して啞然とした。伝三郎は額に青筋を立てている。大松屋の胸倉を摑みたいのを懸命にこらえているのだろう。お許しも何も、菅原が出て来て「これは当藩のものに違いない」と言えば、もう町方はどうすることもできないのだ。大松屋はそれをよくわかっている。しかし、ここで引き退がっては大松屋たちの企みを止められなくなってしまう。境田も焦って、大松屋と地面にこぼれた阿片に交互に視線を向けながら言うべき言葉を捜しているようであった。

だがそのとき、おゆうの視線は誰もが見ていないものに注がれていた。おゆうにしかわからない、決定的な証拠に。

「大松屋さん、ちょっと往生際が悪すぎるんじゃありませんか」

おゆうの声に、伝三郎と境田と大松屋はびっくりして振り向いた。おゆうは腕組みをし、大松屋に不敵な笑みを向けた。

「どういうことですか。何が言いたいのです」

女にきつい言い方をされたのが気に障ったか、大松屋は憤然とした。伝三郎と境田は、わけのわからない様子でおゆうが何を言い出すのか待っている。

「津軽物だとおっしゃいましたね。それじゃ、これは何です」

おゆうはその箱の裏側、つまり底の部分を指差した。大松屋は怪訝な顔でおゆうの指差す箇所を覗き込んだ。そして、愕然とした。

「こんな重い箱、底の裏側なんか誰も見ませんからねえ。気付かなくても仕方ありませんよね。こんな刻印があるなんて」

伝三郎と境田も、おゆうの指し示す底板を見つめた。確かに真ん中に黒い文字の刻印が焼き付けてある。大きなものではないが、それが漢字でもかな文字でもないのは、誰の目にも明らかだった。

「見えますよね、この文字。わかりますか？　これは英吉利《イギリス》文字です。いつから津軽の方じゃ、英吉利文字を使うようになったんですかね」

その刻印は、アルファベットで書かれていた。この場にいる誰にも読めない文字だったが、おゆうには読める。「ジャーヴィス・アンド・マクファスン商会　創業1775年　ロンドン　リヴァプール　ボンベイ　カルカッタ」英国の貿易商人がインドから清国に持ち込み、そのまま横流しされて抜け荷で柏崎に運ばれたものに違いなかった。

「これが抜け荷の動かぬ証拠です。大松屋さん、あなたは沼津藩が抜け荷に加担していたとでもおっしゃるつもりですか」

大松屋が、へなへなと膝から崩れ落ちた。すかさず、伝三郎がその顔の前に十手を突きだした。

「大松屋惣右衛門、抜け荷の疑い是有り、奉行所まで同道いたせ」

大松屋は力なく頷き、源七と千太に両腕を引っ張られてよろよろと立ち上がった。

「おい番頭、お前もだ」

足首を痛めて座りこんでいた番頭は、境田に十手を突き付けられてがっくりとうなだれた。

「千太、先に奉行所にひとっ走りして、助っ人を頼んで来い。この阿片を奉行所に運ばなきゃならん。幸い、大八車も駄馬も人足も揃ってるからな」

千太が承知しましたと言って走り去ると、境田は伝三郎に言った。

「それじゃ伝さん、源七と一緒に大松屋を奉行所に引っ張っていってくれ。俺は助っ人が来るまでおゆうさんとここで番頭と阿片の張り番をしとくから」

「いいのか、それで」

「ああ。こいつはあんたの手柄だ。と言うか、あんたとおゆうさんの手柄だな」

「そうか。すまんな」

それから伝三郎はおゆうを見た。

「おい、さっきから思ってたんだが、あの馬は何で急に暴れ出したんだ。もしかして……」

しまった。やっぱり気付かれたか。

「実はその……」おゆうはぼそぼそと言った。

伝三郎は血相を変えた。

「それじゃやっぱり、積荷の箱を壊して中身をぶちまけるために馬に何かやったんだな。まったく、なんて女だ！」

叱られたおゆうは俯いて、いかにも申し訳なさそうに上目遣いに伝三郎を窺った。だが、さすがに同じやり口は何度も通用しない。

「またそんな顔しやがって。もうその手は喰わねえぞ、この性悪女」

「えへへ」おゆうはニヤッと笑って舌を出した。

伝三郎はもう一度おゆうを睨みつけた。それから、ふっと笑うと源七の方を向いて、「行くぞ」と声をかけた。源七が「へい」と応じ、大松屋の腕を引いた。二人は大松屋を間に挟んで歩きだした。

そのとき垂れこめていた雲が切れて陽が射し、伝三郎の端正な横顔を照らした。おゆうはその姿を見て、今まで一番素敵な伝三郎だ、と思った。おゆうは腕で自分の体をぎゅっと抱いた。さっき思いがけず彼に抱きしめられた感触が、まだ体に残っている。

十四

西日が座敷に差し込み、掃除した後の畳を照らしていた。座敷の真ん中には座布団と盆がセットされ、盆の上には肴の載った小皿が幾つか。一緒に冷や酒の入った徳利も用意してある。肴は煮売り屋で買ったものと、デパートの特選品とが混ざっている。酒は日本橋の酒屋で一番いいのを見繕ってきた。ささやかながら、祝い膳というわけだ。相州屋をお縄にしたときに上げかけた祝杯は尻すぼみになってしまったが、今度は本物だ。

(そろそろ来る頃だよね)

おゆうは今日こそは甘いご褒美が頂けるかなどと期待しつつ、ニヤニヤしていた。

(今度は失望させないでよね、伝三郎ちゃん)

一人で浮き浮きしていると、表の戸を開ける音がした。続いて、「おう、御免よ」といつもの声がする。「はあい」返事する声が弾んだ。

座敷に上がって来た伝三郎の様子は、おゆうが予想していたのと微妙に違っていた。大事件を見事解決してさぞかし意気軒昂《けんこう》だろうと思ったのに、何やら複雑な表情をしている。さりとて不機嫌なようでもない。はてどうしたのか、と首を傾げ、問いかけようとしたところで伝三郎の方から口を開いた。

「さっき、御奉行に呼ばれてな」

「えっ、御奉行様に」

奉行が同心を直接呼び出すのは、そうたびたびあることではない。

「直々にお褒めのお言葉を頂いたんですか」

「いや、ちょっと違うんだ」

伝三郎はそう言って頭を掻いた。

「確かにお褒めも頂いたんだがな。御奉行がおっしゃるには、今朝早く土方様に呼ばれたんだそうだ」

おゆうは目を見張った。いかに幕政にも関わる老中側近とはいえ、沼津藩の陪臣である土方が直参旗本で幕府の重職である町奉行を呼びつけるのは普通ではない。

「まさか、何か横槍を入れて来られたのでは……」

心配するおゆうに、伝三郎は安心しろと手を振った。

「そうじゃねえ。土方様は菅原頼母がこの一件を仕切ってたことを認めたんだ。まあ、ここまで話が大きくなっちゃあ、いかに沼津藩でも知らぬ存ぜぬってわけにいかねえや。で、菅原は直ちに国元に送り返す、菅原には沼津藩として必ず然るべき処断を下すので、町方においては重々ご承知の上、よしなに取り計らわれたい、と言って頭を下げた、ってんだ」

「然るべき処断をするのでよしなに、ですか」

「平たく言やあ、菅原についちゃ一旦国元へ戻して、しばらく日を置いてから適当な理由を付けて腹を切らせる、そうして落とし前はつけるから、表沙汰にするのだけは勘弁してくれ、って土方の爺さんが御奉行に泣きついたのさ」

「あらまあ、御老中様の側近ともあろう方が御奉行様に泣きついたんですか」

「うむ。それだけ向こうも慌てた、ってことだ。御奉行は、土方の爺さんは和薬種改会所に絡んで闇薬を流してたことまでは薄々知ってたかも知れんが、阿片に関しては本当に知らなかったんじゃねえかって見ておられる」

「けど大松屋は菅原に、土方様にもよしなに、って言ってたんですよ」

「おそらく大松屋を安心させるために、土方が付いてる、と菅原が勝手に思わせてたんだろうな。土方が阿片のことまで全部承知してたなら、不細工に大慌てするはずがねえ。あの爺さんのことだ、町方に嗅ぎつけられたときの用意ぐらい抜かりなくしてあっただろうぜ。やはり土方様も御老中も、まったく預かり知らなかったんだよ」

「はあ……」そう言われれば、おゆうも納得せざるを得なかった。

「土方の爺さんも真っ白だとまでは言えねえが、今度の件じゃ本当のワルは菅原と大松屋だ。でもって、本来なら町方が手出しするのが難しい菅原を、内々とはいえ沼津藩が誓って断罪すると言ってるんだ。お前にはすまねえがこういうことで収めといてくれ、とまあ、御奉行にこうまで言われちゃ逆らえねえやな。仰せのままに、と言って帰って来たわけさ」

「そうですか……それはしょうがないですねえ」

奉行も一介の同心にずいぶんざっくばらんに話したものだ。伝三郎を納得させるため、それだけ気を遣ったということなのだろう。

（しかし、なあ）

おゆうは話を聞いて溜息をついた。これで、これほどの大事件がネット検索で拾えないわけがわかった。老中水野出羽守と南町奉行筒井和泉守が、菅原の関わりを伏せて町方の一般事件として処理したからだ。確かに陰謀は潰えたし、和薬種改会所もこれで沙汰止みになる。大松屋は捕えたし、菅原は水野家において処断する。阿片も全て押収された。万事めでたく収まったはずだが、おゆうは何か釈然としない。

「やっぱり御奉行様も偉いお方の言うことには逆らえないんですね」

「いや、そんな単純な話でもねえぞ」

伝三郎が訳知り顔で言った。

「御奉行はこれで土方様と御老中に貸しを作ったことになる。当分御奉行は安泰だな」

「でも御老中様は御奉行様の上役なんでしょう？　土方様を通じて頼み込むなんてことをせず、御老中様が直に御奉行様にこうしろとお指図すればよかったんじゃないですか」

「そうはいかねえだろう。菅原は水野家の家臣なんだ。いくら御老中でも、自分の家来が関わったことを隠せ、なんて御奉行にお指図はできねえや。他のお偉方たちが黙ってねえ。万一公方様のお耳にでも入ったら、厄介なことになる」

「それで土方様が裏からこっそり、というわけですか」

そう言われるとおゆうにも理解できた。総理大臣が自分の私設秘書が犯罪の首謀者だったことを隠ぺいしろ、と警察庁長官に命じたりしたら、内閣が吹っ飛ぶ。

「でも、大松屋をお縄にしてからの動きがずいぶん早いですね。御老中や土方様は、菅原の本当の悪巧みをいつどうやって知ったんでしょう」

そう言ってみてから、おゆうははっと気が付いた。

「あ、もしかして御奉行様が？」

「ああ、俺もそうにらんでる」伝三郎が頷く。

「御奉行はこの一件を内々に知らせることで、菅原の始末を水野家につけさせるよう御老中と土方様を揺さぶったんだと思う。菅原のことを表沙汰にしないことで貸しを作るのも見越してたんだろう。まったく油断ならねえお方だぜ」

それから伝三郎はおゆうの顔を覗き込むようにして続けた。

「あのお方は、この一件の探索にお前が動いてたことも御承知だ」

「え？」おゆうはびっくりして目を見開いた。

「話の最後に御奉行が何て言われたと思う？　女の岡っ引きも悪かねえな、だとさ。俺は冷や汗が出たぜ。お前が噛んでることは、奉行所には一切知らせてねえんだから」

「あらあら、どこからお聞きになったんでしょうねえ。でも、別にお咎めを受けることはないんでしょう」

「うむ、探索に誰を使うか、ってのは俺たち同心の裁量だからな。しかし、お前のやってることぐらい全部見てるぞ、って言われたようで、どうにも落ち着かねえや」

「それはほんとに、油断のならない御奉行様ですねえ」

おゆうは苦笑した。筒井和泉守については、既にネットで調べ上げてあった。さっき伝三郎が当分安泰だろうと言った通り、筒井はこの先二十年もの長きにわたって南町奉行に在職し、大岡越前守忠相《おおおかえちぜんのかみただすけ》や遠山左衛門尉景元《とおやまさえもんのじょうかげもと》らと並ぶ指折りの名奉行と後世に評されることになる。無論、伝三郎はそのことをまだ知らないだろうが。

「ところで、大松屋はどうなるんです」

祝杯のはずが少々難しくなったなと思いながら、おゆうは伝三郎の盃に冷や酒を注いだ。

「そうさな。奴は殺しには関わってねえし、はっきりしてる罪は抜け荷の阿片を大量に流そうとしたことだけだ。死罪はねえな。まず、重追放に加えて闕所《けっしょ》ってあたりかな」

「追放と家財の没収ですか。思ったより軽いような気がしますけど」

大量の阿片を国内に持ち込み、中毒患者を江戸中に溢れさせるところだったのだ。おゆうの感覚から言えば、最低でも遠島ぐらいになって然るべきである。

「俺に言われても困る。それが御定法なんだから」

伝三郎は肩を竦めた。確かに、阿片の危険性がまだ浸透しておらず、麻薬に関する重罰規定もない時代であれば仕方がない。

「それにしても、割を食ったのは柏崎藩だよなあ。藩の台所が苦しいから抜け荷に手を出したんだろうが、思いもしないところで菅原と大松屋の悪事に巻き込まれちまった。取り潰しになるかどうかわからねえが、ただでは済むまいよ」

「でも、思うんですけどね、菅原が柏崎藩の抜け荷を知ってたのなら、土方様も御老中様も知ってらしたんでしょう？　どうしてさっさと柏崎藩を処罰なさらなかったんでしょうね。そうしていれば、今度の一件もそもそも初めからなかったはずなのに」

おゆうはもっともな疑問を口にした。だが伝三郎は首を振った。

「その辺はよくわからねえが、御老中は柏崎の抜け荷をとりあえず手札に取って置いて、何かのときに使おうとしてたんじゃねえかな。柏崎藩に無理を承知させたいときにちらつかせて脅すとかさ。政《まつりごと》なんて、そんなもんだろ？」

「そんなもんですかねえ……」

政治とは駆け引き。情報を支配する者が権力を持つ。それはわかる。しかし、政治の本質が何百年経とうとそのまま変わっていない、というのがどうもおゆうには面白くなかった。

「そう言えばお前、藤屋に行ったのかい」

「ええ、鵜飼様に一度お調べの様子を聞いてから、と思ってましたので。明日にでも伺おうと思います」

依頼人の藤屋へは、きちんとした最終報告をせねばならない。何しろ、向こうは五十両を用意して待っているのだ。

「しかし柏崎藩とは逆に、藤屋は上手く立ち回ってるようだぜ。聞いた話じゃ、藤屋の番頭が相州屋の取引相手だった客のところを手分けして回ってるらしい。相州屋があんなことになったんで、宙に浮いた客を相州屋の客を他の店にとられないうちに取り込もうって寸法だ。まあ、藤屋は危うく連中の悪巧みのおかげで潰されるところだったんだからな、そのぐらいしたって罰は当たらねえだろう」

「へえ、やりますねえ、藤屋さんも」

「まったく抜け目がねえや。この分じゃ、大松屋の客もみんな藤屋が押さえちまいそうだ。結局、一番得をしたのは藤屋だった、ってことになるかも知れねえ。皮肉なもんだな」

「ほんとに、そうかも知れませんねえ」

そう言ったところで、徳利を手にしたままおゆうは動きを止めた。気付いた伝三郎が何か言ったが、全く耳に入らなかった。

おゆうは全速力で頭を働かせていた。藤屋に呼ばれて頼みを受けたそのときから今までの間に、心の隅のどこかで引っかかっていた様々な言葉が、次から次へと一斉にフラッシュバックしていく。やがて渦巻いていた言葉の群れは、一つの考えに向かって収束していった。

（そういうことだったのか……）

おゆうの心の目に、事件のもう一つの真相が見えた瞬間だった。

おゆうは伝三郎の方にぐっと膝を乗り出した。急に様子が変わったおゆうに驚いたか、伝三郎がちょっと引いた。

「何だよ、いきなりどうした」

「鵜飼様。明日、藤屋へ一緒に行って頂きたいんですが」

有無を言わさぬような強い口調になったので、伝三郎は少しばかりたじろいだ。

「あ？　ああ、構わねえが」

「それと、今日中に確かめたいことがあるんです。お力をお貸し願えますか」

「いったい何事だい」

伝三郎は話が見えないようで、目をしばたたいた。

第五章　八丁堀の女

十五

翌日の昼下がり、おゆうは日本橋北詰《きたづめ》の角で伝三郎を待っていた。そこで落ち合って一緒に藤屋を訪ねることになっていたのだ。日本橋は今日も大勢の老若男女が行き交い、江戸の繁栄をそのまま体現した光景を見せ続けている。この賑わいの中でうまく会えるかな、と思っていたとき、急ぎ足で日本橋を渡って来る伝三郎の姿が見えた。おゆうは微笑み、軽く手を振った。気付いた伝三郎がこちらに顔を向け、「おっ」という顔になった。

「今日はどうしたんだい。ずいぶんと艶《あで》やかじゃねえか。見違えたぜ」

近寄ってそう声をかける伝三郎に、おゆうは悪戯《いたずら》っぽく微笑んだ。

「うふふ。ちょっと気合いを入れてみました」

普段は比較的地味な縞《しま》柄の着物が多いが、今日は裾に草花をあしらった藤色の江戸《えど》褄《づま》を着ている。その艶姿は日本橋の人混みの中でもひと際目立つようで、通り過ぎる男たちの視線がくすぐったい。

「なんだか逢引きみてえだな」

「あら、鵜飼様と逢引きなんて、嬉しゅうございますねえ。では、参りましょうか」

おゆうは伝三郎に寄り添って歩き出した。すれ違う男どもが羨望の眼差しを向けて来るのに、伝三郎が面映《おもは》ゆそうにしているのが楽しかった。

藤屋の店は、前回来たときよりもさらに繁盛しているように見えた。伝三郎とおゆうが連れ立って店に入ると一番番頭が飛び出して来て、御大名でも扱うような態度で二人を奥へと招じた。店先では何人もの客が品物を選び、帳場の向こうの座敷では別の番頭が、他の店の番頭らしい男と商談をしている。最初に久之助殺しの調べを頼まれたときに店を覆っていた暗い影は完全に消え失せ、何もかもが活気に満ちていた。

二人が通されたのは、おゆうが何度か久兵衛と会った座敷よりさらに奥、立派な床の間が設えられた部屋だった。大身の武家の客などを通す奥座敷、つまりＶＩＰ用の応接室なのだろう。そこで久兵衛が待っており、二人の姿を見ると畳に手をつき、上座に案内した。おゆうの常とは違う装いに、さすがの久兵衛も目を大きく見開いたが、不躾《ぶしつけ》と思ったのか何も言わなかった。

「この度は大変なお世話になり、お礼の申し上げようもございません」

久兵衛は、二人と向き合うと改めて平伏した。その顔には、今度こそ満面の笑みが湛《たた》えられている。そんな久兵衛に、伝三郎がまず口上を述べた。

「今日はおゆうが今度の一件について調べたことを、頼み主のお前に全て知らせると言うんでな。俺も口利き役として同道した次第だ」

「はい。わざわざのお越し、誠にありがとうございます。謹んで伺わせて頂きます」

「それでは、この前お伺いしたときから今までのいきさつを全部お話し申し上げます」

おゆうは一礼し、相州屋がお縄になった後から大松屋捕縛に至るまでの詳細を話した。所々で伝三郎が奉行所の立場から補足を入れ、久兵衛は神妙に聞き入っていた。そして全てを聞き終えてから、久兵衛は再度頭を下げて言った。

「いや、恐れ入りました。この藤屋久兵衛、心底感服いたしました。特に蛤町の蔵でのご活躍のくだり、誠に胸がすくようでございました。おゆうさん、やはりあなたは大したお方でございますなあ」

「いえ、そのような。私など、鵜飼様がいなければ何もできません」

おゆうははにかむように俯いて言った。

「これはまたしてもご謙遜でございますな」

久兵衛が言った。ああその通り、謙遜ですとも、とおゆうは心の中で返事した。

そのとき廊下に誰かが来て座る気配がした。久兵衛が気付き、「おお、来たか。入りなさい」と声をかけた。

「失礼をいたします」

障子を開けて入って来たのは、前髪を落としたばかりかと思う十五、六の少年だっ

た。面差しがどこか久兵衛に似ている。手には袱紗をかけた盆を二つ、捧げ持ってい
た。
「これは、久之助の弟の久次郎《ひさじろう》でございます」
久兵衛の傍らに座った久次郎は、作法通り丁寧に伝三郎とおゆうに向かって頭を下
げた。
「久次郎でございます。この度は一方ならぬお世話になり、心より御礼申し上げます」
背伸びして大人ぶったような久次郎の挨拶に、おゆうは微笑んで「いえ、とんでも
ありません」と挨拶を返した。伝三郎も「こいつはご丁寧に」と言って会釈した。
「では、久次郎さんがいずれお店を継がれるのですね」
「はい。久次郎は久之助と違って生真面目なのですが、覇気の方はまだまだでして。
ご覧の通り未熟者ですから、一人前になるまで私も当分隠居できそうにありません」
久兵衛はそう言って相好を崩した。口とは裏腹に、この次男坊に相当期待している
様子だ。その久兵衛の血色は以前に比べると目に見えて良くなり、生気がみなぎって
いる。最初に会ったときのやつれた顔が嘘のようだ。これなら、隠居どころかあと十
年くらい現役でやっていけるだろう。
「それでは、改めましてどうぞこちらをお納めになってください」
久兵衛は久次郎が持ってきた盆を伝三郎とおゆうの前に差し出し、袱紗を取った。

それぞれの盆に切り餅が一つずつ載っていた。

「おう、俺にまで気を遣わせて悪いな」

伝三郎はそう言うと、切り餅に手を伸ばしてさっさと懐に入れた。おゆうの方は、まだ手を出さずにかしこまって座っている。それを見た久兵衛は、久次郎の手前遠慮していると思ったらしく、久次郎に下がるように言った。

「本当に、よくできた利発そうな若旦那様ですねえ。藤屋さんもご安心でしょう」

久次郎が出て行くのを見送ってから、おゆうが微笑みかけた。

「いや、これは、恐れ入りました」

久兵衛は嬉しそうに笑った。

「後継ぎが久之助さんではなく久次郎さんになって、本当にようございましたねえ。まさしく藤屋さんのお望み通りというわけですねえ」

「は?」

久兵衛の顔がわずかに強張った。伝三郎の眉が上がった。

おゆうは微笑んだまま伝三郎をちらりと見た。これから自分が何を話すかについては、既に伝三郎に伝えてある。伝三郎はかすかに頷いた。お前の好きにやれ、ということだ。おゆうは微笑みを消して久兵衛に視線を戻した。

「昨日、鵜飼様にご紹介頂いて、生前の久之助さんをご存知の方々にお話を伺ってまいりました。皆様、口々《くちぐち》におっしゃるには、久之助さんは相当厄介なお方だったとのことです。こう申しては何ですが、あなたとの親子仲も相当酷かったとか。殴り合いになったことも一度や二度ではないそうですね。久之助さんは、親父をぶっ殺すと言い、藤屋さんは、いずれあいつを切り捨てる、あいつに身代を任せたら藤屋は終わりだ、とまで洩らされたということですが」

「それは確かに親子喧嘩は何度かいたしましたが、それほど大層なことでは……」

「長年こちらに奉公されて、先年お暇を頂いたという女中さんにもお会いしました。藤屋さんに長く奉公されている方は皆ご存知のことのようですが、久之助さんはこちらのお内儀のお子ではないそうですね。藤屋さんが若い頃、さる茶屋の女に産ませたお子だと伺いました。何でも、久之助さんが荒れだしたのはまだ子供の頃にご自分の生い立ちを知ってからだとか」

「別に隠し立てはいたしません。その通りです。あれは若気の至りでした。しかし久之助はもう亡くなっているのです。そのようなことを聞き出して、どうなさいます」

久兵衛はさすがに不快そうな顔になった。

「私が申し上げたいのは、倅の汚名を晴らしてくれと必死にお頼みになったご様子と、昨日幾人かの方々から伺った話とが嚙み合わない、ということです」

おゆうはそう言うと、肩にぐっと力を入れて久兵衛の顔を見つめた。

「藤屋さん、私にこの一件の探索を頼まれたのは、本当に久之助さんの仇討《あだう》ち、久之助さんの汚名を晴らすためだったのですか。本当の狙いは別にあったのではないですか」

「何をおっしゃるのです。別な狙いとは、どんなことだと言われるのですか」

久兵衛は困惑したように言った。おゆうは一つ深呼吸してから、一言でそれに答えた。

「大松屋を潰すことです」

藤屋久兵衛は、おゆうの言葉にひどく面喰らったようであった。

「確かに大松屋さんはあのようなことになりましたが……私が狙っていたとは?」

「順にお話しいたします」

おゆうは久兵衛から目線を外さず、そう言って話を続けた。

「まず、私が初めに藤屋さんに呼ばれてこちらにお伺いしたときのことです。藤屋さんは闇薬について話され、その中で和薬種改会所のことを言い出されました。まさしく今度の一件の中心に据えられていた事柄でしたが、最初の頃にはまだそのようなことはわかりません。なのに藤屋さんは、八十年も前になくなった改会所の話をわざわざ持ち出されました。後から考えれば、ずいぶん取って付けたようなお話です」

「あのとき、既に大松屋さんたちから改会所再建の話は出ておりましたからねえ」

久兵衛は、何が問題なのかという顔で言った。おゆうは構わず続ける。

「ならば、あのときに再建の話も併せてされるのが自然でしょう。あれは、私が後で改会所再建の話を誰かから聞いたとき、見過ごさずに自分で調べ始めるよう私の頭に刷り込むため、周到に用意した台詞だったのではないかと思います」

「どうもお話がよくわかりませんが……」

「しばらくご辛抱ください。その後、私が大松屋さんたちの和薬種改会所再建の動きについて藤屋さんにお尋ねしたとき、改会所では多額のお金が動く、ということを私に話されました。もちろん私からお聞きしたからですが、その前に藤屋さんは、確かに改会所には相当の利がある、という言い方をされたと思います。それで私は改会所には大金が絡むのだと察したのです。今から思えば、これも私が自分で改会所の利得に気付くよう、よく考えられた台詞だったような気がいたします」

久兵衛の表情は動かない。終いまで黙って聞くことにしたようだ。

「それから私が相州屋さんがお縄になったいきさつを話しに伺ったとき、藤屋さんはなぜ新参の相州屋さんが古い和薬種改会所のことを思いつかれたのか、という点と、相州屋さんに流された阿片の量が少な過ぎるのでは、という点を疑問として出されました。聞いた私は、確かにもっともな疑いだ、と思いましたので、すぐ鵜飼様にお話しして調べ直しにかかりました。結果はご承知のようにお疑いの通りでした。でも改めて考えれば、疑いを抱く根拠としては少し薄かったのでは、と思います。普通なら見過ごしてしまう程度でしょう。しかしもっと気になるのは、藤屋さんが阿片が少な過ぎるとの疑いの理由として言われたことです。藤屋さんは、小さいとはいえ一つの藩が、とおっしゃいましたね。確かに柏崎藩は二万石の小藩です。でもあのときはまだ、私は抜け荷に関わったのが柏崎藩だとは知りませんでした。鵜飼様から、ある藩と聞いていただけです。なのになぜその藩が小さいと思われたのですか。藤屋さんは抜け荷をしたのが柏崎藩だとご存知だったのではありませんか」

おゆうはここで少し間を置いた。久兵衛は、何の反論もしない。伝三郎は相変わらず黙っている。おゆうはさらに続けた。

「そして一番気になったのは、佐助さんから聞いた相州屋さんがお縄になったとの知らせを受けたときの藤屋さんのご様子です。大層驚かれたのはごもっともですが、藤屋さんは、そうか、相州屋の方だったか、と言われたそうですね。これは妙です。単に相州屋だったかと言われたのなら、意外な下手人に驚いた、と素直にとれます。でも藤屋さんは、相州屋の方、とおっしゃった。この言い方だと、誰か別の人だと思っていたのに相州屋の方だったか、という意味にとれます。つまり、藤屋さんが思っていた下手人は他にいた、ということです。小さなことですが、これは藤屋さんの一番の手抜かりでした。あなたは大松屋さんが下手人だと思っていて、そのお考えが思わず出てしまったのですね」

ここで初めて、久兵衛の眉がわずかに動いた。だが、口を開くことはなかった。

「藤屋さんは、番頭さんたちを走らせて相州屋さんのお客だった方々を次々取り込んでおられるそうですね」

おゆうは話を変えた。

「商いは、機を見るに敏であることが肝要でございますからな」

商いの話になったので、久兵衛は固い表情を緩めて応じた。だが警戒は解いていない。

「先ほど、お店の帳場の奥でこちらの番頭さんと話をされていた方ですが、あの方には見覚えがあります。私が大松屋さんに伺ったとき案内してくれた三番番頭さんです。どうやら、いち早く大松屋さんの商いも取り込む段取りを始められたようですねえ」

「抜け駆けと謗《そし》られるかも知れませんが、生き馬の目を抜く江戸で長く商いを続けようとすれば、常に人より先んじておかねばなりません。それが商いの極意です」

いかにも老舗の大商人らしく、久兵衛は胸を張って応えた。そこには自負があるのだろう。

「おっしゃること、よくわかります。でもこのたびは、余りにも手回しが良過ぎますね。まるで用意万端整えて待ち構えていたようです」

久兵衛の表情が再び固いものになった。

「これまでに申し上げたことから、私が思い至ったのはこういう考えです。藤屋さんは私をお呼びになる以前から、大松屋さんと菅原様の企みをご承知だったのではないか、と」


しばし、沈黙が流れた。それから、久兵衛がくすりと笑った。

「これは、突拍子もないことをおっしゃいます」

「そうでしょうか」

「どうやって私が、あの大それた企みを知ることができたのです」

「それです。いくら藤屋さんでも、大松屋さんたちの動きを外から見てこんな手の込んだ企みを見抜くというのは無理でしょう。誰かがあなたに教えたのです。そして、この企みのおおよそを知っていて藤屋さんにこれを伝えることができる人は、一人しか思い当たりません」

おゆうは一旦言葉を切って久兵衛の目を見つめ、おもむろに告げた。

「上総屋さんですね」

久兵衛の表情は全く変わらなかった。だが、否定の言葉もなかった。おゆうはそれを肯定と理解した。上総屋も、周りが思うほど木偶の坊ではなかったということだ。

「大松屋さんから誘いこまれた上総屋さんは、企みを聞かされて、これが藤屋さんを敵に回すものだと知りました。和薬種改会所は大松屋さんが発起人ですから、ご自分が差配できない改会所を江戸一番の薬種問屋である藤屋さんが認めるわけがない。でも、上総屋さんは大松屋さんの企みが本当にうまくいくか、確信が持てなかったのでしょう。それで、二股をかけることにした。こっそり藤屋さんに大松屋さんたちの企みを教え、うまくいかなかった場合は藤屋さんの側に寝返るつもりだったのです。話を聞いたあなたは驚愕した。阿片のことはともかく、和薬種改会所を藤屋さん抜きで大松屋さんたちが立ち上げてしまえば、藤屋さんには没落が待つだけです。あなたは何としてもこれを潰さなくてはならなかった。しかし、恐れながらと訴えようにも証拠は上総屋さんの話だけ。上総屋さんはああいうお方ですから、いつ掌を返すかわかりません。それに向こうには御老中の御家来が付いています。まともに当たればこちらが潰されかねません。ところが、そこで久之助さん殺しが起きた。殺しとなると、闇薬や阿片と違って町方も本気になる。いかに御老中の御威光があろうと、大松屋さんも下手には動けない。大松屋さんたちにとっては、大変な誤算でした。久之助さんには気の毒ですが、逆にあなたにとっては好都合です。大松屋さんの動きを封じられる上、店を潰しかねない厄介者の跡取りが消えてくれたわけですから」

辛辣な言葉に、伝三郎が身じろぎした。おゆうは久兵衛の反応を窺ったが、その顔には何の感情も現れていない。おゆうはさらに畳みかけた。

「私は、あなたが久之助さんに上総屋さんの話を知らせ、久之助さんが大松屋一味を強請るように仕向けたのではないかと思っています。その結果久之助さんが口封じに始末されたら、あなたにとっては一石二鳥です。殺しに至らなかったとしても、あなたに失うものはありませんし」

ここまで言っても、久兵衛は顔色一つ変えなかった。おゆうは溜息をついて先に進んだ。

「ところが、奉行所の方は藤屋さんの期待通りには動きませんでした。あろうことか、久之助さんが闇薬の一味で、藤屋さんが闇薬に関わっているのではと疑って調べだしたのです。これにはあなたも困惑なさったでしょう。そこで次の策として、お役人とは別に大松屋の企みを暴いてくれる人間を手配したのです。それが私というわけです」

伝三郎がまた身じろぎした。久兵衛は動かない。

「でも、迂闊《うかつ》に本当のことは話せなかった。これほどの大掛かりな企みで、しかも後ろに御老中が控えているとわかれば、誰でも腰が引けてしまいます。そこであなたは倅の仇討ち、という筋書きを考えた。これなら、誰でも納得します。藤屋さんのご事情に詳しく、久之助さんをよくご存知の方なら首を傾げたでしょうが、私はそうではありませんから」

　おゆうはそう言うと、ちょっと自嘲するような笑みを浮かべた。

「それで私は調べを始めました。あなたは、私が大松屋さんにちゃんと行き着くように、先ほど申しました通り所々で目立たないよう導きを入れることも忘れませんでした。殺しの下手人が大松屋さんでなく相州屋さんだったのは見込み違いでしたが、最後には大松屋さんもお縄になって決着いたしました。さあ、これでめでたしです。厄介者のご長男に代わってしっかり者のご次男が跡取りになり、大松屋も相州屋も潰れてその商売をそっくり頂戴し、もう江戸には藤屋さんを脅かすものは何もなくなりました。誠におめでとうございます。まさに藤屋さんの一人勝ちです」

　おゆうは深々と一礼して見せた。

「全て藤屋さんの思い通りになりましたね。何かおっしゃることはおありですか」

　久兵衛は、やはりじっとしたまま何も言わなかった。おゆうは久兵衛の顔に目線を据えたまま思う。この男にはすっかり騙された。最初に会ったときのやつれた様子は、倅の死を悔やんだものではなかった。久兵衛自身が、大松屋の企みと奉行所の見立て違いのために追い詰められていたせいだ。状況が好転して以降おゆうに見せてきた愛想のいい笑顔も、商売用の作りものだった。今、久兵衛のそんな仮面はどこかに消え去っている。目の前に座るこの男の無表情な顔からは、狡猾《こうかつ》さと冷徹さ、それに傲慢が感じ取れた。これが本当の、剝き出しの藤屋久兵衛なのだ、とおゆうは悟った。

張り詰めた空気の中、長い沈黙が続いた。久兵衛が何を考えているかは読み取れない。久兵衛はおゆうの話を頭から否定することもできたし、否定も肯定もしないまま、お引き取りくださいと言うこともできた。おゆうの話には、物証が何もないのだ。だが上総屋を締め上げれば、必ず口を割るに違いない。久兵衛もそのことは充分承知しているはずだ。今回、久兵衛は御定法に触れることは何もしていない。だが、おゆうの話が裏付けられて巷に流れれば、店の信用は大きく傷付くことになるだろう。久兵衛は、どう出るか。

そのまましばらく時が流れた。そしておゆうが空気の重さに落ち着かなくなり始めた頃、久兵衛は無表情のまま、唐突にぼそりと一言だけ洩らした。

「やはりあなた様は、ただ者ではありませんでしたな」

それだけだった。だが、おゆうにはそれで充分だった。久兵衛はおゆうの話を認めたのだ。

おゆうは畳に手をついた。

「私の話はこれで終いです。これにて失礼させて頂きます」

そう言うと、伝三郎が動くのを待たずに席を立ちかけた。そのとき久兵衛が突然言った。

「一つだけ、違っております」

「は？」おゆうは、立ち上がりかけて膝をついたまま動きを止めた。

「久之助には何も話しておりませんし、何も仕向けてはおりません。あいつは私と上総屋さんの話を盗み聞きして、勝手に大松屋さんと相州屋さんを尾け回したのです」

久兵衛は顔を上げ、おゆうの目を見た。

「あんな奴でも、私にとっては倅だったのです」

そのときほんの一瞬、久兵衛の目に哀しみと苦悩の影が差した。だが、それはおゆうが瞬《まばた》きする間に消えてしまい、元の無表情に戻った。おゆうはそのまま立ち上がり、冷たい目を久兵衛に向けた。

「盗み聞きされたのに気付いておいでなら、久之助さんを止めることもできたはず。でもあなたは、どうなるか承知していながら黙って行かせた。それは、仕向けたのと同じことではございませんか」

おゆうは最後にそう言うと、久兵衛に背を向けて奥座敷を出た。久兵衛も伝三郎も、立とうとはせず無言でそれを見送った。おゆうの座っていた座布団の前に、盆に載った五十両が手付かずのまま、ぽつんと残されていた。

まっすぐ家に帰る気になれなかったので、おゆうは両国橋界隈まで歩いて一軒の料理屋に入った。大部屋の座敷に通されて席に座ると、料理と酒を注文した。まだ真っ昼間だが、どうにも一杯やらないと収まらない気分だった。

菅原と大松屋の陰謀を潰し、藤屋の正体まで見抜いたのだから、もっといい気になってもよさそうなものだ。だが、江戸の名探偵を気取りながら結局藤屋に上手に操られていたと思うと、腹立たしくてしょうがなかった。昨日の伝三郎の「一番得をしたのは藤屋だった」という一言がなければ、それさえ気付かぬまま自分の成果に酔っていただろう。

（でも腹は立つけど、敵の攻撃を逆手にとって逆転大勝利に持って行くとは、藤屋のおっさん見上げた根性だわ）

生き馬の目を抜く江戸、と藤屋も言っていたが、ここで最後まで生き残れるのはああいう男なのだろう。この分では、いずれ上総屋も藤屋に乗っ取られるに違いない。

茄子《なす》の揚げだし、豆腐田楽、焼魚などの載った皿と酒が運ばれて来た。おゆうは手酌で盃を満たすと、ぐいっと一気に呷った。昼日中から一人で飲んでいる若い女の客は相当珍しいらしく、あちこちの席から客の視線が集まって来た。おゆうは気にも留めず、料理を口に運んだ。

それにしても、とおゆうは思う。

（終わりに見せた藤屋のあの目は、本物だったのかしら）

倅について言ったときの、あの哀しみを帯びた目。藤屋の鉄面皮にほんの一筋入った亀裂。一瞬のことだったので、錯覚なのかも知れないが。

（いや、違う）

おゆうは首を振った。あれは藤屋が垣間見せた久之助への本心だ。おゆうはそう信じることにした。でなければいかにろくでなしとは言え、久之助が余りにも救われないではないか。

ふと気が付くと、衝立の向こうの隣席に座る客がしきりにこちらを気にしている。どこかの店の若旦那風の男で、遊び人風の連れと昼食中らしい。酒を啜りながら目の端でチラ見していると、おゆうに話しかけようか迷っている素振りだ。

（ははあ、私をナンパしようっていうんだな）

おゆうは口元でニヤリと笑い、どうあしらってやろうかと考え始めた。ちょいとイケメンだし金もありそうだから、少しくらいなら気晴らしに付き合ってやってもいいんだが。

若旦那は意を決したらしく、おゆうの方へ体を動かした。が、連れの男がその袖を引いた。おや、と思っておゆうが耳をそばだてると、連れの男の声が聞こえた。

「若旦那、お止《よ》しなせえ。ありゃあ、八丁堀の女ですぜ」

若旦那はびっくりした顔をして、とても残念という様子ですごすご引き下がった。

伝三郎がこれを聞いたらどんな顔をするだろうか。そう思っておゆうはまた独り笑いした。

（八丁堀の女。上等じゃない。ちょっと格好いいかも）

まあ、褒め言葉ではないだろう。しかし、不思議と悪い気はしなかった。

（私は、八丁堀の女かい）

おゆうは吹き出しそうになた。

ほろ酔い機嫌になって家へ帰ると、玄関の三和土《たたき》に草履《ぞうり》があった。
「おう、遅かったな。どこかへ寄ってたのか」
奥から伝三郎の声がした。
「いらしてたんですか。ええ、ちょっと一杯ひっかけてきました。気分直ししないと
やってられませんよ」
おゆうは座敷に上がって、胡坐をかく伝三郎の前に座った。
「気持ちはわかる。藤屋にいいように使われた、って思ってるんだろ。けどなあ、こ
れといった証しもないまま藤屋の腹の中を見抜いたんだ。お前は凄《すげ》えよ」
「そうでしょうか」褒められても、もう一つ気が乗らなかった。
「しかし藤屋も、自分の命運をお前に預けたようなもんだったからな。奴も人を見る

目はあったわけだ」

「それはどうですかねえ。藤屋のことですから、私が使えないとわかったらすぐ次の手が打てるよう、二の矢三の矢を用意してたと思いますよ……ところで、私が出て行った後に藤屋さんと何か話されたんですか」

「それなんだが」伝三郎は少し改まって背筋を伸ばした。

「さっきお前が話したことについては、一切表沙汰にはしねえ、ということで藤屋に言っておいた。悪いが、俺とお前の胸に納めておくことにする。藤屋が御定法に触れることをしていない限り、俺としてはこれ以上話をややこしくしたくねえんだ。承知してくれ」

「まあ、別にいいですよ。私は、本当のことが知りたかっただけですから」

おゆうも敢えて波風を立てたいわけではない。藤屋の信用を貶《おとし》めたところで、江戸の人々にとって得になることは何もない。

「そうか。ありがとうよ」

伝三郎はほっとしたように言うと、懐に手を入れた。

「ほらよ。お前が置いていった忘れ物だ」

伝三郎が懐から出して畳に置いたのは、さっき藤屋が差し出した五十両だった。だが、伝三郎はその上に小判の包みをもう一つ置いた。

「え？　何です、これ。さっきより増えてるじゃありませんか」

「ああ。もう三十両上乗せした」

「口止め料ですか」おゆうはむっとして伝三郎を睨んだ。

「そうじゃねえって。こいつは藤屋からお前への詫び料だ。お前を騙してたことがわかったんだから、それなりの挨拶をすべきだろう、って言ってやったんだ」

「まあ呆れた！　それって強請りじゃありませんか」

「人聞きの悪いことを言うなよ。お前にはこのぐらい貰う正当な理由《わけ》があるだろう。藤屋のためにあれだけ骨を折ったんだから」

「藤屋のためじゃありません！」

おゆうのきつい口調に伝三郎ははっとした。

「藤屋のためなんかじゃありませんよ……」

おゆうは俯いて、さっきより小さな声で言った。そう、藤屋に頼まれて調べを始めたのは確かだ。しかし、藤屋のためにこんな努力をしたのではない。自分ではわかっていた。自分は伝三郎のためにやったのだ。半分は自己満足だったかも知れない。でも、本当は何よりも伝三郎に喜んでほしかったのだ。

伝三郎の手が自分の肩に置かれるのを感じて、おゆうは顔を上げた。伝三郎の顔がすぐ間近にあった。

「悪かった」伝三郎はおゆうの目を見て、一言そう言った。おゆうの気持ちは充分に伝わっていた。おゆうの目が少し潤んだ。伝三郎の背中に、そっと手を回す。伝三郎は動かない。いくらか荒くなった吐息が感じられる。おゆうはそのまま伝三郎の胸に顔を埋めた。

そのとき、七ツを知らせる鐘の音が響いた。

「おっといけねえ。もうこんな刻限か。まずい、奉行所に戻らなくちゃならねえ。すまん」

いきなりそう言って伝三郎が立ち上がった。バランスを崩したおゆうはそのまま倒れそうになった。

「ええっ、お帰りになっちゃうんですか？」

体勢を立て直したおゆうが慌てて言った。

「ああ。今日のところは、すまねえ。二、三日うちにまた寄るから。そうだ、今度は何か美味《うま》いもんでも食いに行こう。俺が奢るぜ」

伝三郎は脇に置いてあった大小を摑んで腰に差し直すと、それだけ言い残してあたふたと出て行った。おゆうは座敷に取り残されたまま、呆気《あっけ》にとられてそれを見送った。

（ちょっと、何よこれ。どういうつもりよ。女が完全にその気になってんのに）

袖にされたのはこれで二度目だ。前回は源七という邪魔が入ったからだが、今回は伝三郎の方から逃げてしまった。

（こんなのってある？　馬鹿にしてんじゃないわよ）

むらむらと怒りが湧いてきて、腹いせに座布団を摑むと「伝三郎のばかやろォ！」と叫びながら玄関へ投げつけた。座布団は衝立に当たり、衝立がひっくり返った。

（私は八丁堀の女なんだぞ。あんたの女だって、世間様も思ってるんだぞ）

口惜しくて泣きそうになりながら、おゆうは手近にあったものを摑んでまた投げつけようとした。腕を振り上げたところではっと気付くと、それは伝三郎が置いて行った藤屋の三十両だった。おゆうは振り上げた腕の先をそのまましばし見つめていたが、やがて気を取り直して腕を下ろし、摑んでいた三十両を残りの五十両と一緒に、簞笥の引出しを開けてしまい込んだ。それから改めて玄関に向き直ると、座敷の真中で仁王立ちになった。

（くそっ、見てろよ伝三郎。こうなったら、必ずあんたを落としてやるからね）

おゆうは胸の内でそう誓いながら、伝三郎が出て行った玄関を思い切り睨みつけた。

＊

たぜ）

（いやあ、まったく危なかったなあ。もうちょっとで歯止めが飛んじまうところだっ

伝三郎は頭を掻きながら、ほっとしたような、残念でたまらないような、何とも言えない表情を浮かべて緑橋を渡った。ここからまっすぐ常盤橋御門の方へ出て、御堀沿いに奉行所まで帰るつもりだった。おゆうの誘惑に負けそうになったのを辛うじて振り切ったのは、これで二度目か三度目か。次も辛抱できるかは自信がない。

「ああ、まったくたまらねえや、あんないい女なのに」

伝三郎は声に出して嘆いた。おゆうはすこぶるいい女であると同時に、謎が多すぎる女だった。住んでいる家にしてもそうだ。いつからあそこに住んでいるのか、誰も知らない。伝三郎が訪ねていくと、江戸でも超一流の料理屋が出すような珍味や酒を振る舞ってくれるが、台所を覗くとほとんど使われた様子がない。おゆうの家のあたりを縄張りにしている棒手振りにそれとなく聞いてみたが、おゆうが魚だの野菜だのを買うこと自体が滅多にないようだった。それに、時々何日かふいっと姿を消してしまう。そして、気が付くと戻っている。どこへ行っていたのか話もしない。だいたい、日々の暮らしの糧をどうやって稼いでいるのかも判然としないのだ。

（いったいおゆうとは、何者なのか）

そのことについて、伝三郎はすでにある考えを持っていた。おゆうには、不思議な

匂いがする。この江戸ではない、どこか全く違う世界の匂い。その匂いには、覚えがあった。

(そうなんだ。あいつは、俺と同じ匂いがする)

伝三郎は空を見上げ、額に浮いて来た汗を拭った。日はだいぶ傾いているが、初夏の強い日差しはまだ衰えていない。その日差しが、正面から伝三郎に照りつけている。

(そう言えば、あの日も暑かったよなあ)

伝三郎は日除けに手をかざしながら、久しく忘れていた遠い日のことを思った。

(もう十二年になるか。おゆうのおかげで、思い出しちまったな)

しまい込んでいた記憶がよみがえる。自分がこの江戸へ初めて来た日。そして、前に居た世界で過ごした最後の日。昭和二十年八月の終わりの、あの日のことが。

その日、伝三郎は東京近郊の成増《なります》飛行場にいた。まだ鵜飼伝三郎という名ではなかったが、今となってはもうどうでもいい気がした。大学在学中に志願し、特別操縦見習士官として陸軍航空隊に入って数か月。第十飛行師団に配属され、飛行隊の駐屯する成増で玉音放送を聞いた。それからおおよそ十日。それまでの世界が一気に崩れ去った衝撃も何とか薄れ、周囲は秩序を取り戻していた。徹底抗戦だ自決だと大騒ぎした将校たちも、投げやりになったままぼうっと営舎にこもっている。

学徒の見習士官であった自分は、職業軍人に比べるとずいぶん醒《さ》めていた、と思う。敗戦の悔しさは当然あったが、負けるべくして負けた、ということはよく承知していた。むしろ、ほっとした気分の方が大きかった。戦争があとひと月も続いていれば、自分は特攻要員として散華《さんげ》していたはずだった。

即時除隊になるかと思ったがそう簡単にはいかなかった。戦闘はなくなり飛行機も使えなくなったが、米軍が進駐してくるまでの残務整理はたっぷり残っていた。法学生だったからか、結局便利使いされていたようだ。

その日、上官から使いを頼まれた。行き先は調布《ちょうふ》飛行場に居る同じ師団の部隊だったが、何の用事だったかはもう思い出せない。大した用ではなかったのだろう。電車は当てにならない上に遠回りだったので、自転車で行った。途中、蟬《せみ》の鳴き声がうるさかったことや、田んぼで農夫が終戦など気にかける風もなく変わらず農作業をしていたことが、妙に印象に残っている。

用を済ませた帰り道で、大きな池を見つけた。それまでそんな所に池があった記憶はなく、不思議な気がした。その池の水は澄み、水草も蛙《かえる》も見えなかった。自転車での往復で汗だくになっていたので、誘惑を覚えた。水浴びしたら、さぞ気持ちいいだろう。軍の規律はだいぶ緩んでいる。少し道草したところで誰も構うまい。そう思うと我慢できなくなり、自転車を畦道《あぜみち》に置くと、褌《ふんどし》一つになって池に飛び込んだ。

池の水は冷たく、気持ち良かった。水面を端から端まで泳ぎ、水中に潜り、時を忘れた。久々に何もかも忘れて楽しむことができた。戦は終わったんだという実感が、初めて胸を満たした。周囲の景色まで輝いているような気がした。

異変が起きたのは、何度目かに水中に潜ったときだった。急に水中で、強い流れを感じた。流れは忽ち渦になり、そのまま引き込まれていった。慌てて浮き上がろうとしたが、駄目だった。池の底に穴が開いて、そこに吸い込まれる。馬鹿な、と思ったが、確かに穴が見えた気がした。そして、それきり意識を失った。

気が付いたときには、池の縁に仰向けに倒れていた。自力で這い上がったらしいが、覚えていない。いや、そのときは自分の名前も、何故そこに居るのかもわからなくなっていた。

目を開いて上を見ると、三人の人間が自分を見下ろしていた。三人とも着物姿だったが、二人はくたびれて汚れた百姓風、もう一人は羽織袴の侍のようだった。百姓と侍？　状況が理解できないまま無言で三人を見返していると、侍が、どうした、大丈夫か、溺れたのかと聞いた。どうにか頷くと、侍は頷き返して百姓に名主の家に運ぶから戸板と着物を借りて来い、と言った。自分では何も考えることができず、そのまま待った。

名主の家に着き、借りた襦袢を着て白湯《さゆ》をもらい、人心地がついたところで侍がいろいろと尋ねてきた。大沢甚右衛門《おおさわじんえもん》と名乗った初老の侍は、江戸堀留町で小さな道場を開いており、この名主の家へは出稽古を兼ねて釣りに来ている、ということだった。自分は名前も住まいもわからない、と正直に答えるしかなかった。記憶喪失。大沢は了解した。丸刈りの頭を見て、どこかの寺から逃げ出した坊主か何か、と思ったようだ。根掘り葉掘り聞くのはやめ、一両日養生しろと言ってくれた。それで礼を言ってその通りにさせてもらった。

記憶は数時間で回復した。その結果、信じ難い状況に置かれていることがわかった。昭和二十年にいたはずが、どうやら江戸時代に来ているらしい。何が起きたのか皆目わからないが、このまま記憶喪失のふりを続けた方が得策だ、と思えた。その様子に同情したのか、大沢は俺は帰るが一緒に来るか、と言い、行くあてもないのでその言葉に甘えることにした。

大沢の道場までの風景は、まさしく江戸時代そのものだった。江戸市中に入り、時代劇映画を見るような町並みを目にして、もはや昭和に帰ることはできないのだ、と悟った。埼玉に居る両親のことを思った。せっかく戦死せずに済んだ息子が行方不明になったと知ったら、一度安心した分、余計に悲しむだろう。だが、どうすることもできない。幸い兄も弟も元気なので、両親が暮らしに困ることはないのが救いだった。

名前がないままでは不便なので、本名と時代劇俳優の名前を合わせて伝三郎、と名乗ることにした。大沢の道場は羽振りがいいとは言えず、居候になるのが申し訳なかったので、妻子のいない大沢のために家事をやった。と言っても、水道もマッチもない生活に慣れてまともに家事ができるようになるまでひと月以上かかったが、大沢は大目に見てくれた。

ある日、大沢から道場で竹刀《しない》を渡され、振ってみろと言われた。実は伝三郎は小学生のときから剣道を習っており、有段者だったのだ。大沢は師範だけあって、何となくそれを見抜いたらしい。本物の侍を相手にして昭和の剣道が通用するのかと思ったが、やってみると大方の門下生より伝三郎の方が強かった。大沢は喜び、養子にすると言った。これで自分は、大沢伝三郎となった。

一年後には、師範代になっていた。もっとも道場の経営は相変わらずさっぱりで、貧乏暮らしは変わらなかった。だが、運命はまた動いた。大沢の旧知の八丁堀同心鵜飼剛之助《ごうのすけ》が、自分を見込んで婿入りの話を持ち込んで来たのだ。道場を継ぐつもりだったので逡巡したが、大沢は願ってもない話だと喜び、こんな貧乏道場は自分の代で閉めるからと婿入りを勧めてくれた。伝三郎は承知し、その年の終わりに鵜飼伝三郎となった。翌年義父は隠居し、伝三郎は晴れて八丁堀同心を継いだ。

それから十年の月日が経ち、大沢も鵜飼の義父も、妻までもが他界した。改めて思い返せば、数奇な運命だ、と思う。しかし、自分がなぜ昭和から江戸に来たのか、そこにどんな意味があるのかは今もってわからない。あるいは単なる偶然の事故なのかも知れなかった。だが、そうではないという思いは消えていない。もし自分がここに居ることに何か意味があるのなら、おゆうに出会ったことも偶然ではないのではないか。伝三郎の思いは、再びおゆうへと戻って行く。

（今度の一件で、あいつは何をしたのか）

今回が初めてではない。おゆうの動きには、常にどこかしら謎めいた部分がある。深川相生町で半次郎に人質にされかけたとき、どうやって奴を打ち倒したのか。方法はわからないが、何かの道具を使って感電させたのではないか、と伝三郎は考えていた。もしかすると、蛤町の大松屋の蔵の前で駄馬を暴れさせたときもそいつを使ったのかも知れない。

それから、辰蔵一味の死骸から手形を取ったこと。あれはおそらく、指紋照合のためだ。だが、どうやって照合したのか。江戸の人間がそんな方法を知るはずがない。現場から持って帰った握り飯の残りから毒物を附子だと割り出したのも、何らかの薬物分析を行ったのだとしか思えない。最初に佐久間町の現場に残っていた手拭いをこっそり持ち帰ったのも、科学分析のためではなかったか。相州屋に仕掛けた化け物屋敷の罠はどうだ。あれはおそらく、血液に反応して光る薬品を使ったのだろう。だが、そんな薬品については伝三郎ですら知らない。

こうしたことから導き出せる可能性は、一つだけだ。おゆうは未来の方法で科学的な捜査をしていたのではないか。そう考えれば、全てに納得がいく。

(そしてあの阿片の箱の裏に刻印された文字だ)

蛤町の蔵で、おゆうはその文字を指差して英吉利文字だと言い、抜け荷の品であることを証明してみせた。だが、江戸の町人にアルファベットが識別できるか? 阿蘭《オラン》陀《ダ》語の書物は江戸市中にもなくはない。しかし英語のものは皆無だろう。あの刻印が阿蘭陀語ではなく英語だとわかる人間が、この江戸に何人いる?

常盤《ときわ》橋の袂に出たので、左に折れて御濠端を進んだ。伝三郎は思っていた。おゆうは江戸の人間ではない。俺と同様、未来から来たのだ。しかも、俺のように来たきりではない。あいつはおそらく、江戸とその未来を自由に行き来している。時々ふっと姿を消すのは、未来に戻っているからだ。そしてその未来は、俺が居た昭和二十年よりずっと先にあるに違いない。

そこまで考えて伝三郎はふうっと大きく息を吐き、首を振った。馬鹿馬鹿しくて到底信じ難い話だ。だがそれを言えば、自分が今この江戸で暮らしていること自体がそもそも信じ難い話なのだ。おゆうが時間を行き来できる機械を使っているのか、何らかの通り道ができているのか、おゆう自身に時間を飛び超える能力があるのか、それもわからない。だが方法より気になるのは、目的だ。おゆうはこの江戸に来て、いったい何をしようとしているのか。まさか未来を変えようとしているのか。その逆で、未来が変わらないよう何かを正しに来ているのか。それとも、俺と同じように自分でも何もわからぬまま、ただ運命に翻弄されているだけなのか。

何もかも、謎だった。だが伝三郎は、どれほど謎が多くとも、そのことを直接おゆう本人に問い質すのは避けていた。このまま自分の目でその謎をじっくり見極めたい、と思っている。それができるのは、この江戸で自分しかいない。

いや、実はそれだけではない。伝三郎は、おゆうを追い詰めたら江戸から、自分の前からおゆうが消えてしまうのではないかと恐れているのだ。いつか、大事な女を失うのはもうたくさんだとおゆうに言った。おゆうを失いたくない。それが伝三郎の本心だった。

（やれやれ、惚れた弱みってやつか）

とは言っても、おゆうの目的がわからないままでは、迂闊に誘惑に乗るわけにもいかなかった。おゆうの自分への気持ちはわかっている。その一方、八丁堀同心として譲れないものもあった。おゆうの行動が、この江戸に災いをもたらすものでないことを確かめなければならない。それが江戸の町を守る者としての使命だからだ。だが謎が全て解けたとき、自分はどうするだろう。

抱くか。お縄にするか。あるいはその両方か。

(まあいいや。そいつを決めるのは今じゃねえ。まだまだ先の話だ)

伝三郎はひょいと肩を竦め、手にした十手で凝りをほぐすように首筋をとんとん、と叩きながら、御濠端をぶらぶらと歩いて行った。その伝三郎の横顔を、まだ弱まらない初夏の日差しがずっと照らし続けている。

刊行にあたり、第十三回『このミステリーがすごい！』大賞最終候補作品「八丁堀ミストレス」に加筆修正しました。

この物語はフィクションです。もし同一の名称があった場合も、実在する人物、団体等とは一切関係ありません。

〈解説〉
二百年の時を超えてやってきた名探偵は、科学捜査と論理的思考を武器に謎を解く

膳所善造（ミステリ書評家）

「その横穴の向う側が別な世界だって判ったの」
半村良『およね平吉時穴道行』

「奴の狙いは何だ？　動機はいったい何なんだ？」

ジェフリー・ディーヴァー『12番目のカード』

公募の小説新人賞の一次選考に携わる楽しみは何かと聞かれたら、迷わずこう答えます。「まだ世に出ぬ才能に、誰よりも早く触れられることだ」と。しかもごく稀《まれ》にですが、これはモノが違う、となってしまう作品に巡り会えるのだからやめられません。

『このミステリーがすごい！』大賞に限ってみても、過去十四回で六〇〇篇以上の応募原稿を読んできた中で、そんなふうに感じた作品が四作あります。即《すなわ》ち、深町秋生『果てしなき渇き』、中山七里『さよならドビュッシー』、乾緑郎『完全なる首長竜の日』、そして本書、山本巧次『大江戸科学捜査　八丁堀のおゆう』です。

そう、この本は、これら大賞受賞作の中でも特に秀でた作品と比べても勝るとも劣らない、斬新なアイディアと精緻で堅固な筋立て、存在感溢《あふ》れるキャラクター、そして何よりも世界を、物語を紡ぎ出す確かな文章力を兼ね備えた読むものを惹《ひ》きつけて離さない優れたエンターテインメントなのです。

第十三回『このミステリーがすごい！』大賞の最終選考会で、「このままでもすぐ出版できるレベル。受賞は逸してもなんらかのかたちで世に出してほしいというのが選考会の結論だった」（大森望）と言われ、その面白さを全選考委員から十分に評価されながらも、「話の展開がシリーズものふうなんだし、ここはひとつシリーズ化を前提に隠し玉として売れ線を狙ったほうがよいのではとの判断が下された」（香山二三郎）結果、全会一致で敢えて「隠し玉」に決定という本賞始まって以来の偉業をなしとげた『大江戸科学捜査　八丁堀のおゆう』（応募時タイトル『八丁堀ミストレス』）とは、一体どんな作品なのかというと――、

時は文政四年（一八二一年）。舞台は、将軍徳川家斉の治世下で、世界でも類を見ない平和と繁栄を享受し、町人を中心としたいわゆる化政文化が花開いていた江戸。両国橋の近くに住む捕り物好きの謎めいた美女おゆうが、懇意な間柄の八丁堀同心・鵜飼《うかい》伝三郎とともに、

日本橋の老舗《しにせ》薬種問屋藤家の若旦那・久之助殺しの謎を追ううちに、闇薬絡みの事件の裏に潜む陰謀を突きとめる、というお話です。

こうして粗筋をまとめてみると、ごく普通の時代ミステリのようですが、実は、とてもユニークな作品なのです。というのも、おゆうの正体はミステリマニアの元ＯＬ・関口優佳。彼女は、祖母から受け継いだ家の納戸にあるタイムトンネルを通って、二百年の時を往還し、平成の東京と文政の江戸で二重生活を送っているのです。

この設定が素晴らしい。かつて都筑道夫《つづきみちお》は、「江戸時代を舞台にすれば、犯罪科学に邪魔されずに、論理のパズルを展開できる」「そこへただひとりだけ、近代的な合理精神の持ちぬしを、放りこめばいいわけだ」（「推理小説の背景としての都史」、『死体を無事に消すまで』所収・晶文社）と思い立ち、砂絵のセンセーと呼ばれる得体の知れない浪人を名探偵役とした《なめくじ長屋捕物さわぎ》という謎解きミステリの歴史に残る画期的なシリーズを生み出しました。

この作品は、そこからもう一ひねりして、科学捜査を用いて江戸時代の犯罪に当たることができたらどうなるのか、という斬新な試みをしているのです。そのために優佳の高校時代の同級生である、宇田川という〝分析オタク〟を登場させているところがミソ。企業から取扱商品や材料などの検査分析を請け負うベンチャービジネスを共同で経営する彼は、分析そのものにしか興味がなく、優佳が血のついた手拭いだとか大量の指紋サンプルだとかいった怪しげなブツを次々と持ち込んできても、その出所について余計な穿鑿《せんさく》を一切しません。おかげで優佳は、ややこしい手続きに煩わされたり警察に目をつけられたりすることなく、血液や指紋といった証拠の分析ができるのです。

なんとも都合の良い設定と思われるかも知れませんが、実際に読んでみるとまったく気になりません。それどころか、実に味のあるいいキャラクターなんですね、宇田川くんは。絶妙な距離感に根ざした二人のやりとりには、思わずニヤリとさせられてしまいます。

こうして科学捜査を手にした合理精神の持ち主が事件を捜査するのですから、まさに鬼に金棒状態。実際、おゆうは難なく久之助殺しの殺人犯を突きとめることができるのですが、そこからが問題です。なぜって、そもそも指紋というものが認知されていない社会なので、証拠能力も何もないのですから。人間の目と耳だけを頼りとする江戸時代の同心に、どうやって説明するか。通常のミステリとはひと味違い、名探偵が説得力のある推理の過程をひねり出すために頭を使うという点がとても新鮮です。

しかも、こうした手法で明らかになる事実は、あくまでも部分、即ち、手がかりに過ぎません。最終的にピースを組み合わせて、複雑に入り組み二転三転どころか四転五転する事件の全貌を解き明かし、真の犯人を指摘するのは、おゆうの鋭い洞察力と論理的な思考力なのですから、謎解きミステリ・ファンとしてはたまりません。

さらに、登場人物が皆、生き生きとしているところも本書の大きな魅力です。数奇な運命のもと、澱《おり》に沈んだようなＯＬ生活を変えたいという願いが叶い、江戸の空の下で、生きているることを実感する日々を送る、おゆうこと関口優佳。謎に包まれたおゆうに戸惑いつつも、彼女の気っぷの良さと美しさ、そして頭の良さに惹かれていく、男盛りで腕も立つやもめ暮らしの二枚目、南町奉行所定廻《じょうまわ》り同心・鵜飼伝三郎。そして先に触れた〝分析オタク〟の宇田川聡史。この三人をはじめとして敵役はもとより端役に至るまで皆きっちりとキャラがたち、実に人間くさく、読み始めるやいなや、二つの時空を股に掛けた物語に引き込まれ、最後まで読み切ってしまう。しかも最後には……、とこれ以上は言えないのがもどかしい。本書『大江戸科学捜査　八丁堀のおゆう』は、自信を持って推せる気持ち良いエンターテインメントです。

著者の山本巧次は、一九六〇年、和歌山県和歌山市生まれ。親の転勤により横浜、福岡、藤沢などに住み、八三年、中央大学法学部を卒業後、関西の鉄道会社に就職。二〇〇八年からの東京への単身赴任が、当初の予定より延びたことにより、休日などが暇となったため、創作を開始し、二〇一三年、第十三回『このミステリーがすごい！』大賞に『八丁堀ミストレス』を投じ、「隠し玉」となる。現在は、大阪府下に在住。

小学校時代から小中学生向けの《アルセーヌ・ルパン・シリーズ》や「太平記」などの古典の現代語訳などを読み、中学生になると、松本清張、森村誠一、斎藤栄、星新一など、主に国内作家の作品を中心に読んできた氏ですが、大学生の頃から、アガサ・クリスティーを手始めに海外ミステリに転向。現在もその傾向が続いていて、週に二度くらい大型書店の新刊コーナーをのぞいているそうです。

最も好きな作家は、四肢麻痺《まひ》の科学捜査専門家リンカーン・ライムの生みの親であるジェフリー・ディーヴァーとのことですが、これには大いに首肯《うなず》きました。証拠を基に仮説・検証を繰り返すたびに新たな局面が開かれ、最終的に予想外の真相が明かされる本書のミステリとしての骨格は、まさにディーヴァーのそれに通じるものです。

他にも、パトリシア・コーンウェル、ブライアン・フリーマントル、クライブ・カッスラー、ジェフリー・アーチャー、スティーヴン・ハンターなどは新作が出ると買うそうで、おゆうの造形や、全編に漂うどこかカラリとした空気と洒落《しゃれ》た薫り、柄の大きな事件といった特徴は、明らかに、氏が親しんできたこれら海外ミステリ作家の影響によるところが大きいと思います。

ちなみに、江戸の町の雰囲気は、読んでみて「いいなぁ」と思った高田郁のヒット作《みをつくし料理帖》シリーズを参考にイメージしているとか。「ベースはしっかりと、その上で肩の凝らない、ライトなテイストのストーリー」を書いていきたい、「ちょっと疲れたときに読んで、何となくスッキリできるようなものが書ければいいなと思います」と抱負を語る氏が、一日も早く本作の続編を書いてくれることを期待しつつ、筆を措《お》きたいと思います。

二〇一五年七月

宝島社文庫

大江戸科学捜査　八丁堀のおゆう
（おおえどかがくそうさ　はっちょうぼりのおゆう）

2015年 8 月20日　第1刷発行
2015年10月23日　第4刷発行

著　者　山本巧次
発行人　蓮見清一
発行所　株式会社 宝島社
〒102-8388　東京都千代田区一番町25番地
電話：営業 03(3234)4621／編集 03(3239)0599
http://tkj.jp
振替：00170-1-170829（株）宝島社
印刷・製本　中央精版印刷株式会社

ISBN 978-4-8002-4441-3